戏里戏外

青　梅　著

中国文史出版社

图书在版编目（ＣＩＰ）数据

戏里戏外 / 青梅著. -- 北京 : 中国文史出版社,
2022.3
（实力榜·中国当代作家长篇小说文库）
ISBN 978-7-5205-3492-5

Ⅰ. ①戏… Ⅱ. ①青… Ⅲ. ①长篇小说－中国－当代
Ⅳ. ①I247.5

中国版本图书馆 CIP 数据核字(2022)第 040089 号

责任编辑：全秋生

出版发行：中国文史出版社
地　　址：北京市海淀区西八里庄路 69 号　　邮编：100142
电　　话：010－81136602　81136603　81136606（发行部）
传　　真：010－81136655
印　　装：廊坊市海涛印刷有限公司
经　　销：全国新华书店
开　　本：787mm×1092mm　1/16
印　　张：15　　字数：240 千字
版　　次：2022 年 5 月北京第 1 版
印　　次：2022 年 5 月第 1 次印刷
定　　价：58.00 元

1

秀珍姑娘眼看就要十八岁了。在桑园子庄，十七八岁的姑娘大多早已许配了人家，有的还嫁出了门子。这两年收成不好，家家粮食紧巴，早把姑娘嫁了，家里就少了一张吃饭的嘴。

秀珍打小就孱弱多病，长成大姑娘了，身板儿看上去却依然单薄，脸蛋儿倒是耐看，一双大大的眼睛就像汪着两潭水，只是胸脯儿还是平平的，脑后一根长辫子发梢也是黄黄的，不那么光亮。对于她的亲事，爹娘早就动了心思。

爹娘只生养了她兄妹两个。哥哥秀明不太灵透，有些傻乎，十八九岁了还天天流鼻涕。在桑园子，除了秀明，还有王家的罗锅等几个孩子也都不灵透，可他们的爹娘都是姨娘亲姑舅亲的。这亲上加亲打古年间就有，再说这乡下娶个媳妇不容易，沾亲带故的，知根知底，也不用花那么多钱，可谁知生下的孩子有的还真是出了毛病。难怪村里的中医先生公德贵说近亲结婚会遗传。爹娘就纳闷了，人家近亲成亲生傻子，可俺们并不是近亲，怎么也会生出来个傻儿子呢，不知哪辈子造了孽。孩子长大了，犯愁的事儿就来了。爹娘想来思去，只有拿秀珍给秀明换一个媳妇。不光在桑园子，看看周边四邻八乡，这换亲也是常有的事。要给儿子成上一门亲，啥法子也得想啊。可谁家好端端的姑娘会嫁给一个愣子，除非你也拿个姑娘嫁给她家的傻子愣子瘸子。唉，只是苦了闺女。可话说回来，不苦也得苦啊。懂事的闺女就得去苦自己啊。秀珍打小懂事，啥事也知道让着哥，顺着哥。秀明爱凑热闹，西山文家戏班子排戏，只要锣鼓家什一响，他非缠着要去，秀珍便陪着他去。去的次数多了，秀珍竟然也能哼出几句戏文来呢。不过，秀珍轻易不哼，倒是天天长吁短叹的，没人的时候常常一个人发呆。姑娘有了心事。娘不是看不出来，但无论如何，娘是无法改变主意的。

桑园子庄东西两边都是山，太阳升起得晚，落下也早。刚才在西山坡上太阳还老高老高的，下得山来，整个村庄便笼罩在朦胧的暮色中来。

秀珍回到家，准备将刚从山上剜来的野菜择洗干净，用它们做成菜糊糊。这就是全家的晚饭了。家里存粮不多，秀珍已经知道如何持家。

“上山挖野菜的人比山上的野菜都多了。”秀珍对娘说。

娘叹口气：“回来再做吧，先跟娘去串个门。”

秀珍有些纳闷：“去哪儿？”

娘说：“去你于大娘家，给娘做个伴儿。”

秀珍怔了怔，觉得有些恐慌，她咬咬嘴唇，无奈地跟在娘的后面出了门。

在桑园子庄，于大脚是个受人敬重的人。她是庄里唯一的接生婆，庄里几代人少说也有上百口都是她看着降生的，谁在产道赖着不愿意出来，谁一出来就想蹦高，谁刚一露头就大喊大叫，她都记得一清二楚。所以大大小小的这些人都不敢惹她，谁要是招惹了她，她准会把你出生时的样子说给大家听。于大脚是个有着菩萨心肠的人，她不仅给人接生，等娃娃大了，又给人说媒。她说，哪个男娃和哪个女娃有缘分，从出生那会儿，她就看得清清楚楚，所以只要她保媒，没有成不了的。当然，这并不仅仅局限在桑园子，方圆十几里的村子她说合成的亲事还真不少。于大脚乐此不疲，一是牵月老的红线成人之美，所谓行善积德。二是事成之后自然要谢媒，烟酒糖茶是断然少不了的，成亲的当天还要做一回贵宾被隆重请到宴席之上，受尽男方女方的千恩万谢，自己也有利可图。婚后日子过得好的，逢年过节还会提了礼品再来致谢；至于那些日子过不好，吵吵闹闹要离婚的，也没少让她生些闲气。

新人进了房，媒人靠南墙，难道俺还管你一辈子不成？相比与说媒，于大脚接生娃娃那更是老妈妈奶孩子撂下的活了，虽说遇到难产也死过人，但庄里的人还是信服她的技术。生孩子哪有不死人的？再说乡下人生孩子哪有去医院生的，瓜熟蒂落，于大脚接生孩子多了，遇到的事也多，自然经验也就多，熟能生巧，她真的练就了一手好功夫。马家的秀明和秀珍也都是由于大脚接生的。秀明当时就是难产，手脚先出来，就卡在那里，差点没把马家爹给急煞。当时于大脚沉稳应对，她让产妇深深吸气，自己用热水洗净了手，把那娃儿的小手小脚轻轻推回了产道。推那小脚的时候，她忍不住说了一句，哟嗬，这小子脚倒不小，将来肯定要长个大个儿。折腾了许久，秀明终于哇的一声落了草。于大脚用镰刀割断了他的脐带。于大脚喜欢用镰刀割脐带儿，她说这叫讨个彩头，连生贵子。

秀明出生后认了于大脚干娘。

娘把秀珍带到于大脚跟前，什么也没有说，就那样挨着炕沿低了头坐了下来。

于大脚五十来岁了，她的眼睛有些花，耳朵也有点儿背，只是她对于秀珍娘的到来，心里跟明镜儿似的。秀明是有些呆傻的，若不是因出生时倒生，也不会有他这份因短暂缺氧而造成的呆傻，不管怎么样，这都是命，是他从娘胎里带来的，于大脚常常这样宽慰和解脱自己。

马秀明对干娘出奇地好，他常常背着爹娘来看干娘。干娘从二十五岁时就开始守寡，一辈子没有生养，年轻的时候不觉得有什么，只是年纪越来越大，眼看着空荡荡的家里翻来覆去就只有她和自己的影子相互陪伴着时，心里未免凄惶。好在，秀明常常来家，来了也不多说话，只是陪着她静静地坐着，看院落里的鸡崽鸭崽叽叽咯咯，看架上爬了嫩绿的黄瓜，看东墙下那只慵懒的虎头和大门外背阴里无聊的大花。看着看着，于大脚心里更是长吁短叹起来。每每此时，她便抬起手来去抚秀明的头。唉，就连这个傻傻的呆儿子，也不是自己亲生的啊。

“唉。”于大脚轻轻叹了一口气，扭头看了一眼懵懵懂懂的秀珍。这哪像一个十八岁的姑娘，分明是个十四五岁孩子的模样，她的眼睛在消瘦的脸上显得更大，脖子也更显纤细。此时，她两手无措地交叉在一起，有些不安地打量着并不说话交流的娘和干娘。于大脚是秀明的干娘，秀珍也随着哥哥喊干娘。干娘的一声叹息把秀珍惊了一跳，她慌慌地抬眼去看了看干娘和娘，她看见两个娘亲意味深长地对视了一下。那两束目光在黑暗中的交集，着实让秀珍感到了害怕。

“她婶子。”干娘清了清嗓子，终于犹豫地说，“她婶子，我知道你家的心思，这事儿先不说使得不使得，只是怕苦了闺女……”

“老嫂子。”娘的眼睛有些发花，她看不清秀珍的脸，也看不清于大脚的脸，她重又低下了头，她的手紧紧地扒住炕沿，好像要在那炕沿里非要扒出一个理由或者答案不可。

看秀珍娘这样子，于大脚就晓得，对拿秀珍换亲这事在马家已是板上钉钉的事了，不能更改。于大脚便对她说：“这事俺放在心上了，你也……多开导开导孩子……”

黑暗中，于大脚怜惜地看了一眼秀珍。

秀珍没有作声，使劲咬着嘴唇。

送走秀珍娘儿俩，天已经黑透了，于大脚没有点灯，她坐在黑暗里久久不能自抑。今天秀珍娘的造访一下子扯开了她的旧伤，那个死鬼在世的时候，她不敢让他在自己身子上播种，怕同样生下个痴呆来，这样辛苦避了三年，等她想开了，想生个娃儿时，不承想那死鬼竟然没了，让她二十五岁的梦永远地停滞了。这以后她就守了寡，她再怎么可能去挺起自己的肚子。

于大脚坐了好久，却是已经没有眼泪了。这些年，明里暗里，人前人后，她已经把眼泪儿都流干了。到了现在这把年纪，她已经不再羡慕什么男欢女爱了，她看透了这漫漫的人生路，也悟开了这凄凄的命运，她只是替秀珍有些可惜。可惜自己不仅帮不了秀珍，还要经自己之手，将她打发给外村一个不甚精明的男人，而这一切只是为了秀明。秀明这孩子从一出生时就傻，却格外惹她心疼。她接生过的娃娃多，认她干娘的也不少，可是她却是独独对秀明有着亲近，外人只道她是菩萨心肠，其实只有她自己知道得清楚，当初她是怎么样给秀明接生的。当时她凭借自己的沉稳和经验什么也没有让主家看出来，只是她心里明白，她错了，她千真万确错了，她不该让那个叫秀明的男孩有了将近一分钟的缺氧，就是这短短的一分钟啊，就那么残酷地改变了一个人的命运，现在看来不仅仅是改变了一个秀明的命运，而且连带着就要改变秀珍的命运了啊。于大脚觉得自己的肚子一阵痉挛，那腹中所有的器官都仇敌一样地撕扯在了一起，好痛。于大脚抱着自己的肚子，慢慢地蹲下身子，她缩到墙角的黑暗里，她把自己的身体竭力抱紧了去，竭力缩小了去，竭力想就此遁到地缝里去。

她真的不想，让秀珍去走一条同自己当年一样的路。

2

一大早，秀明就来看干娘了。

干娘竟没有在家，秀明就围着屋子里里外外地找，找啊找啊，从里间到外间，从炕头到灶屋，从油盐罐到小米瓮，从柴草垛到羊栏猪圈，秀明找啊找啊，最后从院里出来，一直找到村东头进村的路口，找到路口那棵高大而又古老的柿子树。秀明远远地就看到柿子树下坐着一个人，不用再看第二眼，他已经知道是干娘在那树下呢。

“干娘在看干爹。”秀明嘟囔着说了一句。秀明嘴里的干爹就是这棵柿子树，桑园子人都叫它柿王。

桑园子盛产柿子，漫山遍野的都是柿子树。一到深秋，柿叶黄了，柿子红了，一颗一颗，小红灯笼一样，把东山西山都照得红艳艳的。可满山的柿子树都比不过村口这棵柿王。就像于大脚有许多干儿子一样，柿王也有许多干儿子。不，柿王的干儿子要比于大脚的干儿子多了去了。秀明晓得这棵柿子树岁数可大着呢，像谁一样大呢？开药铺的公家老爷子不如它大，常家太爷也没有它大，好像村子里没有人比它大。奇怪的是，柿王不但是秀明的干爹，是戏班子里文志仁的干爹，还是文志仁的爹的干爹呢。干爹的干儿子可多着呢。每年六月六，干爹都要过生日，干儿们都要来给它烧纸上供。柿王不远处，小小的土地庙边上，有个大戏台子，六月初六那天，庄里还要在这里唱大戏。戏是文家戏班子唱的，又好听又热闹。

秀明悄悄走近干娘，无声地挨着干娘坐进柿王的阴凉里。现在是阴历四月天气，柿王庞大的树冠之上，开满了乳黄色的小花儿，花萼下藏着一枚枚青涩的小小柿子。不时有风儿将树上的花萼吹落下来，秀明便伸出手儿将这些花萼捡起来。

“这些花儿秀珍喜欢玩呢。”秀明好像是对着干娘说，又好像是对着自己说。他有时会与秀珍一起来捡拾花萼，秀珍教给他要捡那些花萼完整的。秀珍来时手里总会带着一根串好了丝线的针，她把那些完整的花萼一个一个用针串了起来，做成一个大大的花环，可以挂在脖子上好几天呢，那时候整个秀珍都是香香的。秀明说，秀珍不戴花儿也是香的。秀明说的是真心话，可是秀珍听了不知怎么就嘤嘤地哭了。秀明不会哄妹妹，他站在妹妹身旁手足无措，常常后来总是他索性也大哭起来后，秀珍才会恹恹作罢。

“秀明喜欢秀珍吗？”于大脚也帮着秀明捡地上的柿花儿。

“嗯，秀明喜欢秀珍香。”秀明见干娘不再发呆，还主动与他说起秀珍，他心里高兴起来，“干娘哎，秀明喜欢秀珍，秀珍是妹妹，香香哩。”

于大脚心口有些疼，她把秀明拉到自己身边来重新坐下，她说：“秀明不急啊，来，不要捡了，你陪干娘坐会儿。”

于大脚拉秀明重新坐到自己身边来。高大的柿子树满树的枝叶婆娑有声，像是诉说一段久远的记忆。于大脚嫁到桑园子那年才刚刚二十岁，她是从一个叫于屯的村子被转亲转到这里来的。时间太久了，久到她都几乎忘记自己是怎么被转到邱家的。邱家在桑园子是单门独户，撑不起场面来，因为邱家老两口一拉溜生了几个孩子，一个也没能成功存活，领养了一个闺女来弟后，才又结出了一个瓜，却是一个呆头呆脑的歪瓜。于是托人转脸地就有了转亲这回事，这件事涉及了三户人家，邱家的姑娘来弟嫁去梁家，梁家的姑娘嫁去于家，于家的姑娘嫁去邱家。因为转亲这事伤了人的心，婚后这些邱家的梁家的于家的姑娘便都咬了牙与娘家断了联系，日子却一如既往地继续。至于谁家儿子咋样女儿咋样，那就看各人的命了，有命摊上个心眼儿全实的，没命摊上个缺胳膊少腿间或短命的也是有的。譬如于大脚。

于大脚不说话，她抬起头看着柿王。自从她嫁进桑园子的那天起她就与于屯作了决绝的离别。成亲那天，她从于屯里来，顺着山路，走过拱桥，看到高大的柿子树，就知道前面便是桑园子庄了。经过柿子树下的一刹那，于大脚心里一紧，再也迈不开步子了，她好像看到高大的柿子树也在为她呜呜咽咽地哭。她，于屯里来的于大脚，终于不得不认了命。

“这都是命。”于大脚喃喃地说，“人活的就是个命儿。”

秀明不明白今天干娘究竟是怎么了，今天的干娘与平时的干娘好像不太一样，素日里干娘都会与自己有说不完的细碎的话，那些话别看自己并不见得全听懂，可是自己愿意听，自己认真地坐在干娘身边，由着干娘一边拉着自己的手，一边与自己细碎地说着话，自己喜欢这样的时光，看得出干娘也是蛮喜欢的。可今天的干娘是怎么一回事啊？怎么不说话了呢？干娘不说话，秀明也就不知道自己应该做些什么。

看着柿子树上刚刚褪去花萼的密密麻麻的像琉璃球一样的小柿子，秀明便想，这小小的青果儿什么时候才会变成一盏一盏的小红灯笼呢？红红的柿子挂在树上，一经霜，不用漤就暄软香甜，他和秀珍都喜欢摘那样的柿子吃。秀明的嘴角果真就流下了口水。

“秀明。”于大脚轻声叫道。

“哎。”秀明赶紧应了一声，他听出干娘的声音有些沙哑好像是哭过了一样，可是干娘就在自己跟前啊，自己没看到干娘哭。

“秀明，来。”于大脚手一抬又把秀明拉到自己跟前来，“秀明，干娘想告诉你一件事儿。”

“哎。”秀明响亮地应了一声，他热切地看着干娘的眼睛，干娘的眼睛红红的，好像那年爹给他抓到的小灰兔的红眼睛呢。

“秀明要娶媳妇呢。”于大脚抚了一下秀明的头，喃喃地说，“娶媳妇是好事哩……可是，可是为给秀明娶媳妇，爹和娘就得把秀珍送人了，唉，与你说这些有什么用呢？你也不晓得个里表，不分个四六，说到底还是都怪我啊，唉，不说了，啥都不说了，怎么样都是命，都是命啊。”

于大脚说到后来干脆把头伏到秀明的腿上，孩子一样嘤嘤地哭了。

秀明被干娘吓坏了，自从他记事起，他就从来没有看到干娘哭过，他看到的干娘永远都是风风火火脚底生风的样子，他看到的干娘永远都是昂头向上永不服输的刚韧。他渐渐长大，干娘慢慢变老，一直到昨天前天大前天的时候，干娘还是坚强无比的，现在怎么一下子变小了呢，还学会了哭。秀明对着干娘手足无措，他实在没有办法了，索性再使出对付秀珍的法子，他也哭。

秀明对着干娘哇哇大哭起来，他听清了干娘的话，他不要娶媳妇，他不让秀珍被爹娘送人，媳妇儿是啥他是晓得的，媳妇儿是娶进来的，媳妇都是女的，可是要媳妇有什么用，还要送走秀珍，对于秀明来说这个代价委实是太大了，他把头摇成了拨浪鼓，不要，不要啊，不要送走秀珍。秀明哇哇地大哭起来。

于大脚终于哭完了，她擦了一下眼睛，这眼睛又肿又疼，她不光为秀珍的命运在哭，更多的是为着自己在哭，来这世间五十多年了，她依然孑然一身，人世其实什么都没有给她。

“干娘，咱们回家吧。”秀明泪眼婆娑，一边说着，一边去拉于大脚的手。于大脚对他摇摇头说：“秀明，你先回去吧，干娘还要在这里坐一会儿。干娘有话要问你干爹，干爹比干娘年岁长，他应该能告诉干娘。”

秀明不放心干娘，可他对干娘从来都是言听计从的，他松开干娘的手，任干娘仍旧坐进柿王的树荫里去。

秀明把捡来的那些花萼双手捧在胸前，这是他要带给秀珍的。

3

秀珍终于知道了自己的归宿，她一夜都没有合眼。

第二天天才蒙蒙亮的时候，秀珍已经把家里的水缸都挑满了水，还去池塘里浆洗了一大筐衣服，有爹的有娘的还有秀明的，她把衣服晾挂在东墙边的晒衣绳上，那些滴滴答答的水很快把地上的土打湿了，土中就泛起了些许泉水的淡香来，让人的心也湿润润的了。秀珍把那些衣服都抻了一遍，然后把手放在自己褂子上擦了干。她进屋里去换了一件她最中意的翠绿衫子，仔细地梳洗了一番，还扑了一点儿淡红的胭脂，这个早晨的秀珍比以往哪个早晨的秀珍都要美丽和素净。秀珍站在院子里四围里重新打量了院子，她在这个院子里生活了十七年零五个月。

秀珍打开院门的时候，家里的其他三个人都还在拂晓前的甜梦里。秀珍轻轻掩上院门，转身离去。

太阳就要爬上东山梁的时候，娘才起了床。她先起身去了茅厕，然后才揉着惺忪的眼睛站在院子里。院门已经被打开，爹已经下地去了，秀明也跑去看干娘了，娘只看到满满的水缸和晒衣绳上的衣服，她没有闻到土里的水的淡香，也没有嗅到晨起的空气里秀珍诀别的味道。娘的鼻子早已经被生活磨砺得失了灵敏又惰了性情。

娘坐回到门槛上。烧饭还早了些。打遭了灾，口粮紧，和许多人家一样，他们家一日只吃两餐，半晌午时吃一顿，傍黑天再凑合一顿。再说自从秀珍十岁后，她就把做饭的权利一并都交给了秀珍，她现在满脑子都是秀明娶媳妇的事。昨天她已经带秀珍找了于大脚，依于大脚对秀明的疼爱，她是会上心的；至于给秀珍找个什么人家，她没有想太多，女人一辈子不就这点事吗？嫁给谁不是嫁啊。等秀明娶了媳妇儿，过个年把再生个娃，那她就能抱上大孙子了。想到这里，娘有些兴奋，她菜青色的脸上泛起了微红的光。

过了半晌还不见秀珍回家，娘没办法，便自己动手做了饭，熬了一锅稀粥。她正在灶间里添火，见秀明急急跑回家来。秀明怀里抱着一大捧柿子花儿，在院子里和屋子里转了两个圈都没找到秀珍，他有些着急，却并不回答娘的问话。他把柿子花儿抱在胸前，向院子外走去，娘拉住他让他去吃饭，他低下头看了看娘拉住自己胳膊的手，猛地一下子就扯脱了，他恨恨地盯了娘一眼说："是你，就是你，你要送走秀珍，我不同意，我告诉你了，我不同意。"

娘一下子愣在了那里，她没想到这一层，她根本就没想到要征求过秀珍的意见，更别说还要征求一下秀明的意见了，她和老头子只一门心思地以为，为了秀明，秀珍是什么都该愿意的，他们马家的香火可都寄托在秀明身上了。

秀明摆脱了娘，自己一个人在桑园子的街头晃来晃去，他一定要找到秀珍，送给她这些柿子花儿，她一定会高兴的，可是秀珍到哪里去了呢？

街上走着庄里的人，庄不大也不小，三四百户人家，千把口人，这些人秀明大都模糊认得。秀明在街上乱蹿，他见人就抓住人家的手问秀珍到哪里去了，有小孩子就被他吓哭了。这时，戏班里的文志仁正好路过，秀明虽比志仁大了几个月，却总喜欢跟在他后面喊他大哥，原因是秀明喜欢听戏，特别喜欢文志仁唱的包公戏。

“大哥。”秀明跟在文志仁身后叫。

“秀明？你在干吗？”志仁停下脚步，他看到秀明竟然哭着，他的一只手还抱在胸前，那里面是捡来的柿子花儿，他的脸上泪痕斑斑，像被刮花了的墙，“你这是怎么了？怎么还哭上了？”

“大哥，秀珍找不到了。”秀明扯住了志仁的胳膊用力地摇着说，“秀珍找不到了，娘说让她给秀明换个媳妇来，秀珍就不见了，大哥，俺不要媳妇，俺要秀珍回家。”

志仁一听就明白了，准是马家要拿闺女秀珍给儿子秀明换媳妇，秀珍不同意才离家出走的。这些年，桑园子常有换亲的事呢，志仁有些气愤，怎么能拿好好的闺女不当个好。

可是秀珍能到哪里去呢？那个身体弱小的女孩，年前她还跟着二大娘家的马秀花去戏班学戏来着，秀花不怕人，先从小丫鬟唱起，秀珍却有些羞怯，怎么也不开口学唱，她跟着秀花去了戏班几天，以后就再也不去了。志仁为此还找过她，想让她专学花旦什么的，可是她却并不上心，只说不喜欢唱戏，便从他身边离开了。这以后俩人偶有见面，秀珍却总是一低头就从他身边过去了，再也没有说过话。

志仁看着秀明的眼睛问：“平时秀珍都喜欢去哪里？你带我去，咱们一起去找找她，也不是我说你，怎么能拿秀珍给自己换媳妇呢。罢了，罢了，谅也不是你的主意，你哪会懂得这些。”

秀明想起来了，他们家虽说在庄北头，但秀珍喜欢去村南头的池塘洗衣服，也顺便去南井挑水，秀珍说南井里的水甜。桑园子庄顺着东山西山间的山峪从南到北排了够二里地。庄里人吃水靠两眼井，村北头的都去北井挑水吃，村南头的都去南井挑水吃。南井水脉旺，井底一眼涌泉长年不干。等水漫过井壁中间的溢水口，便源源不断地注入附近的池塘。池塘里的水满了，又从塘坝边上的小石桥下顺着一道小河沟流出山外。就因了这一进一出，池塘的水便活了。因此，村南头的池塘长年碧波荡漾，是村里的女人们浆洗衣服的好地方。

娘没少拿池塘吓唬秀明，娘说池塘里水深，水里面有水妖，都成精了呢，专门吃不听话下水游泳的小孩，那水妖的嘴有一丈深呢，小孩在它嘴里都不够塞牙缝的，秀明是从来不敢一个人独自来池塘的。秀珍就敢来，不光敢来，还敢坐在池塘边的石头上，赤着脚把脚放进水里，两手会很有节奏地在石块上搓洗衣服，洗完了就呼啦啦从水里站起来，用力弓起身，把衣服拧干了水，一件一件放进竹筐里。然后再到井边汲上一桶水，配着盛衣服的竹篮，挑着担儿就可以回家了。

秀明跟着秀珍来过池塘，但他只是远远地坐在池塘边的打麦场上。麦场是四队的，麦垛里常常有鸡鸭来下蛋，秀明来时常常会去找鸡鸭们丢的蛋，他可不敢把脚丫子放进水里去，尽管他也渴望像其他男孩子一样去塘坝边的小石桥下网鱼。

秀明陪秀珍来池塘时，秀珍总会先静静地待在塘边，把双手捧成个漏斗样，等那些泥鳅跑进手心里来，她会猛地一收手，那滑滑的泥鳅儿就是孙猴子跑不出如来佛的手心里了。

秀珍把泥鳅放进水桶里，把水桶提到秀明的跟前，让他伸手在水里抓泥鳅玩，她再去洗衣服。

有大哥陪在自己跟前，秀明什么都不会怕。秀明要带着志仁去南井。

还没到南井呢，就听到了一片喧闹声，听着声音不对，志仁顾不上秀明，他拔腿就向前面跑了过去。

池塘边围了几个人，因为水还太凉，要到半天晌午的时候才会有人来浆洗衣服，那几个人是来南井挑水的。

志仁跑到跟前一下子惊呆了，只见秀珍已经走进池塘中间去了，那件翠绿的衫子已经湿了半截，紧紧包裹着她瘦小的身子。她每向水深处走一步，池塘边上的几个人就惊呼一声，大家都在大声地呼喊着秀珍的名字，可是秀珍却好像什么都听不到了，她没有回头也没有应答更没有停下来，她又向水里走了一步。这个池塘里的水从来没有干过，下边是个什么样的地势大家也不清楚，反正是越往里是越深的，常听老人们说这个池塘就像一口大锅，一旦溜进锅底儿，神仙也没有办法救命了呀。

志仁额头上的汗一下子就冒了出来，他一边跑一边脱身上的衣服，来到塘边，纵身跳了下去。秀明还不知道发生了什么，他跟在后面捡着大哥的衣服，等他抱着衣服来到塘边，他的嘴巴张大了，一下子现了痴呆相。

没有人注意到秀明的出现。秀明忽然有了胆量，他大步迈进了水里。他知道，秀珍和大哥去抓水怪了，他要帮他们一下。池塘里的水好凉好凉啊，秀明的腿一下子就抽了筋，他口袋里装的柿子花都漂浮在了水面上，好像一盏盏柿花灯，飘飘摇摇，这是他送给秀珍的香花环。他想伸手去抓，可不管他怎么伸手，却还是不由自主地往水底深处滑下去。水一下子没了过来，秀明只挣扎了几下就不见了踪影。随着一圈圈涟漪，满池塘的水面上漂散着一片花灯。

志仁费了好大的劲才把秀珍救了上来。秀珍肚子里灌了水，被抱到碌碡上去控。已经有人通知马家了，马家爹和娘疯了一样跑到池塘边，可秀明已经不见了。随即有水性好的乡亲下水打捞，捞到下午五点，才在水底一个石头夹缝里把秀明给捞了上来。

4

秀珍醒来后，说啥也不回马家了，她誓死要跟着志仁。没有办法，秀珍住进了文家，这在桑园子可是从来也没有过的事情，一时间整个桑园子议论纷纷。有的说，志仁也真是，好心救人却被人黏上了。还有的说，文家有福，这下子白白捡到个儿媳妇。

沉浸在丧子之痛中的秀珍爹娘脸面上挂不住，可一时也没啥主意了。

于大脚来送秀明，她给秀明点了长明灯。上半晌还与自己在一起的秀明，转眼就与自己阴阳两隔了，于大脚默默垂泪。

于大脚在马家待到半夜，她想再陪陪秀明，因为他还没有成亲，是少亡，不能按常规出殡之类的，到明儿，只能在祖坟的地角边上挖坑埋了便罢。她知道秀明怕黑，她往长明灯里又添了些豆油，她对秀明说："孩啊，你就是这样的命、命啊，下辈子你可要好好托生啊……"

于大脚大病一场，原来的几根黑头发也全都变白了。

秀珍这样在文家也不是个法子啊，秀珍爹就让秀珍娘去于大脚家，商量一下闺女的事咋整。村里算命先生钱瞎子已经给他算过了，他命中不担儿子，就是女儿也要好生看待方能护得周全。事到如今，他们也只能认命了。秀珍愿意待在文家就待在文家吧，只是总得要有个说得过去的理由啊。

于大脚心下是喜欢这样的安排，在桑园子她顶看好的一户人家就是文家，顶看好的青年就是文家的长子文志仁。对于秀珍，她倒希望文志仁能娶了她当媳妇，别看现在秀珍好像是病秧子，可是个多子多福的命相。

说起来，文家落户桑园子庄也是二十多年前的事。这家外来户竟然是凭了花姑一舞水袖立下足跟的，当年的花姑直到现在在桑园子还被广为传颂。于大脚对那个叫作花姑的女人一直难以忘怀。

那年初秋的一个正午，一个外乡女人带着两个孩子，十分疲惫地驻足在桑园子村口的柿子树下。

女人不到四十岁，斜背着一个大包袱，看上去就是个逃荒的农妇；虽然穿戴得很破烂，但掩不住她个子高挑，眉清目秀。两个男孩大的有十六七岁，小的十四五岁，眉眼都很周正。

也许这棵高大的柿子树让他们母子眼前一亮。这是怎样的一棵树啊，顺着蜿蜒的山路走来，老远就能看见它高高地挺立在山坡之上，巨大的树冠像一片绿色的云朵，又像一把撑起的巨伞；走近它，就像走近一个慈祥的老人，它雄踞在山沟边、土路旁，它的身后隐隐约约就是一座看上去十分美丽的山村。这里是进村的必经之路，而这棵柿子树就像立在村口的村名碑，又像在村口专门迎客引路的老者。

女人看得呆了，不由低下头，对着柿子树深深鞠了一躬。

树旁不远处是一片小空场，空场上有一座小巧的土地庙。两个孩子正从供台上寻找食物。他们很失望，供台上除了香灰并没有什么可吃的东西。

两个孩子又回到柿子树下。见到树上密密麻麻的柿子，大点的孩子便踮起脚尖去摘，可是够不着。倒是小点的孩子机灵，他退后几步，先是助跑几步，接着猛然一跃，两枚柿子连同几片树叶一下子就到了他的手里。

青青的柿子圆润可爱，可是咬到嘴里还是青涩的，小哥俩忙不迭地吐出来。

“富国、富昌！”女人对着他们叫道。

两个孩子懂事地拢到娘身边。娘说：“走到哪儿是个头啊，富国、富昌，你们看，这里有多美，娘喜欢这个地方。”

哥哥富国说：“这儿是挺美的。”

弟弟富昌说：“俺再也不愿赶路了。”

母子三人走进桑园子庄，遇到的第一个人便是于大脚。寡居一年的于大脚将她们领到自己家里，做了一顿热乎的饭菜让她们吃了个饱。

女人说：“打小人们都叫我花姑。”

于大脚说：“那俺也叫你花姑吧。”

花姑说她们老家在好远好远的地方，得罪了土匪，男人死了，在老家待不下去了，就流落到这里了。这里山好水好人也好，俺想留在这儿。

于大脚见花姑长得俊俏，不像个土生土长的乡下女人，也不好刨根问底。可要将她们收留下来，可不是她能做得了主的。于大脚便带她们去“和善堂”找公德贵。

公德贵差不多四十岁的样子，是桑园子一带有名的中医先生。据说，在他爷爷那辈儿的时候，公家还是桑园子最大的地主。到了他爹，因为迷上赌博，家财大多输光，只留下一个大宅院和几十亩薄地。公德贵不恋钱财，迷上中医，后来开了间药铺叫“和善堂”，慢慢就有了些名气。“和善堂”医术出名又乐善好施，乡民一般小病小恙儿服草药就能给治好，且药材特别便宜，遇到家境贫寒的干脆连钱也不收。公德贵生了两个女儿后，才生了儿子公长俭，本希望他能子承父业，可他不喜欢学医，十六七岁了，整天无所事事的，一天到晚舞弄个大刀片子，让公德贵好生失望。好在三年前老婆又怀了孕，本想老年再得一子，谁知老婆突发急症，公德贵煎了药，吃下几服竟无济于事。束手无策的公德贵慌忙将老婆送到省城医院，医生最终无力回天，大人孩子都没保住。已经嫁到省城的大女儿埋怨爹的中医误了病情，发誓一定让孩子也去学医，学西医。老婆死后，公德贵一直守着儿子长俭过日子，直到于大脚死了男人，公德贵便托媒人撮合，结果她公婆死活不让于大脚改嫁，于大脚也忍不下心，事情就搁了起来。从那起，就像没有这回事一样，见了面该怎样还怎样，只是于大脚始终没再改嫁，公德贵也没再续弦。在桑园子，公德贵人缘颇好，村里人家大事小事都要找他拿个主意。

见了花姑母子，公德贵就有些同情："你们孤儿寡母的，怎么能在桑园子立住根？"

花姑说："俺有俩儿长着呢，只要有块地儿，准能养活自己。"

公德贵看看眼前这位倔强的女人，叹了口气。于大脚说："瞧着怪可怜的，咱桑园子东西两座山，还容不下她娘仨？"

"俺还有点儿积蓄，孬好够安下家了。"花姑说，"往后的日子，俺们还有三双手呢。"

"这样吧，俺家西山坡上还有二亩薄地，也快撂荒了，你们在那儿盖几间房吧，周边还有些荒地可垦，只要勤快，就能活人。"公德贵边说边打量着花姑，他愈发觉得这个女人不像是一般的女人。

一家人先在于大脚家暂时安顿下来，这让花姑十分感激。花姑便问于大脚村里的一些风土人情。于大脚说："你们进村时，看到咱村口的那棵老柿树了没有？"

花姑说："嗯，那好像不是一棵普通的柿子树，得上百年了吧。"

于大脚说："桑园子人都叫它柿王，把它当神敬着呢，很多人家生了男孩都要去拜干爹，孩子好拉扯呢。俺看，富国富昌俩兄弟在桑园子也没个靠山，还是去认个干爹吧。"

"行。"花姑想了想，点头说。

第二天，于大脚备了火纸和供品，带着花姑母子来到村口的柿子树下。

于大脚在树根间的石板上摆好供品，让富国、富昌跪在树下，点燃了火纸。

富国和富昌跪在地上，看着燃烧的火纸在那儿打着旋儿，带着火星的纸灰旋着升到半空中去，又落到柿王茂密的叶子上，两个孩子心里便由衷地对面前这株古老而又神秘的柿子树产生了莫名的敬畏。于大脚在一根红布条的两端分别拴上了几枚铜钱，拴完之后，又同样拴了另外一根，然后把这两根红布条放在供品边，念叨道："柿王树啊，民国二十六年八月初三卯时，文富国一十六岁、文富昌一十五岁，自此在桑园子庄安家落户，兄弟二人诚心拜您老人家为干爹，求您保佑平安……"

念叨完毕，于大脚将红布条朝着大树的枝丫间轻轻抛去，两根红布条分别搭在了粗壮的树枝之上，晃动了几下之后就稳稳地垂在了那里。富国、富昌好奇地抬头看去，就发现茂密的树叶下边，许多枝丫上都垂着这样的布条，大多褪去了颜色，只有这新挂上的两根格外地鲜红。

于大脚对孩子们说："磕头吧，叫三声干爹！"

富国和富昌对着柿子树磕了头，大声叫道："干爹、干爹、干爹——"

声音在山谷里回响着。此时，山风吹来，树叶哗哗作响……

接下来，于大脚开始招呼乡亲们帮她们在西山造屋建房。公德贵也来帮忙张罗。于大脚想不到，这个逃难的女人身上还带了一些钱，足够盖上三间房了。于大脚请来几个石匠，还把村里的羊倌常九德、马家秀珍她爹、东山头的吴大用等人请来帮工，忙活了几十天就把新房建好了。

西山真是个好地方。花姑脸上开始有了笑容，她领着两个儿子要在这儿开始新的生活了。秋天，她们在地里播下了小麦；冬天，她们在西山的荒地上开垦，来年春上又种上了玉米、高粱……

你知道西山有多美吗？春天来的时候，漫山的春草萌动，那些石头下面的昆虫儿开始悄悄呢喃，那些树和树之间彼此都噘着嘴沉默着，暗地里却相互较着劲儿比赛看谁早一天发芽开花，然后睡一觉起来，睁眼一看，满山坡就变了模样儿。那些叶呀一下子就长大了，还有那些野花儿，只觉这一眼还在含苞着呢，下一眼就已经灿然绽放了，缭绕的香气把西山都熏醉了，站在山梁子打一个喷嚏，整座山都要醉得摇一摇晃一晃呢；夏天被香气牵引着来了，那些花间的蝴蝶和蜜蜂，那些草地上的蚂蚱和螳螂，那些石块下面的蝎子和蜈蚣，那些被惊扰走来的野兔和山鸡，还有从地洞里钻出来爬上树干的知了，西山成了它们的乐园；不久，知了声拽住秋天的衣襟，把秋天缓缓地拉到跟前来了，柿子树上的叶子慢慢变成了红色，然后又悄然落下，满树的柿子却还留在枝头，密密麻麻地鲜红着，像被人挂上了一串串小红灯笼；到了冬天，下过一场大雪之后，远山近峰洁净得如同披上一身素纱……花姑不知道自己有多喜欢桑园子，她带着儿子就像在一匹锦缎上绣花一样把西山脚下开垦的土地侍弄得有模有样。

起初，除了公家父子和于大脚，花姑母子和村里人接触并不多，很少有人去她家串门。对这家外来户，村里的人还不知根底。各人过各人的日子，花姑与桑园子相安无事。

第一个收获的季节，花姑家的麦子获得了丰收，村里人开始眼馋起来。收了麦，花姑和儿子又在地里种下了玉米。西山上獾多，兔子多，还有小豺狼，会扒地里的种粮。为了防狼，富国花了半个月的时间偷偷制作了一支火枪。制作完后，他跑到山谷里悄悄放了两枪，那声音果然震天地响，把整个西山震得瑟瑟发抖。富国伸了伸舌头，转下头四下里看看，他把火枪藏在了他和富昌的床底下。富国说："这下好了，管它西山有什么，都不用害怕了。"

玉米很快就要成熟了。可富国和富昌发现，这几天地里的玉米棒子不时被掰去一些，两兄弟便跑回家告诉娘。

富昌说："娘，娘，有人偷咱家棒子呢。"

"瞎说什么。"于大脚正好来串门，花姑呵斥着儿子，"瞎说什么，桑园子人对咱们都这么好，谁会偷咱呢，怕是被獾偷吃了吧。"

"娘，这可不像是獾，你看地里那些脚印儿，分明就是人嘛，这是有人欺负咱们。"富国气呼呼地说。

"不许胡说！"花姑嗔怒着。

于大脚说："哪个庄没几个小毛贼，这是看你们日子过得好，有人眼红了。不敲打敲打不行，要不可就真欺负人了。"

"敲打？"花姑说，"俺们新来乍到，无亲无故……"

“不是俺说你，像咱这样的女人，没个男人罩着，自己就得挺起来，要么让人敬重，要么让人害怕……”于大脚愤愤地说，“还是俺帮你吧，到晚上，俺围着桑园子庄从北头到南头给你骂街，看他们还敢偷你家的棒子！”

“不就是几个棒子嘛，骂什么街。”花姑说，“都怪俺和乡亲们来往少，得空俺想法子，好好谢谢乡亲们。”

于大脚有些不解，花姑神秘地一笑。

隔了几天，富国发现地里的棒子又少了不少。他生气地从床底取出他的火枪：“真是欺负人，俺看谁还敢！”

“莫急，莫急。”花姑拦住儿子，不慌不忙地从柜子里取出一个包袱。她们就是背着这个包袱来到桑园子庄的。

花姑说：“娘的嗓子痒痒了，该给乡亲们唱几段了。”

花姑抖索着打开包袱，先是取出一只长柄的烟袋，接着又取出一身鲜艳的戏装。

一旁的富昌拍起手来：“好啊，好啊，娘又要唱戏了！”

富国却说：“娘，你不是说这辈子不再唱戏了吗？你这是……”

花姑长长地舒了一口气：“富国、富昌啊，娘憋得慌了，吼一嗓！”

富昌赶紧接过娘的烟袋，看着娘认真地穿戴起戏装。这是一件秋香色软绉老旦蟒，娘小心翼翼地将它穿在身上，扭动了一下腰肢，直看得富昌拍起手来：“好看，真好看。打娘不唱戏了，还是头一回穿上戏衣呢。”

娘不作声，将杌子移到桌前，对着镜子慢慢地将头发梳拢开来，又认真地盘在头上，盘成一个高高的发髻。然后，从包袱里拿出一个精致的脂粉盒，捧在手里看了半天，才轻轻地将它打开，将扑粉和胭脂仔细地搽在脸上。做这些的时候，她一点儿也不性急，神情那么专注。她在镜子里反复端详自己，许久才说：“富昌，取我的头面来。”

“哎。”富昌答应着，从包袱里取出一顶水钻头面，恭恭敬敬地递给娘。

花姑将它戴到头上，站起身来。整个屋子顿时明亮起来，娘蛾眉淡扫，光彩照人，绣带飘扬，婀娜多姿，俨然仙女下凡。

母子三人走出石屋，来至玉米地边儿的巨石之上。花姑在巨石上坐下来，定着神。富昌已经在娘的烟袋里装上了烟丝。娘接过烟袋，富昌拢着手帮她点上。娘把长烟袋放在嘴里深深地吸了几口，慢慢把头仰起来，朝着天空吐出几个大大的烟圈来，那烟圈先是又大又圆，山风一吹，马上就消散得无影无踪了。

娘把烟袋往石头上一磕，站起身来："富国，给娘轰轰场子。"

"哎。"富国答应着，举起手中的土枪，对着山谷扣动了扳机。

砰！

一声震天的枪响，在西山的山谷里反复回响。草丛中几只山鸡和附近树上的小鸟儿突然受到惊吓，纷纷尖叫着飞到半空。

"西山里，东山里，都来听俺娘唱戏喽——"富昌对着大山大声喊道。山谷中飘荡起一阵阵悠长的回响，"唱戏喽——唱戏喽——"

枪响过后，以大山为幕布，以巨石为舞台，以山坡上的树木和庄稼为观众，花姑轻舞水袖，慢移莲步，大声唱道：

大门外三吹并三打
大门外三吹并三打
后庭院走出来我樊梨花
昨夜晚三更发一梦
我梦见本帅白了发
我梦见黑虎白虎打架
一见我拉架那黑虎呲着牙
一怒间把黑虎拦腰刺死
绣绒刀压得我两手麻
忽听得婆母娘将令传下
但不知她传将令为什么
走进了银安殿施大礼拜下
银安殿问婆母你有何令发

注：本书所引豫剧唱词，因年代久远，加之民间演员口口相传，水平不一，或临场发挥，与原版唱词难免稍有出入，特此说明。

是司凤英的豫剧祥符调《刀劈杨藩》中樊梨花的唱段！

花姑字正腔圆，唱得明快、清新而又激越、跳荡。小鸟儿飞回树梢上侧耳聆听；玉米叶子哗哗作响，就像拍手鼓掌；整个西山都在凝神屏气，让这绝美的唱腔漫山遍野飘荡开去。

花姑正入神地唱着，西山山坳里突然传来一声长长的叫好声："好，好啊！好——"山坳把这叫好声放大了好多倍，在山坡上久久回荡。

富昌小声说："是在山上放羊的常九德，他也有好多戏文哩。"

花姑没有分神，她继续唱着。虽然没有伴奏，这个段子她早已烂熟于心，得心应手，一旦进入了角色，她唱得愈发投入。

很快，常九德赶着羊群下山来了。

接着，在附近地里忙活着的人们陆续聚拢过来。

不多时，半个桑园子庄里的乡亲也先后来到这里……

于大脚也站在人群里。她真的想不到，花姑还会唱戏。

5

于大脚对文家有恩，撮合秀珍与志仁的婚事，她还是有点自信的。别说志仁了，就连他爹文富昌和大伯文富国的婚事，都是她帮着张罗的呢。如今，志仁都长成大小伙子了，活脱脱就像当年他爹年轻时那样精明秀气。

当年花姑一通戏文，让文家在桑园子庄有了颜面，很快立稳了脚跟。花姑的身世其实很凄苦。据她说，从小她就被爹娘卖进了戏班子，跟着师傅学戏，后来嫁给了师傅的儿子。师傅死后，她和男人支撑着戏班子，到后来不知怎么结了仇，黑道上的人便来砸场子，男人被打死了，她只好带着两个儿子远走高飞。乡亲们对此将信将疑，但花姑戏唱得好却是事实，两个孩子也像是在戏班子里长大的。尤其是富昌，年龄虽小，但老生青衣都能来上几段；哥哥富国却不爱唱戏，翻个跟头舞个把子倒是有模有样。从那以后，不仅他们地里再也不丢失庄稼，遇到农忙，许多乡亲都会来帮忙干活。下雨阴天没事的时候，常九德便约了几个人去花姑家听戏学戏，东山头的吴大用、李家羊等人是村里的吹鼓手，吹拉弹唱也算在行，便也时常过来凑凑热闹。公德贵也是极爱听戏，平时闲暇里也喜欢拉拉板胡什么的，干脆出钱置办了一些响器行头。公德贵对花姑说，没事的时候，带着大家乐和乐和，省得村里人天一黑除了赌博就是上炕。

这正合富昌的心意。他对娘说："娘，你不想再把戏班子拉起来？"

花姑叹口气说："想是想，咋能不想呢？你爹临死的时候就说过，有人就有戏，到啥时候，这戏还是要唱的。只是……娘是怕了。"

"你看，桑园子人多好。"富昌说，"那么多人喜欢戏呢。九德哥唱得也不差哩。"

花姑说："你找九德他们商量商量，能凑起人来，我就教你们。"

桑园子的羊倌常九德可不是个一般人物。他父母死得早，只留下他和哥哥常九林一起过活。九德从小就给人家放羊。前些年哥哥娶了亲，大嫂有痨病，生下女儿杏妮后，日子过得凄惶，也就顾不上他了。九德便靠放羊养活自己。每天，他赶了羊群到西山，傍晚再把吃得饱饱的羊儿们赶下山拢到羊圈里，几乎天天如是。西山很大，附近村子的羊倌也时常赶了羊儿来放。别看羊倌管了一大群牲灵，羊儿咩咩叫起来是那么热闹，可放羊其实是个很寂寞的活儿。等把羊群圈在一个地方吃草，羊倌们多半是会自己与自己逗乐的，他们会喊山，会学鸟叫，有的还会唱戏文。那些咿咿呀呀的叫场和抑扬顿挫的拉魂腔梆子调，常常在山间悠长地回响，这让九德感觉到无比兴奋。他开始留心去听，几年工夫，山对面羊倌们唱的戏文九德竟然都学会了。九德从此迷上了戏文。只要听说哪里有唱戏的，晚上拢了羊，他饭也顾不得吃，跑几十里山路也要去听戏。桑园子庄南二十里的岔河有个大集，每月都要唱几天大戏，有时白天唱，晚上也唱。白天唱戏的时候，只要刮南风，那锣鼓家什一敲，响声就能飘到西山梁子上。九德便站在崖上伸长脖子去听。他的耳朵好使，别人根本听不清唱的什么，他却能跟着似有若无的声调哼唱起来，极受用的样子，许多羊儿都学着他支起了耳朵。晚上那场，他是非跑去看不可的。渐渐地，戏班子里的人都认得了他，要不是那年冬天出了变故，戏班子还差点儿带他走了呢。

那年腊月，大雪封了山，羊儿赶不出去了，常九德可就得了劲儿。他四处打听哪儿有唱戏的，听说三十里外的穆家店腊八立集要唱大戏，常九德便让哥哥帮忙按时喂羊，自己背上几个煎饼，约着东山的吴大用就去赶集听戏了。听完白天的又要听晚上的，坐在雪地里听戏，身上实在太冷了，两个人便凑钱打了两壶酒，边喝边看，好不惬意。散了戏都小半夜了，两个人却突然走散，怎么找也找不着了。趁着酒意，常九德索性自己摸黑往回赶。等到了一段山路，他就觉得不对劲了。明明是山路，明明是漆黑的夜，他的眼前却分明是一条大路，明晃晃地伸向前面，脚踩在路面上软绵绵的，就像有两个人架着你走，你想停下来都停不住。坏了，这是叫鬼给架了。常九德头皮一麻，他听过很多这样的鬼故事，没想到自己还真遇上鬼了。常九德脑子很清醒，却控制不住自己，不得不一直往前走去。他突然害怕起来，想唱几句《钟馗打鬼》里的戏文，却一句唱词也想不起来了……

不知过了多久，朦胧中，常九德终于听到包公来了，眼前却变得一片漆黑，自己却想动也动弹不了了。只听包公唱道：

秦香莲南衙告下状
句句告的驸马郎
欺天子瞒皇上
后婚男儿招东床
有句话为臣我不敢讲
……
你本是金枝玉叶 落一个偏房
……

黑夜里，吴大用哆嗦着嗓子胡乱唱着戏文给自己壮着胆，打着手电在山路上急奔而来。在一道小河边，吴大用终于发现了站在河中央的常九德。河水虽然不深，但却结了冰。常九德踩破了冰面，人像傻了一样呆呆地站在冰窟里……

常九德从此跛了。跛了的常九德虽然不再那么灵便，但还是依然放羊，依然在山上独自唱他的戏。也许是在冰窟里待久了，把裆下的二两肉给冻僵了，常九德后来找了婆娘一直没有开怀，而捡到儿子三斤，那就是个意外，这是后话。

那天听到山脚下花姑唱戏，常九德简直不敢相信自己的耳朵。说实话，他听了好多个戏班子唱的好多戏，可从未听到过如此美好的唱腔。虽然只是清唱，在常九德听来，已经是天籁之音。加上这些日子在文家听戏学戏，常九德早已欲罢不能。他喜欢花姑的戏，他爱屋及乌，捎带着喜欢上整个文家的人，岂止喜欢，简直是崇拜了。看人家日子虽然过得清苦，却清苦中别有味道，那是一种对生活抱有希望的坚强，这一点让他格外看重。父母双亡后，与他相伴最多的除了羊就是黑夜，多亏了他还能唱戏，总算让他的寂寥长夜有了稍稍的安慰。现在他终于遇到志同道合的人了，这些日子以来，他内心里总是洋溢着惊喜与欢快。

富昌来找九德，把来意一说，九德高兴得几乎要跳了起来，他比富昌更渴望成立一家戏班子。

"好啊，好啊，好啊！"常九德一双大手把富昌的手攥得紧紧的，"成立戏班，一定成立戏班，这在桑园子可是件了不起的大事，我同意，我坚决同意，富昌兄弟你回家后与大娘说，我加入，我强烈支持，热情加入。"

富昌的情绪也被常九德感染了，他咧开嘴笑着说："好，咱们说到做到，回去我就与娘说，说你同意加入，这以后，咱们戏班子还要走得更远呢。"

"好啊，好啊。"送走富昌，九德有些激动，他对着空落落的院子，忽然"咿咿咿——呀呀呀——"地吊起了嗓子。

文家戏班虽然没正式宣布成立，一伙人却时常凑在一起学戏练唱了。吴大用相中了文富昌，执意要把妹妹吴成芳许配给他。花姑去找于大脚拿主意，于大脚说："虽说应该先给老大富国成亲，可缘分是天定的，这媒俺做了。以后富国的亲事……我也包了。"

富昌十八岁那年成亲了。成亲那天，桑园子庄村口的柿王树上披挂了鲜红的绸巾，土地庙旁的空地上搭起了戏台，文家戏班子在这里进行首场演出。大戏还没有排出来，先是几个人分别唱了一些豫剧段子和当地的"莱芜讴"小段子，接下来是一折《断桥》，新郎官文富昌扮演白素贞，常九德扮演小青，吴大用扮演许仙，他们表演得活灵活现，将一段凄婉的爱情恩怨演绎得催人泪下。最后压轴的当然是喜婆婆花姑了，她的腔调和韵味直唱得桑园子如醉如痴……

接下来几年间，文富昌接连生下了两个儿子：志仁和志义。可是哥哥文富国眼看着要成光棍儿了。

富国打小就不喜欢唱戏，现在娘和弟弟在桑园子又要唱戏，他心里闷闷不乐，因为他知道是爹娘唱戏才惹了祸。富国一直想给爹报仇，可爹是被什么人杀的，娘一直没有告诉他们兄弟。怎么问，娘只说是黑社会，眼下世道不太平，你们不要再出去闯祸了。

闲下来的时候，富国总爱鼓捣他的枪，几经改进，他的枪已经像模像样了。在桑园子，他有了自己最好的朋友，就是“和善堂”的公长俭。公长俭在药铺里坐不住，喜欢在院子里舞大刀。他也常常到富国家里来。两个人常常结了伴，富国提着他的枪，公长俭背着他的刀，一块儿到西山或者东山去打猎，山上有獾，有兔子，有野鸡，还有小豺狼，他们常常打到一些。因为两个人都还没有媳妇，倒也不急不躁。

山里人成亲早，过了二十大几娶不上老婆就算光棍儿了。有的因为穷，有的因为身体有毛病，三来两去耽搁下就成老光棍了。可论家庭、论人物，文富国和公长俭怎么也不至于打光棍啊，花姑急了，于大脚也急了。这年秋天，于大脚听说下峪有个新寡的媳妇，便想给富国说合说合。花姑也没有别的办法，说总得给他成个家呀，只要他愿意就行。

没想到，一见面，富国就应允了。女人虽然有些矮小，可模样儿倒还周正，带着一个可爱的小姑娘，有两岁多，却聪明得出奇，头一回见到富国张嘴就喊爹，富国不由得心里头一疼。富国仗义，二话没说就答应了。

原先盖的几间草房不够住了，富昌便在山坡上又建起一个小院落，与哥哥一家分开来住。文家人就这样在桑园子安定下来。

可桑园子一直就没有安稳过，志仁长到五岁那年，桑园子庄出了大事。

那年，桑园子庄为在村里养伤的八路唱戏，正唱着，鬼子就来了。那些八路在村口奋力抵抗，桑园子的后生文富国、公长俭等也提着土枪大刀上了阵。幸亏县大队救援及时才解了围。只可惜，文富国和几个战士中弹身亡，八路军的一个排长负了重伤，穿着戏衣的花姑胸前中了一枪，人也走了。

花姑命薄，她一生爱戏，最后还是死在了戏上。

……唉，世道变来变去，一晃这么些年就过去了。于大脚觉得自己真是老了。能不老吗？现如今，就连花姑的孙子文志仁都长成大小伙子了。

6

于大脚来到文富昌家的时候，看见秀珍正提着一大桶猪食去栏圈里喂猪。秀珍看见于大脚走进院来，却装作没有看见。于大脚想，这孩子是在记恨俺哩。倒是富昌老婆吴成芳忙不迭地迎出屋门：“哎哟，大姑来了，快屋里坐，屋里坐。”

“大姑，您老上座。”富昌在家，富国的老婆云英娘也在这里，他们对于大脚视若亲人，毕恭毕敬。

于大脚在八仙桌上首坐了。文富昌端过旱烟笸篮递上来，于大脚摆摆手。这一带的女人特别是上了年纪的女人大都抽旱烟袋，可于大脚不抽。

于大脚看看文富昌，又看看两个妯娌，知道他们正在嘀咕着什么事。果然没等于大脚开口，吴成芳就先说话了：“大姑呀，你说说这是啥事？咱家志仁救人一命，算是行好积德吧，可还叫人家闺女给黏糊上了。你说一个大闺女家赖在这里不走，这叫啥事啊？志仁抱了她，也是为了救她啊。”

于大脚快人快语：“志仁他娘啊，俺正是为这事儿来的。你说马家也怪可怜的，傻儿子淹死了，闺女也铁了心不回家了，你说能让她去哪儿？救人救到底，要是不留她，她兴许还是个死啊。”

“可……”吴成芳说，“可这样待下去，名不正言不顺啊。”

于大脚说：“这不，马家托我来保媒嘛。”

“啥？保媒？”云英娘站起身来，急急地说，“大姑啊，俺家云英和她大哥可打小就好成一个人呢，你可不能给拆散了啊。”

于大脚一怔，心里“咯噔”一下，咋就没想到这回事呢。富国死了十六年了，云英娘一直没有改嫁。在富昌一家的帮衬下，母女二人硬是熬了过来。是啊，云英和志仁从小一块儿长大，虽说是堂兄妹，可云英并不是文家亲生的。如今志仁和云英都长大了，他们兄妹结亲也是理所当然的事。

于大脚为难地看看文富昌。

“唉。”富昌叹气说，“你看这事闹的。俺不是不可怜秀珍，只是……志仁和云英从小长起来的，俩人你疼我让的，看上去也都有那个意思。可这几年长大了，倒显得生分了……唉，俺再看看孩子到底是个啥想法，再给您老回个信吧。”

云英娘急了：“她叔，你这是啥话？孩子的亲事不就是父母之命媒妁之言吗？要是怕人说闲话，直接叫大姑今天就给保媒啊。你说是不是大姑？”

于大脚左右为难起来，思忖许久才说：“志仁、云英，还有志义，这几个孩子都不孬，和谁成了都是好事儿。这样吧，咱们家都是会唱戏文的，不是那种粗拉人家，再和孩子们商量商量吧。”

“我倒是挺见怜秀珍这孩子，人也老实勤快。出了这事，她恨着爹娘，一时也转不过弯来……她要不愿意走，就让她住一段日子，就当认个干闺女了，虽说连着两年遭了灾，多张嘴，吃糠咽菜的，咱家也饿不死人……”文富昌抽了口烟，无奈地说。

吴成芳瞪了男人一眼，没有说话。

于大脚顺水推舟：“富昌这主意不错，我看行。亲事咱先不提，让孩子们日后自己拿主张也好。”

秀珍就这样认了干爹干娘，留在了文家。

一晃就是一年，山上的柿子花又开了，秀珍也像一朵花一样地盛开了。

女大十八变。好像一转眼工夫，秀珍就出落成大姑娘了。原先的黄毛丫头已经蜕变成美丽的蝴蝶，翩翩飞舞在文家的院落里。秀珍勤快，懂事，很让文富昌喜欢，吴成芳也慢慢接受了这个干闺女，只是那桩心事一天比一天闹心。云英没事也常常到叔叔家来坐坐，叔叔长婶子短的，叫得人心里暖乎乎的。论长相，论脾性，两个闺女都没说的。云英丰满水灵，一张圆脸白生生的，生就一副旺夫相，说话做事大大咧咧的，心里藏不下什么事儿；秀珍虽略显单薄，但眉眼清秀，端庄沉稳，看上去更成熟一些。

吴成芳心里盘算着，要是把两个闺女都留下来给两个儿子志仁和志义当媳妇该有多好，云英虽说是侄女，可也不是亲生的啊。文富昌却觉得好是好，就是太近了，怎么也是一家人，怕让外人笑话。不如给云英找个好人家，也能多门子亲戚走。

“大嫂可是一个劲儿催呢，她相中的可是老大志仁。”吴成芳提醒文富昌。

文富昌有些为难：“你没看这阵势，秀珍和云英也在较劲儿呢。”

吴成芳说：“大嫂和云英也不容易，你心里可得有数。”

“不急，让孩子处处再说吧，咱可不兴包办。”文富昌说，“还有，志仁天天迷戏，我看心思也不在这里。对了，说起戏来了，这戏班子的事儿，我看得好好合计合计了。”

“叫我说呀，你们爷儿们都让戏勾了魂了。”吴成芳埋怨道。

因为天旱，这年的麦子还是收成不好。好不容易等来了一场小雨，总算把玉米种上了。玉米出了苗，锄过这遍地，就进六月了。

“六月六，挂锄钩。”一有空闲，戏班子里的人就坐不住了。这些日子，天一黑，他们便不约而同地来富昌家商量学戏排戏的事儿。这几年，喜欢来学戏的人越来越多了，特别是志仁那帮年轻人，新近加入的更多。老少两辈加起来也有二十几个人，帮忙凑热闹的人就更多了。文场上，生、旦、净、末、丑，角色都能勉强凑齐。常三斤打小就被九德逼着学戏。好像上辈子就是个唱戏的，这孩子悟性好，学戏也快，尤喜旦角，演白素贞与志仁比也不相上下了；秀珍的堂妹马秀花虽说才十六，学戏也有三年多了，青衣花旦都上了手；钱串儿、田小柱多少也有了些戏感。武场上，笛胡板鼓锣笙倒是全了，只不过原来那几个吹鼓手还是挑大梁的，尤其是鼓师李家羊、板胡钱守良、唢呐李银行还没有人能比得上。

戏班子里没有一个人是科班出身，能识几个字的也不多。往往都是先找来戏本，让公德贵念给大家听。公德贵别看会当医生，还是个大秀才，残缺的戏本儿，他还能给补上词儿。等演员把戏词儿背熟了，再跟着文富昌和常九德的调儿去唱，直到临上台演出前几天，才跟琴师合练一遍两遍的。其实，像文富昌、吴大用还有志仁、三斤平时是不用请琴师吊嗓的，他们也算是“台上见”，并不需要事先排练的。无论唱哪出，只要报上戏名，他们只管张嘴唱，琴师自然就随上了。按常九德的话说，这学戏，你首先得热戏，从心窝子里去热，你不热，就使不上那么多心劲；再就是你得有悟性，有天分，你说咱哪个是科班出身，哪个又有多少文化，不都是口口相传？这就靠天分。常九德倒是也希望自己的侄女杏妮好好学戏呢，她人长得俊，牌子好，嗓子也甜，可她就是不热戏，这就扶不上墙了；和马秀花相比，在学戏上，秀珍、云英几个就差得多了。

这么多年，戏班子学戏排戏都在文家。现在人手多了，在家里也挤不开了。公德贵说，还是到大队部去吧，长俭也说过，大队里商量了，要给戏班子在大队部腾几间房呢。

桑园子庄大队部其实是公家的老宅院，前院是公家的药铺“和善堂”，后院是土改时候公德贵主动献出来的，五间正房，还有东西厢房，当时做了村公所，几年前改称大队部。作为地主的公家，在桑园子早就没落了，他爹守住的地本就不多。公德贵专心行医，也没把这些地当作好东西，早就出卖或转让了，剩下的也仅够一家人生活而已。当年八路军来桑园子养伤，也多亏了公德贵的收留和救治，况且儿子公长俭还跟着那些八路当了兵，虽然时间不长，孬好也算退伍军人。加上老先生开明，人缘又好，所有这些条件，其实改变了公家的命运，土改时只给他家定了个下中农成分，还要他当村长。公德贵说啥也不干，倒是他儿子公长俭捡了个便宜。

“俺看，戏班还是到大队部去吧，那儿宽敞些，公长俭说要给腾房子哩。”文富昌和儿子志仁商量说，“再说，你要成了亲，和志义分开住，家里也没地方了。”

“成亲急啥？”志仁见爹瞪了眼，忙说，“行，爹说什么是什么。”

文富昌装上一袋烟，吸了几口。

“戏班人多了，得好好立立规矩了，要不就乱了套。”许久，文富昌又说，“你都二十多了，爹也老了，等你成了亲，戏班就交给你了。”

“爹说啥呢？不就图个热闹嘛，啥你的我的。”志仁停了停，又说，“俺只是在琢磨，这么多人，天天着迷似的，搭了工夫，瞎了灯火，只图个乐和，也没啥回报，总不是个长法。这闹饥荒两三年了，家家吃饭都成了问题。咱戏班子戏也排了不少，咋不拉出去遛遛，一来给咱班子扬扬名，二来也算个副业，大伙儿也贴补贴补……”

文富昌打断说：“咱这个班子，从你奶奶活着，就不是靠卖艺为生的，咱就图个乐和。再说……这搞副业可不是个小事，只怕大队里也不敢准许。”

志仁说：“不行就偷着来，就当和外乡文化交流嘛。”

一旁的志义也说：“有钱才能使得鬼推磨，爹，不想法子挣钱，戏班子早晚撑不下去。”

“什么钱不钱的，就你们鬼心眼子多。”文富昌嗔怒着，“学戏，做人，你们都还早着哩。”

这天下午，常九德拎了半只野兔来到文家。多少日子没吃到荤了，就连干饭也难得吃上一顿，吃野菜都吃青了肚皮，这半只兔子可成了稀罕物。富昌吩咐吴成芳把兔子给炖上，他要和九德喝两盅。

“唉。”常九德叹气，“你说连着两年收成不好，山上的草根都给挖净了，别说放羊了，山上野兔也没有几只了。这是三斤早上上山碰巧打到的，说要孝敬您呢。”

“是啊，为求雨，咱唱了几回戏了，可都不济事。这老天……”文富昌闷头抽烟。

“有戏唱着，也是个念想。要不这日子该怎么个过法？”常九德自嘲地笑笑，又说，“你看俺家吧，自家的篼子搂不上柴火，要不是有了三斤……”

“三斤这娃真是不赖，灵透着呢。”文富昌说，“这是老天爷赐给你的。”

当年常九德听戏回来掉到河里冻坏了身子，后来娶了媳妇，忙活了几年播不上种子。媳妇却觉得是自己不能生养，脸上无光，有一天趁九德上山放羊自己在家上了吊。常九德好生自责，就断了再找媳妇的念想。好在九德有命中担儿的福分，有一年跟着戏班子去上峪村巡演，晚上下妆回来后已经半夜了，大家正摸黑往回赶路，却依稀听到路边草丛里有动静。几个人大着胆子找过去，赫然发现草丛里竟被扔了一个孩子，孩子在襁褓中奄奄一息。常九德把孩子抱回家，给孩子取名常三斤，让嫂子帮忙拉扯着。因为一切都与戏有关，所以从三斤牙牙学语开始，常九德便教儿子唱戏。

常九德又说："俺拿三斤视若亲生，他也孝顺听话，这辈子也就这样了。只是俺哥九林，身边只有个丫头……杏妮也二十好几了，只为了找个上门女婿，眼看要耽误了……让于大姑给物色几回，也没有合适的。把哥嫂愁坏了！前些天大姑回信说，何家的金生倒是愿意。唉，金生那小子看着倒是老实，憨不拉几的……"

"那孩子可不憨，眉眼里鬼着呢。"文富昌宽慰道，"就是他家兄弟多，家境不好，要不，谁会给人家上门当儿啊。"

这时，一股肉香飘到两人面前。秀珍将一只大碗端到桌子上，兔子肉加上晒干了的萝卜干儿炖了一大碗。文富昌给常九德和自己倒上酒，两人慢慢地喝了起来。

文富昌把一块兔肉夹到常九德面前，老哥俩你一言我一语，从他们的县城欢城再聊到岔河大集聊到桑园子庄，分享着各自道听途说的一些鸡毛蒜皮的事儿，喝得有滋，聊得有味儿。

从当年花姑在西山唱戏开始，常九德一直是文家的铁杆粉丝。这一晃就过了二十五年。桑园子还是当年的样子，村口的柿王仍不显老，依然那样挺拔。要不是民国三十四年那场战事打破了大山深处桑园子的宁静，桑园子人或许还会像以前一样与世无争。男耕女织，日出而作，日落而息，累了烦了，锣鼓家什一响，唱出戏听，自娱自乐。后来，世道一天天在变，桑园子人才知道山外的世界和戏文一样丰富多彩。而在桑园子，除了公家势力大些，桑园子没有地主，公家人又开明，不用斗地主分田地；解放了，各家带着自家的几亩薄地入了社，从此，桑园子开始了社会主义新生活；山外支起高炉大炼钢铁的时候，也只是从东山、西山上砍走了许多树拉去当柴烧，把桑园子人心疼得掉泪，好歹全村人护着，村口的柿王倒也安然无恙。这些年，戏班子时聚时散，零打碎敲，倒也没有停歇。人都说唱戏的是疯子，听戏的是迷子，可桑园子人就这样疯，这样迷，不就是图个乐和，人不乐和，活着还有啥意思？

九德比富昌大十来岁，五十出头了，如今腿跛得更厉害，腰也有些弯了。入社之后，山是生产队的了，要封山育林，不许放羊了，常九德和哥哥常九林因为有长期侍弄牲灵的经验，就被安排给生产队当饲养员。他们三队有五头犍牛，一头母牛，几头小牛，还有两匹骡子，全归老哥俩喂养。队里有一辆马车却没有马，平时就由常九林赶了骡子来拉，有时候去乡里的粮站交公粮，有时候拉着村长公长俭去公社开会。常九林天天沉默寡言，一镢头砸不出几个屁来，虽说就要招何家的金生当上门女婿了，可他还是乐不起来。常九德可不这样，他就是爱唱戏，以前对着大山和羊群唱，现在对着牛和骡子唱，他发现，牛和骡子不如羊聪明，羊才是他的知音，他只能“对羊弹琴”了。这个“戏篓子”一生爱戏，无师自通，因为戏，他和文富昌成了莫逆之交。

“文老板。”常九德一直按戏班的规矩称呼文富昌，他抿了一口酒，说道，“现在爱戏的人更多了，咱这班子你可得把好舵了。”

“早晚还是他们年轻人的事。”富昌也抿一口酒，说，“是得帮他们合计合计了。”

两个人一边喝酒，一边数落着戏班子里的事，一直喝到太阳偏西。

“今儿高兴，吼几句？”常九德目光有些迷离。

文富昌也心血来潮：“难得高兴，亮亮嗓。”文富昌站起身来，干咳两声，来了个叫板：“真乃愁煞人也！”

常九德用手在桌子上轻轻敲打着节拍，嘴里哼出一段慢板过门，文富昌很快入了戏，唱道：

坐龙车出相府我肝肠寸断
思想起 思想起不由人我珠泪涟涟
俺举家遭大祸为了一口剑
这都是我那狠心的爹爹
阴谋计端
叹赵忠为我丈夫身遭大难

也不知我的匡郎逃奔到哪乡

哭一声我的丈夫难以相见

你怎知苦命的妻受尽了熬煎

老爹爹为富贵他把我来献

逼得我是无奈何呀 假装着疯癫

金銮殿比不得赵相府

倘若是被识破恐难保全

上殿去不怕他把我一刀两断

上殿去 上殿去不怕他油锅刀山

……

"好！好啊！"常九德高声赞道。这是《宇宙锋》"上殿"一折的唱段。《宇宙锋》是陈素真刚刚流行的新戏，年前公德贵托人找来这出戏的戏本，戏班里几个人都在学。文富昌戏路子广，唱花脸拿手，花旦青衣也都能唱。常九德犹爱旦角，最拿手的是《白蛇传》中的白素贞。他不仅会唱，更擅表演，一到台上，浑身是戏。文富昌刚一唱完，他就起身，唱了《宇宙锋》"装疯"一段：

今日里我顾不得闺阁端仪

摇摇摆 摆摆摇 扭扭捏捏杏眼迷离 放荡不羁

我的官人哪我的官人哪

你随为妻罗纬帐里呀共叙情意

我的官人哪

云密密雾蒙蒙遮天盖地

白：（打鬼打鬼）

（哪里有鬼）

许多的冤鬼魂挥舞彩旗

白：（打鬼）

（那是太湖石）

见王母驾祥云飘然屹立

白：（娘娘你来了你下来呀）

（儿啊你与哪个讲话呀）

（你来啊）

玉皇爷接我去名列仙籍

……

常九德一边唱，一边做着各种动作，虽然没穿戏衣，但他将水袖舞得地道。先是左袖上翻，右水袖使了个扇子花，接着是两个双袖挽花，然后一齐向后抖，再向前一摆，分开一甩……

“不减当年，不减当年。”文富昌赞许地点着头，就连平日不太爱戏的秀珍也在门口拍起了巴掌。

天就要黑下来了，大家又陆陆续续来到文家。秀珍和往常一样早早就摆好了凳子，用大壶泡上了热茶。

文富昌脸儿还红红的，他招呼说：“都先到这屋来坐吧，俺有几句话要说。”

吴大用、李家羊、志仁、三斤他们便都聚拢到堂屋，在板凳上坐下。来得晚的，便找些蒲团坐在门口和院子里。

“老少兄弟爷们”，文富昌趁着酒兴，对大家说，“从明儿起，咱们学戏排戏改在大队部了，那儿比俺家宽敞。公长俭答应了，把东厢房给咱班子用，戏箱行头什么的也有地方放了。”

大家开始议论起来。

李家羊说：“表叔啊，这么些年戏班子在你家，甭说别的，光茶水炭火也得不少钱了……”

“你这话说的！”文富昌打断他，“咱们这班子人天天熬眼瞪屁股，不图麸子不图面，不就是图了个乐和嘛！再说了，和别的村比比，你看咱桑园子老的少的热戏，抽大烟的没有，赌博的没有，小偷小摸的也少，是不是？学戏好啊，不仅能把人给拢住了，戏文还能教导人心。”

说到这里，文富昌端起大碗喝了口茶水，拿蒲扇对着自己扇了几下，接着说：“这几天，志仁志义跟我商量，想把戏班子拉出去，多少挣几个。这事儿得从长计议。以前咱到邻庄演戏，都是互相交流，管顿饭就行了，零星地也有些赞助，咱都添置了行头，大家伙也没得到啥利益。咱这班子和走南闯北的戏班不一样，虽说咱也有几个角儿，可照着俺娘当年那功夫还没人比得上。大伙儿好好学，以后出了大角儿，人家自然来下帖子请。”

“大队部在庄里，搬过去人倒也好集中。”常九德开始安排戏班里的一些杂事，明确了一些分工：吴大用继续掌管文武场、志仁和三斤做教师、李家羊兼做箱倌、秀花专攻花旦青衣、志义和小柱几个学学武行，钱串儿还是学花脸捎带着练习“爬杆”“吊辫子”等杂耍特技以备戏头子用。当然钱串儿还要跟壶，戏班的人喝水、洗脸、化妆都得用水，这也是一个很重要的差事。

钱串儿说：“行，叫我干啥都行，只要能在戏班里。”

“得空儿，你还是跟你爹多学几个渔鼓段子，到时候也能当戏头子用呢。”李家羊对钱串儿说。

“我要学戏，戏才有学头呢。”钱串儿说，“那打渔鼓不上大台面，要饭的手艺。”

“话也不能这样说啊。”文富昌纠正钱串儿说，“说书唱戏本是一家，再说了，艺多不压人，没准儿哪会儿就用得上。”

“可我喜欢花脸，喜欢丑角。”钱串儿一本正经，“丑角也是角，对不？”

吹唢呐的李银行对钱串儿开玩笑说：“让俺瞎子表叔给你算一卦，看看你哪天才能成大角儿？”

钱串儿白了李银行一眼，说：“俺爹有时候也算得挺准的呀，不信你就找他算一卦……”

板胡钱守良冲李银行打趣道：“俺看行，就让瞎子叔算算村长家的小黑啥时再给你家叼骨头吧。”

李银行就红了脸：“别乱嚼舌头，小心俺揍你！”

大家便都心照不宣地笑了起来。

7

因为戏班子搬到大队部去学戏，文富昌和志仁老早就吃了晚饭，先赶了过去。吴成芳也说过去看看，随后就走了。志义有些磨蹭，说是头晕，晚一些过去，自己到东屋里先躺一会儿。

家里一下子就冷清起来。

秀珍收拾好碗筷，下意识地去拿大茶壶，摆板凳，一想到人都去了大队部，乍一清静，心里反倒有了一种失落感。天气闷热，家里又没了外人，秀珍干脆脱掉长袖褂子，只穿了一件藕色的短袖小褂，两条嫩藕一样的胳膊露在外边。

说实话，秀珍并不喜欢唱戏，一想到站在台上那么多双眼睛盯着自己，她心里就打怵。但她并不烦别人唱戏，在文家待了一年，她早已习惯了这样的环境。她甚至开始喜欢看他们排戏，听他们唱戏，因为文家和志仁都爱戏如命，她觉得志仁喜欢的她就应该喜欢。

秀珍自己也不明白，为什么当初志仁救了自己，自己却非要住到志仁家里来。或许自己真是恨透了爹娘，为了傻儿子就把自己往死路上逼，自己是再也不想回到那个家里去了。可话又说回来，谁让自己是个女孩呢，男孩再傻……唉，现在倒好，就连傻儿子也死了，爹娘有多可怜。她感激文家收留了自己，从自己被志仁抱着从池塘里走出来的那一刻，自己才第一次感觉到男人臂膀的温暖。自己的命是他救的，他也是第一个抱自己的男人，这辈子自己就跟定他了。

秀珍知道，于大脚曾经来文家为自己说亲。可为什么文家只把自己认了干闺女？干闺女就干闺女吧，只要每天都能看到志仁。志仁起初对自己并不多看几眼，倒不如老二志义对自己热乎。这些日子不同了，志仁不厌其烦地要教自己学戏，有事没事也爱多看自己一眼，那眼神里有一种能让自己心跳的光芒。

秀珍是那种聪明的女孩子，她知道，自己和志仁之间还夹着一个云英。大伯死后，云英母女全仗了志仁一家的帮扶才熬了过来，志仁和云英也是从小一块儿长大的，云英娘心里早就将两个人拴了娃娃亲。秀珍也发现，志仁对云英很是疼爱，看上去就像亲兄妹。不过，有时候，他看云英的目光和看自己的目光不一样，这一点秀珍觉得出来。和哥哥相比，志义学戏没出息，只是跟着跑个龙套，可他嘴儿甜，对秀珍好像更亲近一些，天天姐姐长姐姐短的，常常帮秀珍干这干那。其实秀珍和志义都是属马的，论生日志义还大一个月呢。叫姐就叫姐吧，反正以后得叫嫂子的，秀珍并没当回事儿。

云英有事没事总爱到家里来，和秀珍一起看志仁他们年轻人学戏。云英嗓子不行，该高的高不上去，该低的又低不下来，但她非要学伸兰花指，让志仁一遍遍地捏着手儿教她，秀珍看了心里酸酸的。有时志仁烦了，就对她俩说："猪八戒他老奶奶是怎么死的？笨死的不知道呀！台上人手不够的时候，你们能打个下手也就不错了。"

也许看着云英长得漂亮，田小柱和钱串儿都喜欢在她面前卖弄，每当云英在场，他们排戏就会格外卖力。有一回，秀珍看见田小柱在黑暗里偷偷在云英后脑勺上亲了一口，云英一惊，接着就跑到志仁面前，装作委屈地对他说："哥，田小柱要流氓呢。"

"胡说啥？"志仁没好气。

"他亲我后脑勺呢。"云英说。

志仁看看云英，又看看田小柱，漫不经心地说："小柱是不是看上云英了？"

田小柱红着脸，惶恐地说："闹着玩哩，俺哪敢……"

"要恋爱，也不能在戏班子里。"志仁说，"爹早立了规矩，戏班子不能出花花事儿。"

"哼。"云英白了志仁一眼，又狠狠地瞪一眼田小柱。

秀珍心想，这云英真是大胆，流氓的事也敢乱说。本来她是想让志仁护着的呢，可志仁并没有吃醋。要是自己被人流氓了，志仁也会这样轻描淡写吗？他心里有你，就不会，男人都是自私的。有时候，秀珍真想当面和志仁说清，其实不说志仁也应该知道。志仁啊志仁，你是怎么想的？你不知道俺是铁了心要给你当媳妇的吗？于大脚好久也不来了，这个于大脚，你倒是帮人帮到底啊。

秀珍刚收拾好碗筷，云英就来了。

"秀珍妹子，家里咋这么清静了？"云英昨晚没来，还不知道戏班子都去大队部了。

听秀珍一说，云英装作生气地说：“后晌在场院里还见到咱哥呢，他咋没吱声。”

“咱哥……他寻思你知道这事儿吧。”秀珍心里一阵不舒服，咱哥？是啊，哥就那一个，还不知道谁是嫂呢。秀珍看不惯云英在志仁面前撒娇的样子，一想到这些心里就不是滋味，嘴上却说：“云英姐，你坐啊。”

云英说：“不坐了吧，我们也去大队部看看热闹吧。”

秀珍说：“好不容易清静一下，俺改天再去。”

“那好，俺拐个弯过去看看。”云英说着，把手里拿着的一个小布包递给秀珍，“这个，是俺给哥钩的一件线背心，带过去，别人见了会说闲话，你给哥吧。”

秀珍接过来，并没有打开，心里已经酸酸的。她静静神，不动声色地说：“今年时兴线背心呢，男人贴身穿，又凉快，又帅气……云英姐，你没给田小柱也钩一件？俺看到过，他稀罕你哩。”

“俺可不稀罕他呢。”云英脸儿一红，“他就会耍流氓。”

秀珍说：“这咋叫流氓？人家又没……”

“不说了，没羞，不说了，俺去大队学戏去了！”云英说着，跑出了屋子。

“哼，学戏，学戏，你心哪在戏上？”看到云英消失在夜幕之中，秀珍一边嘟囔着，一边将那个布包打开，里面是一件叠得整整齐齐的白棉线背心。它是用钩针将棉线一针针织起来的，镂空的鸳鸯戏水图案，看来真是费了不少工夫。云英手巧，她绣的花，纳的鞋垫，做的针线，在桑园子是出了名的。秀珍的女红也不错，她心里多少有些不服气。秀珍也听说过城里今年夏天流行这种针钩背心，正打算到岔河集上买钩针和棉线呢，没想到还是云英来得快。

秀珍赌气地将背心揉作一团，捏在手里却是柔柔软软的。她又把背心抚平，看那大小肥瘦，正适合志仁。

秀珍越看越生气，恨不得将它剪碎或者干脆将它扔到炉子里。转念一想，不就是一件背心吗？志仁的心也不是一件背心就能罩住的。要是给它毁了，说不定两个人都忌恨自己哩。

秀珍收拾完家务，就想把背心送到西屋去，放到志仁炕上。

秀珍住东屋，西屋是志仁、志义住的房间，平时，戏班子的年轻人就是在这里学戏，挤得满满的。屋里有一盘小炕，学戏的散了，兄弟俩就睡在这里。

秀珍推开西屋的门，刚一进去，就见屋里的罩子灯还亮着，志义只穿了裤衩躺在炕上。秀珍一惊，这才想起志义今晚没有去学戏。

志义探起身子，盯着秀珍："姐……"

秀珍看见志义半裸的身子，有些不好意思，她转过脸，既然进来了，又不好马上退出去，就问："志义，你头晕好些么？"

"嗯，好些了。"志义坐起来，将被单披在身上，眼却看着秀珍。

秀珍看着手里的背心，突然有了主意，说："志义，云英姐刚才来过，她还给你钩了一件背心呢，快穿上，看合身不？"

"云英姐？给我的？"志义有些不相信，"是给哥的吧？"

秀珍不动声色地说："云英姐想着你呢，来，快试试。"

"是你给俺钩的吧？是你钩的俺才穿。"志义将背心套在头上，有些紧，套着有些吃力，秀珍便上前帮忙抻了一下。

两条莲藕一样的手臂在志义眼前一晃，顿时让志义不能自制，他一把攥住秀珍的胳膊。

秀珍一下子惊呆了："志义！……"

志义的血液一下子冲到了脑门，他猛地将秀珍一把拉倒在炕沿上，翻身将她压在身下。

秀珍急了："志义！俺是……志仁哥会打死你的……"

志义喘着粗气："哥有云英姐，你……你是俺的，俺早就稀罕你……"

秀珍被压得喘不上气来，她使劲地去抓志义的后背。新穿上的线背心紧绷在志义身上，已经被汗水打湿，秀珍的指甲穿透背心深深嵌进他的皮肉里。志义顾不得疼，猛然扯下秀珍的短褂，一双雪白的小兔子更让他陷入疯狂之中。秀珍浑身战栗着，再也无力反抗……

8

文富昌和吴成芳回到家的时候，见到志义正跪在秀珍住的东屋门前。东屋的门从里边反锁着，说啥也叫不开。等他踹开房门，却见秀珍红着眼，呆坐在炕沿边，一根麻绳已经挂在了房梁上。

文富昌简直惊呆了，他说啥也不能相信家里出了这样的事。

志义一个劲儿地磕头求饶，秀珍木木地哭，不肯吐一个字。文富昌恼羞成怒，抄起门前的木棍没头没脑地朝志义打去。

吴成芳吓得不知如何是好，拉也拉不住，劝也无从劝，急得掉了泪。

志义被打得在地上打滚，边哭边说："俺是真心的，以后俺娶秀珍姐……"

吴成芳也哭着说："他爹，这也倒是个法子，志仁还有云英，就让老二……家丑不可外扬，反正都这样了……"

"混账话！"文富昌怒不可遏，"这种伤天害理的混账玩意，他也配得上秀珍？！"

秀珍突然说："爹，别打了，反正这样了，俺没脸活人了，你就让俺去了吧……上一回，志仁哥救了俺，俺没法报答了……谢谢干爹干娘拉扯俺这么长日子……"

"闺女说啥话呢？爹给你出气……"文富昌也禁不住老泪纵横。

志仁回到家，明白了眼前发生的事，他气得咬着牙根，朝躺在地上求饶的志义狠狠地踹了一脚。然后赶紧进屋拽下房梁上的绳子扔到一边。他擦擦眼泪，将秀珍抱到炕上躺下，拿起蒲扇默默地为她扇风……为了怕夜里秀珍再出什么事，志仁就这样一直守到天亮。

第二天，志义失踪了。他给志仁留下一张字条儿："哥，对不住了；秀珍，对不住了。俺没脸待在桑园子了，俺要出去闯闯，等混出名堂再回来，别让爹娘挂念俺……"

娘哭了；爹嘴上骂着，心里也哭着；志仁看得清楚。

志仁下了决心，他决定要娶秀珍了！

云英娘听说这一消息，气呼呼地拽着云英的胳膊来到弟弟家。吴成芳见状，赶紧将她母女让进屋里。

没等屁股落座，云英娘就怒冲冲地说："你说这叫啥事，啊？要是俺闺女也去上吊，看看你要谁？俺把云英给你领来了，你们看着办吧！"

"嫂子，这……"吴成芳为难地说，"你看，秀珍出了这事儿，志义又跑了……俺也是没法子啊，秀珍眼看就死两回了，咱担不起啊……"

云英娘一把把云英推进吴成芳屋里："死妮子，你咋不早去跟他们兄弟睡觉呢？你倒是早给自己占下啊！"

"娘！"云英红着脸儿抹泪。

"大嫂，你这叫啥话！"闷着头抽烟的文富昌说，"不要再把孩子往死路上逼了，人都是个缘分，认命吧……"

云英娘号啕大哭。吴成芳和文富昌都拿她没办法。

"娘，你哭什么？俺又不是找不着主嫁不出去喽。"云英突然大声说，"有人稀罕俺，俺明儿就嫁给田小柱！"

云英娘止住哭，惊讶地看着闺女。

吴成芳和文富昌也吃惊地看着云英。

云英抽泣着说："志仁哥打小就对俺好，俺不怪他……小柱，小柱他……"

文富昌常常在戏班子里见到田小柱，小伙子人挺机灵，长得也壮实，只是他爹死得早，还有一个愣儿巴几的哥，他娘把他们拉扯大也不容易，家庭条件差了些。

文富昌沉思半晌，叹口气说："真要是云英说的这样，俺看也不错，小柱这孩子也不孬，比志仁也差不了哪里去……云英啊，你也打小没了爹，叔一直拿你当亲闺女。只要你们愿意，俺去托你大姑奶奶给保媒。等你出嫁时，八仙桌靠椅子，箱柜杌加上长条几，八件嫁妆，叔都给你置办齐全，咱风风光光地出门子！"

吴成芳偷偷瞪了一眼男人，桑园子庄方圆几十里，闺女出嫁陪送一张吃饭桌子加上一铺一盖就是好的了，还八件嫁妆呢！

云英说："嫁妆不嫁妆的，俺不在乎。俺……志仁哥呢？俺只是有几句话要给志仁哥说……”

吴成芳说：“志仁和秀珍……回马家去赔罪了，她爹她娘若听说这事，怕是也不让呢。”

云英便垂了头。

于大脚将秀珍和志仁领回马家的时候，秀珍娘正在院子里的柴炉上熬草药。柴太湿，炉子里冒出很大的烟，让她佝偻着身子咳得厉害。秀珍见状，鼻子一酸。她住到文家一年多了，同在一个村她却没回来看过一回爹娘。她曾恨他们为了傻儿子不管自己的死活，可现在他们连一个傻儿子都没有了，仔细想来还不是自己害死了哥？哥虽然傻，却时时处处都在用自己的方式爱着妹妹。这个家里再也没有了哥的影子，秀明啊，妹妹……对不住你啊。

于大脚说：“姑爷都上门了，你这壶水还没烧开哪。”

秀珍娘忙说：“快屋里去，屋里去！”

娘把他们让进屋里去，屋子里有些潮湿，有一股霉味儿。爹病在炕上，起不来身。

秀珍再也忍不住，“扑通”跪到地上：“爹！娘！”

娘说：“别怪娘，娘有什么法子？……好了，起来吧，多亏志仁救了你，现在两家结了亲，好事，好事，妮子啊，你就好好报答文家吧。”

志仁愣了一会儿，把提在手里的两瓶酒和几包点心放到桌子上，急忙拉起秀珍，叫道：“爹，娘，往后，俺会照顾好秀珍和您二老的。”

“好，好啊。”秀珍娘拉住志仁的手，对秀珍说，“打他们家来桑园子落了户，俺就看着这家人家不一般。妮子，你有福气，有福气啊。”

一听说姑爷上了门，几家邻居和马家本家的几位大娘婶子都过来凑热闹。二大娘和她闺女马秀花也来了。

马秀花在戏班子里跟志仁和秀珍几乎天天见面，现在两家就要结为亲戚，感觉就更亲近了一步。秀花调皮地对志仁叫了声：“姐夫！志仁哥，你成姐夫了耶。”

志仁脸像红布一样，演戏都不用化妆打脸子了。

说实话，对于秀珍和志仁的婚事，因为中间有个云英，于大脚当初是丧失了信心的。她并不清楚文家发生过什么变故，没想到事情会发展得这样快。云英也是个不错的姑娘，可她对秀珍更多了份同情和爱怜。她对秀珍娘说：“闺女在文家待了这么久，早就算是文家的人了。既然女婿也登门求亲了，我看咱就挑个好日子，把喜事给办了。”

秀珍娘忙说：“行，行。”

于大脚对志仁说：“日子我查好了。今年是虎年，秀珍又属马，虽说六月是大利月，可这月没几天了。那就七月吧，也不妨什么不忌什么。七月初七是好日子，牛郎织女都相会哩。回去跟你爹说，要是没啥意见，就下帖子吧，七月七成亲。”

志仁说：“日子紧了点吧？……行，俺跟爹说。”

于大脚又嘱咐秀珍：“你虽然是文家的干闺女，这出嫁还是得从娘家出。到时，你得先回来，让文家拿花轿来马家抬你。”

秀珍点头应允。

秀珍娘说：“你看，俺也没啥准备……实在拿不出啥值钱的东西陪送，俺攒了两年的棉花，给闺女套床新被子吧。”

于大脚说：“行，嫁妆无多少，好日子都是自己过下的，你说是不志仁？”

志仁忙着点头：“嗯，嗯。”

9

文富昌找人把东屋的墙壁用石灰水粉刷了一下，又新糊了窗户纸，屋子里亮堂了不少；又怕房顶的苇箔缝里掉蝎子蚰蜒什么的，便买了两张秫秸席子吊了顶棚；秀珍还剪了一些窗花贴在窗户和墙上，新房倒也添了许多喜气。

志仁娶亲本来也算是件大事，戏班子总该唱几场戏热闹热闹，可是文富昌没同意，家里出了这档子事，志义一直没有下落，他也不想太铺排，让人说闲话。吴大用是当大舅的，舅是大客，要坐大席，再说他也不能给外甥当吹鼓手啊，于是安排李家羊和钱守良几个过来吹打吹打热闹一番。

秀珍坐的花轿从桑园子庄北头到南头又到西山绕了个大圈子，这是秀珍的主意，她要让桑园子都知道，她是文家用大花轿抬进家门的。七月的天正是闷热的时候，坐在花轿里的秀珍却穿了一件大红的棉袄，这是干娘送她的，从今天起干娘就成婆婆了。干娘说，天再热也得穿上它，等拜完堂才能脱下来，这是规矩；大姑奶于大脚还亲自绣了一对小巧精致的耳枕送她，二大娘直夸于大脚上了年纪针线还这么好。她告诉秀珍，这耳枕中间有个圆孔，空间大小恰巧可保护耳朵不受头压，睡觉舒服，还不影响听外边的动静；以后给小孩子枕，枕出来的脑袋才有样子。

鞭炮响过，花轿进了文家。文家人手少，桑园子许多人家都来帮忙。几个年轻媳妇正在于大脚的指挥下为新人铺炕。这事儿于大脚不能动手，只能由夫妻健在儿女双全的所谓全美的女人来做。先是在炕上铺了一层芝麻秸和豆秸，上面再铺好用红秫稭篾儿编的席子，席子上边是婆家和娘家的铺盖，铺盖的夹层里一定要撒上染了红的栗子和枣……只听于大脚高声念叨："铺上豆秸，儿做秀才；铺上栗子枣，当年立子早……"

云英娘是志仁的亲大娘，她不能不来。看上去，她心里还是不痛快，但帮着吴成芳迎来送往，外人也看不出别的啥事儿。

在院子里拜过天地高堂，夫妻对拜之后，文志仁将新娘抱入洞房。蒙头红子揭开，大家突然发现，面前的新娘子原来这么俊俏，和以前那个瘦小的秀珍判若两人。

秀珍盘了双腿坐在炕上。新媳妇坐炕是要坐到天上黑影儿才能双脚沾地的。她静静地听着大娘婶子们的夸奖，有时不露声色地笑笑。她用目光在人群中逡巡着，看见云英也在。云英看上去也是一脸喜气，此刻，她和于大脚在一边嘀咕着什么，只见云英还红着脸笑。

天好不容易上了黑影儿。客人们和来帮忙的人都在堂屋、西屋里坐席。屋里摆不开，院子里点了汽灯，也摆了几桌。秀珍觉得尿急，已经憋了大半天，她实在憋不住了，就偷偷下了炕溜出新房。可平时养猪兼作茅厕的栏圈里也是灯火通明。养的猪办喜事杀了，栏圈里垫上新土，便成了临时的灶屋，这十几桌酒席就是在这里做的。

秀珍在文家住了这么久，她早已熟悉了这里的一切。她知道院子后边是个小空场，有几个柴火垛，角落里有个用秫稭围起来的简易茅厕，平时怕家里人上栏圈会碰到一块儿，就用它以备不时之需。

院子里灯火辉煌，院子外却显得更黑了。今天是七月七，却没有下雨，天上的星星又多又亮，一弯新月像镰刀一样挂在东山头上。秀珍想，牛郎和织女见面怎么没有哭？一年才一见面，怎么就不哭了呢？

秀珍顾不得多想，她怕被人发现不好意思，便轻手轻脚地摸黑来到院子后边。还没等找到那个小茅厕，她就急忙解开裤腰带蹲了下去。就在这时，她突然听到旁边的柴火垛后有人说话，一泡热尿又被她强忍着憋了回去。

秀珍再也没有了尿意，她听见柴火垛后边竟然是文志仁和文云英！

“哥，这几天，就是想给你说几句话，可就是没机会。”是云英的声音。

志仁说：“你知道哥要忙着娶媳妇。”

云英又说：“俺知道你不是真心的，你是在替志义擦屁股，你该娶的是俺，你心里有俺，你说，哥是这样吗？是这样吗？”

许久没有志仁的动静。

秀珍不敢出声，竖着耳朵去听。

云英又说：“打小到现在，哥一直疼俺，你为啥就不要俺了呢？俺恨你！”

“别这样，妹子，别这样。”志仁好像在推开云英。

云英又说：“俺知道，俺是不能跟秀珍争了，俺就是不明白，你让给志义不就行了？为什么逼走了他？他俩都那样了，你也不嫌？”

“妹子，你不懂，你不懂真要稀罕一个人……”志仁的话被云英打断，“俺不听，俺不信！”

“妹子，别这样，别这样……”志仁还是在抗拒着什么。

“田小柱是稀罕俺，可俺是赌气的。就算跟了他，俺心里也有你！”云英说，“哥，秀珍和志义都那个了，这对你不公平。俺……俺给你，俺……俺……也算报答你疼俺这么些年……”

“妹子，你傻啊！”志仁沉默片刻，又说，“啥时候俺也是你哥，亲哥！回去吧，客人们还等着俺和你嫂子去挨桌敬酒呢。”

秀珍的心突突地跳得厉害。她匆忙提上裤子，疾步离开。

和志仁一起挨桌敬酒的时候，秀珍装着什么也没有发现，表现得落落大方。

散了酒席，轮到年轻人闹洞房了。因为本家没有小叔和侄子，凑热闹的都是外姓的人，其中许多也是跟着志仁在戏班子学戏的，所以闹起来就更加疯狂。无论他们怎么闹，秀珍都不愠不恼。

钱串儿是个活宝，他发现炕上有一对小耳枕，便抢过一只，拿在手里把玩。借着酒劲，他突然问秀珍："嫂子，你知道这是个啥玩意？"

秀珍说："这你也不知道，是耳枕，留个孔儿是听事的。"她看了一眼身边的志仁，狡黠地说。

"哈哈，嫂子你错了。"钱串儿不怀好意地眨着眼睛，色色地说，"留着这窟窿是干啥的？是防男人用的咧，要是家伙太长了，好当垫子用的，哈哈哈……"

志仁也觉得钱串儿把玩笑开得大了，就说："别这么下流好不好？"

钱串儿自觉没趣："闹着玩，闹着玩哩。"

秀珍红了脸，便不再搭理他们。

闹房的人觉得无趣，早早地就散了。志仁闩了门，有些疲惫地坐在椅子上。秀珍想着刚才发现的事，心里还在生气，便嗔了脸不作声。

志仁说："累了不？睡吧。"

秀珍不动。

志仁也来到炕边，挨着她坐下："早歇着吧。"

秀珍试探道："俺看云英姐……哦，从今儿起她是妹子了，云英不高兴哩。"

志仁说："你成大嫂了，担待她些。"

秀珍又试探说："本来她要给俺当大嫂呢。"

"别提她了，睡觉吧。"志仁伸手将窗台上罩子灯的火焰调到最小，屋子里暗下来。秀珍想，也是，云英再什么，不也得叫自己大嫂了吗？自己还能说什么呢？即便有什么事，她也不能在这个时候揭穿。

志仁伸手将秀珍揽在了怀里。秀珍想到志义当时的样子，心里就害怕起来。

志仁不像志义那样疯狂，他就势将她扳倒在炕上，两只手在她身上轻柔地抚摸着，秀珍不禁轻声呻吟起来。

不知道什么时候两个人都褪光了衣服，当下身一阵剧烈的撕痛感袭来，秀珍尖叫一声，猛地将志仁从身上推了下来。

大汗淋漓的志仁愣了半晌，见秀珍的身子还在发抖，急忙把灯拧亮，却发现秀珍身下的褥子上有一片鲜红的血迹……

志仁开始有些害怕，继而吃惊地问："志义没成？志义他没成？"

秀珍眼里噙了泪，在昏暗的灯光里楚楚动人。

志仁松了口气，嗔怪道："那你还差点上了吊。"

秀珍呜呜地哭了："让男人……压在身下，不就是……还有脸哪！"

志仁干脆吹了灯，拿起蒲扇，轻柔地为秀珍扇着风。

此时，七夕的月牙儿不知躲到哪里去了，只有几颗星星还在新房的窗棂上探头探脑地张望……

10

忙完了志仁的婚事，接下来还要操办云英定亲、出嫁的事，再加上为离家出走的志义担心，文富昌这几天身心俱疲，竟一下子病倒了。

再过几天就是处暑了，天气闷热难当，"处暑若还天不雨，纵然结籽难保米"。可桑园子又有些日子没有下雨了，地里旱得厉害。正在吐缨的玉米，刚刚坐桃的棉花，正在开花的大豆全都在地里无精打采地耷拉着脑袋，山上的地块旱得更是厉害，庄稼叶子都枯黄了。最要紧的是村里南北井都打不上水来了，整个桑园子吃水也成了难事。前几天，公长俭召集一些人商议这事，商量来商量去，只有把两口井往深里淘看看如何，可谁也不敢拿这主意。

文富昌正躺在炕上难受，常九德来家了。常九德说，这"卡脖子旱"又要命哩。七月二十四处暑，岔河集要搞个祈雨大会，邀请了外乡好几个戏班子来演戏助兴，咱桑园子的班子也在邀请之列，等着回话呢。

文富昌在床上打着摆子，无力地说："求雨，求雨，去年咱就唱戏求雨，哪回不是鸡零狗碎地下一点，让你空欢喜一场接着就再给你晾起来，反正不让你有个好收成。你知道龙王爷爱听哪出戏？”

常九德说：“这场子还是要帮的。俺看，叫志仁和三斤带着他们去热闹热闹吧，你身子不舒服，就在家歇着，俺去照看着就行了。”

文富昌说：“这帮孩子们还太冒失，有你去，俺就放心了。”

常九德说：“俺看，还是唱拿手的《大祭桩》吧，秀花扮黄桂英，三斤扮丫鬟春红，志仁扮火焰驹艾谦，钱串儿扮监斩官……”

文富昌说：“秀花还有点嫩，还是你上吧。”

“我看秀花行，挺上戏的，也该练练她了……”常九德说，“我跑个龙套就行了。”

文富昌咳了一阵，才说：“不知道龙王爷喜不喜欢《大祭桩》……”

“心到神知，心到神知就是了。”常九德说，“刚才在胡同口，俺碰到钱瞎子了，他说他算着处暑日定有大雨，大雨之时，桑园子还有一个劫数。”

“没听说他算准过几回。”文富昌摇头，“到处暑日就知道了。”

处暑日，正逢岔河逢四大集。

相传岔河最初没有河，山坡上却有一眼宝泉，人称金耳窝。每逢暴雨过后，泉眼咕嘟咕嘟向外冒热气儿，这时若有人对着泉眼连说三遍咒语“金耳窝，金耳窝，金子金子快出窝”，就会从泉眼里冒出一锭黄澄澄的金子来。后来，有个贪心的人想得到更大更多的金子，就把泉眼给凿大了。可是这一凿就破了风水，无论你怎么念咒语，再也没有金子冒出来了，那水也不再入口甘甜，反而是浑浊了。后来发了一次山洪，泉眼消失了，满山上冲出了许多河岔子，在山下汇成了一条小河流到山外去了。人们就把这条小河叫作岔河。岔河边上的村也因河得名，也叫了岔河。岔河是个大村，以前这里有乡公所，现在这里有岔河公社。岔河公社管了周边十几个大队，二十多里外的桑园子就归岔河管。

岔河是条季节河，夏天有暴雨的时候气势汹汹；几天过后便成了涓涓细流，但河道却很开阔。岔河集就在河边的沙滩上，这是方圆五十里规模最大的集市。逢集日，商贾云集，这里还有固定的戏台子，常有戏班子来唱戏，更旺了人气。

如今因为大旱，岔河早已干涸。一大早天气就热得不行，就连河滩上的沙子踩上去也觉得烫脚，可集市上人依然很多。戏台前的小杨树林里更是坐满了等着看戏的人。

常九林赶着马车将桑园子的戏班子拉到岔河集的时候，天才蒙蒙亮，赶早举行的祈雨仪式已经结束，河滩上还弥漫着焚香烧纸的烟香味儿。接下来就是给龙王爷唱戏了。一共有三场戏，早上是马头庄的马家班，中午是桑园子的文家班，下午是斑鸠店的程家班。桑园子的文家班只是自娱自乐，没经历过世面，而那两个戏班子走南闯北好多年了，自然就没把桑园子人放在眼里。常九德和文富昌以前经常看马家班的戏，戏唱得不错，班主马大麻子到哪里都是牛气冲天。他们走村串乡唱戏都是明码标价，唱一出戏收一石粮食。每出戏开场之前，马班主必差人在台下放了斗、升和布袋，来听戏的人用碗或者瓢盛了粮食，高粱玉米麦子都行，分门别类地倒进升里，升满了倒进斗里，斗满了就装进布袋里。凑不够一石，锣鼓家什敲得山响，戏就是不开场。先前放进粮食的，又不能退回，就催着来看白戏的人回家取粮食。后来听说不知在哪里演砸了，马家班流落到了外地，多年没有回来了。

常九德让志仁和三斤招呼大家把戏箱卸下，到戏台后面化妆，准备演出，自己转到戏台前面，找个地方看马家班开戏。刚一坐下，就看见田家的刚子在人群里转来转去的。桑园子许多人都知道，刚子可能多长了一只手，他不爱听戏，却喜欢赶集，有时买点这个那个，有时捡点菜叶子回家，反正集集来，集集不空手。常九德懒得搭理他，低了头装作没看见。

锣鼓家什响起来，马大麻子首先登台，向台下拱手致意，大声说道："父老乡亲兄弟爷们，南来的北往的各路朋友，在下人称马大麻子，承蒙厚爱，我马家班在外辗转多年，今天有幸回来为岔河宝地开锣祈雨，但愿梨园灵光，呼风风来，唤雨雨到，造福一方！……今天献演的是《铡美案》。这可是本班压箱绝活儿，相传能够假戏唱真。俺祖师爷那会儿，就把包公黑炭头唱真了。那一回，戏台上正唱着《铡美案》，张龙赵虎王朝马汉都还在大堂上站着，包公竟在候场时下了趟河南开封，在那里快速审了一桩奸夫淫妇的命案，然后提了人头快马加鞭回到了戏台上，把手里血淋淋的人头放在大堂之上，开始审案，全然还是在开封府的时候，一发难收。众人没有办法，打板先生站起身来敲了一通很奇妙的板点，才生生将唱真的包公拉了回来。人是拉回来了，可是人头还在大堂上放着。那颗千里迢迢被拎来的人头，后来被河南来人领了回去……”

台下一片哗然，人们纷纷拍起巴掌。常九德记得当年听他们唱戏的时候也是这样哗众取宠，就不屑地笑了笑。

戏终于开场了，演员演得很投入，但听了几个段子，常九德心里就有了底儿，桑园子不比他们差到哪儿去。钱串儿他们几个腆了脸子，也凑到常九德跟前看人家演戏。常九德不时以戏说戏，小声地为他们做些点评。

太阳才出来不久就毒毒的了。阳光虽然从小杨树林叶子的缝隙间花搭搭照下来，依然烤得人难受。钱串儿一出汗，脸上涂的花脸就更花了，他骂道：“这狗日的天！”

常九德抬头看看太阳，说：“瞧这太阳毒的，你爹还算着处暑日定有大雨呢。”

钱串儿也看看太阳，先像他爹那样眯了会儿眼，煞有介事地说：“也许等咱的《大祭桩》哩。”

这时候，志仁和三斤也化好了妆，见候场还早，便也挤到他们跟前来看戏。三斤发现身后不远处看戏的人群外边，他认识的小修还在地上摆着摊儿，趁爹和志仁不注意，便走了过去。

小修是岔河街上的姑娘，十八九岁，模样儿俊俏，一对小酒窝，一双大眼睛，还有一根大辫子甩到浑圆的小屁股上，看着就惹人爱怜。她爹娘长年在山上采药，家里还种了一亩丹参，逢集的时候，小修就在岔河集上摆个小摊儿，专卖草药。她认识许多桑园子庄来赶集的人，最熟的有三个：一个是常来她家买草药的“和善堂”郎中公德贵，一个是常在她摊子边上打转转的田刚子，再一个就是经常给她送草药的常三斤。她知道，常三斤和他爹都会唱戏，她在岔河集上听过三斤唱的《白素贞》，她为白蛇的痴情和坚守心动不已。三斤隔十天半月就给她拎一包药材来，小修认得有龙葵、兰花参、黄袍、乌袍、何首乌、地肤子等等，有时候还有蝎子甚至小蛇，都是焙干了的，说是他爹放羊从山上顺手采来和偶尔捉到的，让他来卖，自己又不会卖，放在她摊子上，贵贱地能卖就卖了。小修就打趣他："这小蛇会不会变成白娘子？你是不是也是小蛇儿变的？"三斤就冲她扮个鬼脸，惹得小修笑个不停。起初，三斤并不要小修的钱，日子长了，小修说你要是再不要钱，你就别给俺送了，俺不卖了。三斤说，你先给攒着吧，到时留着给你办嫁妆。小修就红了脸，不再说啥，她心里其实挺喜欢三斤的，他不像那个刚子，油嘴滑舌地会说话。刚子几乎每集不落地来看她，每次来都会给她带几块花糖或者几根头绳，嘴也像抹了蜜汁一样。

今儿求雨唱戏，听说桑园子戏班子也来，小修便想，常三斤肯定会来，他已经好多日子没来了。等会儿，轮到桑园子的戏，她就收了摊子好好看戏。田刚子刚刚在这里磨磨唧唧半天，不知道钻到哪个地儿看戏去了。小修正远远地盯着戏台出神，只见一个穿着艳丽举止窈窕只有戏里才有的小丫鬟来到自己面前。"花墙外边天地广，可看见行人路上有李家郎……"这个丫鬟一边唱着戏文里的词儿，一边对她甩了一下袖子。

"三斤！"小修惊喜地叫道。

常三斤扮了丫鬟装，显得俊俏机灵，他对小修深情地一笑，小修禁不住上前一步，抓住他的胳膊，摇个不停："三斤，你……扮相真好看！一会儿，你上台好好演，俺在台下好好看你，咹？"

常三斤说："俺一定好好唱，唱给你听。"

"今儿你唱丫鬟？俺还是喜欢你唱白素贞的样子，一身白衣，长袖一挥，连法海和尚都不怕，许仙遇到这样的娘子，真是有福……"小修有些陶醉地说。

三斤说："俺也喜欢'断桥'那折，有时唱着唱着就觉得，有白素贞，许仙死也值了……你要喜欢，以后，俺天天唱给你听。"

"真的？"小修红了脸儿，"你的钱……俺可都给你攒着呢。"

因为三斤穿了戏衣在这里说话，不多时就有许多人围了过来看热闹，顾不上去听台上的戏文了。

三斤觉得不妥，正想离开，马家班的班主马大麻子过来了。他指着三斤喝道：“是桑园子的吧？跟老子抢戏是不是？成心捣乱是不是？懂不懂规矩？”

三斤觉得理屈，本不想争辩。听马大麻子说话嘴臭，便瞪了他一眼。

马大麻子就不依不饶：“你们桑园子不是有过花姑吗？花姑死了，还有文富昌，还有常瘸子是不是？一会儿台上好好唱，让老子看看，桑园子戏班子到底多厉害！”

常三斤一下子血冲脑门，和他争执起来。常九德听到这边的争吵声，赶紧过来将三斤拉出去，又给马大麻子赔了不是。常九德将志仁、钱串儿他们都召集到戏台后边去，告诉他们都老实待着，一会儿上了场，有什么本事都使出来就行。

马家班一出《铡美案》让台下连声叫好，接下来轮到桑园子的《大祭桩》。先是一通锣鼓，钱串儿和田小柱几个人表演了几段“爬杆”“吊辫子”等杂耍，聚拢观众。正戏临开场的时候，忽然起了风，戏台上的幕布呼呼作响，身上的戏衣也开始衣袂飘飘。

戏台小了些，武场只能占半角前台。李家羊端坐在戏箱之上，双手执了鼓槌，击打几下，钱守良、李银行他们定了弦，没自己戏的时候，常九德锣和梆子都使得上。

戏演得非常顺利，尤其是马秀花这回真的上了戏，把个黄桂英演得出神入化。“祭桩”一折，无论念白还是唱腔，她表演得青衣味足，沉实大气，既高亢激越，又细腻委婉，把对爱情忠贞不屈的黄桂英惟妙惟肖地呈现在舞台上，让台下观众看得酣畅淋漓——

唱：黄桂英我好嗟叹

一步一趋走向前

是夫妻俺还未把花烛燃

未婚的闺门女我怎哭夫男

叫李郎啊 睁眼你看看俺呐

黄桂英来到法场前呐

……

白：李郎 我来看你来了

李郎 我来祭你来了

唱：曾记得郎君卖水南河岸

春冰未消天犹寒

为妻不忍身独暖

暗使春红送衣衫

你感桂英情意重

我怜郎穷志更坚

妾心依依情难断啊

君意绵绵总挂牵

一日丫鬟引红线

适得相会东花园

妾弄梅花暗寄语

君指松柏表心田

你说是在天愿做比翼鸟

我说是在地愿为并蒂莲

你说是沧海桑田有时变

我说是啊

我说是君情我心永相连

……

李家羊眼睛紧盯着台上的秀花，板打得天衣无缝，收放自然潇洒。随着剧情和秀花的表演，李家羊身体和脑袋也随着鼓点有节奏地晃动，他也完全进入了角色。

台下掌声不断，三斤看到小修也站在台下看着演出，还不时拼命地拍着巴掌。

戏入高潮，突然戏台上飞来几个点着引信的炮仗，落在马秀花的脚下炸响了。马秀花一惊愣在那里，台下响起一阵起哄。常九德知道是得罪了马家班的人，志仁和三斤怒不可遏，要冲下台去。常九德挥手制止了他们，用锣声将李家羊停下的鼓点又带动起来，乐队很快恢复正常。马秀花回过神来，随着伴奏又入了戏……

就在这时，突然狂风大作，大片乌云从北边山顶涌来，天顿时暗了下来。紧跟着，一声声炸雷接二连三地在头顶响起。

整个岔河集上的人都欢呼起来……

11

那天，钱瞎子没有去岔河赶集，但他的话真的应验了。大雨整整下了一天一夜，那几声响雷炸开的时候，村长公长俭家的小黑被雷给劈死了。桑园子这个劫数还真是不大不小。

小黑是村长公长俭家的一条狗。这两年，因为连续遭灾，村长家口粮也不多，可就是大人孩子吃糠咽菜，也没舍得把狗杀掉。桑园子村里已经没有几条狗了，小黑也是饿得皮包骨头。但小黑依然机灵，常常对着女主人尚道兰摇尾乞怜。

在桑园子，尚道兰是个神秘人物。她是十六年前公长俭从外地带回来的。公长俭和外乡来的文家大小子文富国同岁，当年文富国喜欢玩土枪，公长俭喜欢耍刀棍，两个人很快成了好朋友，常常一块儿上山打猎。那年，八路军在村里养伤，他们本来商量好要一起跟着八路军走的，可就在那场战斗中，文富国和他娘都死了。公长俭就自己跟着队伍走了。

然而，仅仅一年多，公长俭便荣归故里，说是在一次战斗中光荣负伤，首长批准他回家养伤。他说自己曾经挥舞大刀闯进敌阵，一口气杀了五个鬼子，自己就是在那次战斗中被鬼子开枪打伤了胳膊。桑园子人对他刮目相看，可谁也没看到过他的立功证书，直到现在也没见到他伤愈归队。他爹公德贵曾经亲自为他检查过伤口，胳膊上果真有枪伤，可并没有伤着骨头。本来想催儿子早日归队的，想想反正为国流过血了，现在好不容易回来了，也就作罢。

最让人感到蹊跷的是他带回来的那个娘们，长得娇小，脸儿也很白。公长俭曾对人说，这是他俘虏的日本娘们，是个卫生兵，她相中自己了，要死要活地甩不掉，首长就批准让她陪自己回乡，照顾自己养伤的。公长俭说："她叫上岛一兰，俺给她改了个中国名字叫尚道兰。"许多人都不信，说是吹牛呢，你就是个团长也不会有这待遇哩。前些年，尚道兰不大出门，偶尔和人说几句话倒是说中国话，还能听得懂；要是和公长俭吵起架来，那就叽里咕噜的，还真像日本话，反正你听不懂。直到头几年派出所来上户口，才知道她是东北吉林人氏。公长俭就对人说，逗你们玩哩。

别管真真假假，公长俭在桑园子也算是个人物了。由于负过伤，他的左胳膊活动起来不太灵便，年轻时喜欢的刀棍早就扔了，可他依然还是五大三粗，身体棒棒的，这让人想到他那个娇小的女人如何能承受得住这样的重量。当初女人两年没有怀孕，人们猜想可能是人家水土不服，还有人猜想这个日本娘们也许就是个随军的军妓，不会有生育了。可第三年上女人挺起了大肚子，到年底生下来个大胖小子，取名公朴。以后，肚子就再也没了动静。公朴如今已经十三岁了，去年被公长俭送到欢城二姐那里上学去了。

公长俭从一解放就当桑园子的村长，十几年里，从村到合作社到大队，名儿变了几回，可乡亲们叫村长顺了口，他也乐意这个称呼。在整个岔河公社，桑园子大队倒也顺当太平。庄里有个戏班子，一帮人闲下来唱戏学戏，刺儿头就少，公长俭的村长就干得顺当。所以公长俭对戏班子还是比较关心和支持的，老爹公德贵建议让戏班子到大队部学戏，他二话没说就应允了。村里太平，他就可以晃着身子在桑园子各个胡同和东山西山的山林田野里转来转去，老远肯定会有人和他打招呼；他可以在社员家里坐在上座去陪客人喝酒，能请到他去作陪不能不说是件有面子的事儿；他还可以在街头巷尾与村里的老娘们和小媳妇说几段荤段子，真要想和她们中的几个上上炕也不是什么难事儿。当然，村长公长俭革命工作也是繁忙的，年前搞社教，现在又要学"十六条"，都是贴贴标语的事儿，会计钱守元会写毛笔字，自己也能划拉两刷子，这也没啥难的。这两年受灾，老百姓的日子不好过，桑园子是个小山村，要发动搞个家庭副业也没多少门路，为这事，他还受过公社的批评呢。

因为持续干旱，桑园子庄南北两口井就要干了，每天从早到晚都有人排队等水，原来放下井绳就能打上满满一桶水来，现在人下到井底，用瓢子舀半天才能提上半桶泥巴汤，等澄清了才能喝。南井边上淹死秀明的池塘已经干涸，原来塘底尽是乱石坑，别说一个愣孩子，就是不会水的大人下去也很难出来。村民们没水吃，虽然都怪老天爷，可公长俭是村长，大家就怨恨村长不作为。其实公长俭心里也着急呢，可是有什么法子呢？他和钱守元商量，想组织人再把南井和北井往深里淘一下，征求了村里几个老人意见，又找钱瞎子算了算，说是不能伤了龙脉，弄不好就堵了泉眼。

公长俭左右为难。对于祈雨，公长俭并不信，文富昌领着戏班子在村里求过几回也不济事。听说岔河集上又搞祈雨大会，桑园子的戏班子也去了，不知道公社知不知道这事儿。不过，真要能求来雨那自然是大好事，公长俭想。

戏班子搬到大队部已经个把月了，这伙人就是心盛，大热的天，院子里点上一盏汽灯，咿咿呀呀地就入迷。原来寂静的院落一下子就热闹起来了。

公长俭一直觉得当年老爹将公家后院献给政府是一个明智之举，要不，公家最少也得是个富农成分，自己这个村长想也别想了。不过，现在一家人都挤在前院里，五间正房（中间一间还是连通后院的过道，后边垒上墙堵住了，勉强算了一间；后院就只能从院墙上另扒出一扇大门出入）是“和善堂”和老爹的住处兼诊所，东厢房他和尚道兰住，西厢房放点杂七杂八的东西，也够挤巴的。好在公朴在欢城二姑家，要不还真没法住。听说大姐家的外甥赵黄岐秋后就要在省城医专毕业了，老爹非要他回“和善堂”来待上几年，这住处也是问题了。

公德贵也看到了这个问题的严重性。他和儿子商量说：“后院是和政府有合约的，要是要回来，那不成了反攻倒算？这绝对使不得。不行，你就出去再盖一幢宅子。”

“再盖幢宅子倒不是什么大事”，公长俭想了想说，“爹，我只想再问你一遍，俺爷爷当年吃喝嫖赌，真没留下点家财？”

“还是那句话，要是留下一大笔家财，你就当不成村长了。”公德贵没好气地说。

公长俭还是不死心："爹，这后院里，晚上俺有时住下就觉得好像闹什么动静。俺就想，俺爷爷、俺老爷爷那一辈，造这房子的时候是不是在地下或墙里埋下过什么值钱的东西。闹动静怕是在警醒俺哩。"

"长俭啊，你都当这么些年村长了，你怎么还寻思这个？"公德贵说，"要是有，你老爷爷能不告诉我，他死的时候我就守着他，他脑子清醒着呢。"

公长俭笑了笑说："爹，我只是这么想想。行了，没事了，戏班子进来了，闹腾闹腾，什么邪气也就没了。先将就着住着吧，以后，等公朴回来成亲再说吧。"

后院的大队部，如果没有戏班子进来，其实也多是闲着的。平时，只有一个村长公长俭和一个文书兼会计钱守元在这里办公，一年开不了几回会，平时也没人愿意进来，就显得有些僻静。公长俭在村里有几个相好的，可大白天的，他一般不会让她们来大队部的；晚上来也不保险，这里离自己的家太近，尚道兰盯得又紧，从前院"和善堂"的后窗里就能一目了然。这几年，孩子不在身边，尚道兰也不会侍弄庄稼，平时就待在家里。她哪里是什么日本卫生兵，对中医西医简直是一窍不通，公爹本想让她在"和善堂"帮忙，可除了烧水打扫卫生，她也帮不上什么大忙。没事的时候，她喜欢和小黑玩。

小黑其实就是一条极普通的小柴狗，长得矮小，样相也丑，好在它浑身的皮毛是那种纯净的黑，只有额头上有一小撮洁白，显出几分高贵。小黑有四岁多了，它的母亲是李家胡同李银行家的老花。

老花是条老母狗，瘦得皮包骨头，比野兔大不了多少，叫起来动静倒是不小。李银行和他老婆春花并不喜欢它，随便在大门外边用几块砖头几片碎瓦垒了个小小的狗窝，把它用铁链子拴在那里，隔几天胡乱喂它一口，饿不死就行，只图晚上有个动静。被拴住的老花失去了自由，它的活动范围只能进出狗窝。可让人想不到的是，用铁链子锁着的老花却并不能禁欲，一年内它竟生了三窝小狗。小黑就是那年春天生下来的，同胞三个都是黑毛的，可惜只活下来它一个。看来强暴它的定是条黑狗，想来想去，人们没想到是谁家的黑狗敢这样色胆包天。

公长俭第一次见到小黑的时候，小黑才刚刚满月，肉鼓鼓地好玩。李银行家里来了客，请村长去作陪。公长俭本来不想去，可耐不住李银行媳妇春花娇滴滴的样子还是去了，这条刚满月的小黑就在饭桌边围着村长的脚转来转去。李银行呵斥它，让它出去。公长俭却一下子喜欢上了这条小黑狗，顺手扔给它一块骨头，小黑就对着他摇尾巴。等喝完了酒，公长俭踉跄着回家的时候，小黑竟然跟着回了家。尚道兰见了，也是喜欢得不得了，于是就把它留了下来。

小黑极懂事。村长家吃得好，每次有骨头要啃，小黑总是叼了一块，从“和善堂”穿过两个胡同，回到李家大门外的狗窝，将骨头给它娘吃。小黑叼着骨头在胡同里一蹦一跳的样子十分好笑，小黑攀了富亲，常常穿梭在村长家和李银行家，一时成为桑园子的笑谈。

春花当然有事相求。她知道大队里缺个女干部，妇女主任一职现在是钱守元兼着的，在公社开会闹了不少笑话，她想当这个妇女主任。李银行抱着唢呐去文富昌家里排戏的时候，公长俭常常去春花家里找她谈心，说是作为后备干部先培养培养。有一回，公长俭和春花正在炕上忙活，小黑突然从门缝里钻了进来，冲着炕上的两个人叫了起来。正在兴头上的春花喝道：“去，滚一边儿去！”公长俭却觉得小黑的叫声里有内容，赶紧慌乱地从炕上爬下来。两人刚收拾妥当，大门一响，是李银行回来了。李银行进屋，见村长正在给老婆看什么文件，心里便很感动，赶紧提起暖瓶往茶壶里续了水。

小黑真是一条义犬。可是小黑却死了，死得好惨。

公长俭绝对不相信祈雨大会真能求下这么一场大雨。上午，他和钱守元正在办公室里胡侃，几阵大风就把天给刮黑了，出门一看，东山西山都被乌云罩住了，天上银蛇乱舞。刚退回屋里去，就听得头顶上接连打了几个霹雳，耳朵被震得嗡嗡响。虽说桑园子的东山和西山是雷区，好落雷，可这么近这么响的雷，公长俭才头一回听到。

小黑死在“和善堂”的大门前。大雨停歇的时候，尚道兰才发现了它，它已经被烧成了一只炭猴儿。它嘴里叼着的不是骨头，而是一条裤衩，尚道兰认得这条裤衩是她给自己男人缝的。

12

大雨在午后停了一会儿，然后不紧不慢地又下了整整一夜。

这真是一场及时雨。久旱逢甘霖，桑园子的东山和西山都淌了清水，草丛里长出了地皮菜；南井和北井的泉眼又开始喷涌，南井边上的池塘又蓄满了水。看来今年秋天能有个好收成，往后的日子就会好过些了，桑园子人脸上有了喜气。

文富昌也下了炕，感觉一下子有了精神。常九德过来和他说岔河集上与马家班的交集，文富昌说："大路通天，戏台朝前；各走各的路，各唱各一出。不惹他们就是了。"

常九德有些咳，咳过一阵后说："富昌兄弟，这天倒是不旱了，可我觉得我这嗓子却旱了，喝多少水都觉得干得慌。这戏，俺还没唱够呢，嗓子可不能给坏了。"

"说啥呢？你这嗓子，旦角生角，唱啥是啥，金贵着呢。"文富昌说，"少吃点辣，少喝点酒。唉，不是年轻的时候喽。"

常九德叹口气，也点点头。

过了八月十五，文富昌让志仁和三斤领着戏班子热热闹闹地为云英和田小柱操办了婚事。志义虽然还没有消息，但云英总算有了着落。他也算是对大嫂和死去了的大哥有了一个交代。

出了嫁的云英经常回娘家来走走，和志仁、秀珍面子上也都过得去了。田小柱也是戏班子里的人，自然和叔丈人一家更亲密了一层。小柱娘为人和善，她早年守寡，好不容易拉扯大了两个儿子，老大又是那种上不了门面的人，现在终于给老二娶了媳妇，总算是垫住心窝口了，自然拿云英当亲闺女待。

田大柱比田小柱大了两岁，可看着就不像是一个娘生的。小柱长得人高马大，浓眉大眼，大柱却形体瘦弱，还不及云英肩头高，加上说话行事心智单纯，在人面前更像是一个孩子。有时，田大柱会跟着弟弟去戏班，钱串儿他们老是取笑他，大柱并不生气，他喜欢看他们唱戏。涂了二花脸的钱串儿眼睛眨巴起来就像孙悟空，大柱学不来，却有自己的绝活，他会变脸儿。只要是他熟悉的人，他都能模仿出那个人的表情和神态。比如变他弟弟田小柱，眉毛一扬，挺威武的样子；变常三斤，下嘴巴一收，挺一本正经的样子；要是变钱串儿，则眼角一吊，一副煞有介事的样子。田小柱是那种老实勤快的男人。别看晚上常常去学戏，可他早上从来不睡懒觉，往往天不亮就起来扫天刮地、收东拾西，一看就是那种会过日子的人。小柱从心里稀罕云英，啥事都是哄着她，依着她。这不，结婚当月就怀上了，云英的脸也开始一天天晴朗起来。

家里有一个大柱，也让云英开心不少。云英过门才几个月时间，大柱便拿云英做了最好的朋友。云英去推磨压碾，大柱怕累着她，就拿起磨棍跟着，一圈圈地小跑着，把石磨或者石碾推得飞快地转，只要云英不时拿笤帚扫一下，用不着她也转圈圈。这几天云英有些嫌饭儿，大柱时不时地会塞给她几粒从山上新采来的山楂，云英接过来就红了脸，这个傻乎乎的大伯哥知道的东西还不少哩。

这几天，本家的堂叔田刚子也要娶媳妇了，云英便里里外外地帮着忙活起来。田小柱家和田刚子家是前后邻居，这个田刚子父母早亡，自己一个人过，平时都由小柱娘隔三岔五地缝缝补补地照料一下。刚子人长得不错，天天把自己拾掇得有模有样，头皮梳得溜光，衣服倒也周正，谁也说不清他到底做什么营生，只知道他天天不着家，在外边瞎逛荡，家里只有三间房子，院子里一点生气都没有。小柱娘说，再这样下去就毁了刚子兄弟，要是有个好媳妇管起来，兴许能成一个好人家，可谁家闺女不图个好家庭呢？听说他自己从岔河街上找了个漂亮媳妇回来，半截庄子里的人都不敢相信。

费了几天工夫，云英带着大柱、小柱，还有几个乡邻帮忙，才把刚子家屋里屋外打扫得干干净净。大柱弄得灰头土脸，却乐得合不拢嘴："小柱才娶了媳妇，小叔又要娶媳妇了，俺快点长大，长大了俺也要娶媳妇。"

云英看着他好笑的样子，就笑着问："大柱，你想找个什么样的媳妇啊？"

大柱看看大家，又看看云英，咧嘴道："俺……俺也要云英这样的当媳妇……"

小柱娘忙说："大柱，别乱说，你是大伯子呀。"

大柱又说："俺不要当大伯子，俺也要娶媳妇……"

"唉。"小柱娘对着云英无可奈何地叹了口气。

田刚子成亲的事没有在桑园子张扬。田刚子告诉大家说，新媳妇她爹上次下大雨的时候上山采药掉在崖下摔死了，还没过百日，娘家就不来送亲了，咱去那边把新媳妇接来就行。小柱娘就说，还没听说这样办婚事的，又不是二婚头，不怕人笑话。

田小柱到生产队牛棚里找常九林借马车，常九林牵来骡子把车套好，对正帮他铡草料的何金生说："路子不远，金生，你去吧。这骡子倒是听话，记着别呛了它。"

"好嘞，爹。"何金生答应着，从常九林手里接过缰绳。

马车到了田家，云英找来一块红布系了一朵红花，拴在骡子脖子上，又在田刚子胸前也系上了一朵，这样多少就有了些喜气。田小柱还私下里约了戏班子里的钱守良和李银行几个人带了响器在村南头等着，等新媳妇进了桑园子，多少弄出点响声就行。

何金生赶着骡子，马车上坐着田刚子和田小柱，他们去岔河迎亲去了。

小修的家在岔河街，说是街，其实也就是条大胡同。胡同正中，最显眼的是一座大门楼子，台阶很高，门口各有一只石头狮子，进门是一所两进的大院落，以前这里是一户地主的宅院，如今门口挂着"欢城县岔河人民公社"的大牌子。公社大门边是食品站的猪肉店，逢集的时候，就在街边摆出一张大大的肉案。沿街还有一家小客栈，一家烧饼店，一家干果店，一家专卖糖炒栗子的，最东头是一家杂货铺子，逢集的时候街上人倒是不少，平时却冷冷清清的。

杂货铺子后边就是小修的家，大门上白色的挽联看上去还很新鲜。

岔河集求雨唱戏的那天，小修早早收了摊子，在戏台下看桑园子的三斤他们唱戏。小修在岔河集上摆摊卖草药已经四年了，集市上三教九流什么样的人都有，小修见识得多了。十九岁的小修已经开始留意身边的男人了，然而让她想起来就脸红心跳的人只有桑园子的田刚子和常三斤。她还装作若无其事地向桑园子那边来赶集的人打听过他们两个的家世，知道他们的出身和家庭并不怎样，小修并没太在意这些，她不是那种嫌贫爱富的人，她明白爹有娘有不如自己有，只要人好就行，好日子是自己过出来的。常三斤和田刚子都喜欢自己，这一点小修感觉得到。田刚子明说要娶她做媳妇，说得有些油嘴滑舌像开玩笑的样子，小修就红了脸装作要生气地骂他；常三斤呢，说话就脸红，却好像真和她定了亲一样，他带来的草药卖了钱却让自己给收着，还开玩笑说留着以后办嫁妆。也许是因为看过常三斤演的白娘子，那身段，那扮相，那嗓音，那舞动的白衣长袖……深深吸引了她，小修觉得三斤有一种让人着迷的东西；而田刚子身上好像男人味儿更重了些，加上他能说会道又叫人捉摸不透，是那种让人喜欢但不能让人着迷地去想着的感觉。其实，小修自己的身世也很苦，她早就知道她不是爹娘亲生的，爹娘成亲多年没有生养，自己是抱养的，可爹娘却十分疼她爱她，别人家的女娃子哪有能上学的，爹娘却让她读了三年书；要不是在她十岁时爹娘感动上苍为她生下了弟弟，也许还能供她读下去呢。爹娘为了生计天天上山采药，也真是不容易。弟弟还小，现在他们最操心的就是给自己找个好人家，出了门子去过自己的日子。

小修恨死了那天的大雨。

桑园子的戏正唱着，忽然电闪雷鸣，眼看大雨就要下来。看到三斤和戏班子里的人正手忙脚乱地收拾戏箱，小修想起自己一包一包的草药还堆在摊子上，见没法和常三斤打招呼了，就赶紧跑回摊子前收拾自己的东西。她把一包一包的草药搬到架子车上，又用雨布罩了，拉起车子就要往家赶。这时候，田刚子不知道从哪儿冒了出来，突然走上前来帮忙推车。

“还是先找个地儿先避避吧，雨要下来了。”田刚子看看天，说。

“这满集上就是个大空场子，去哪儿避？”小修着急地说，“紧跑几步就到家了，快帮帮俺。”

田刚子答应着，在后边帮小修推着车。车子刚推出小树林，驶上土路，铜钱大的雨点就落了下来，先是在土路上激起一阵烟尘，马上土路的坑洼里就积满了水，岔河街不一会儿就笼罩在一片雨雾中了。

小修和田刚子把平板车拉回小修家院子时，两个人都早已成了落汤鸡。

天上雷声响成一片，院子里风雨交加，小修家的屋子里非常昏暗，只有耀眼的闪电时不时把屋子里照得一阵阵雪亮。

雨水顺着小修的刘海和长长的发辫往下流着。她上身穿了件印花的对襟短袖小褂，下身是家纺布的灯笼裤子，此刻全都湿漉漉地紧贴在身上，少女的曲线和凸凹一览无余。小修有些慌乱，忙将双臂抱在胸前。

田刚子穿着的背心和大裤衩子也是紧绷在身上，显出浑身上下强健的肌肉。他用两手顺着头发和脸往下捋了几下水，终于睁开眼睛看清了面前的小修。田刚子的心猛然狂跳起来，他喘着粗气，大裤衩子某个部位就高耸起来……

田刚子突然疯了一样，一下子抱住小修。小修拼命地用手抓掐着他的肩膀，惊叫道："刚子，你干啥？田刚子，你个流氓！你没听天上打雷你不怕雷劈了你？……俺爹娘还在山上没下来呢，你快放开，放开我！……"

在轰隆隆的雷声中，小修的呼叫显得那样无力和无助。

小修撕心裂肺地哭了！

不知过了多久，小修已经没有了眼泪，她坐起身来，恨恨地说："田刚子，我要告你！"

田刚子跪在小修身旁，怯怯地说："小修，俺……俺是真心……俺……要娶你！"

小修连看也没正眼看他一眼，她默默地用湿衣服将自己重新遮挡起来。她知道这个雷雨的日子已经决定了自己的未来，她已经没有力量再去改变什么。

"你滚，你现在就滚！"小修咬着嘴唇，说，"回桑园子，你给常三斤带个信儿，让他明儿来见俺，俺有话给他说！"

田刚子连连点头："嗯，嗯！"

小修又一次怒不可遏："你还不快滚，俺爹俺娘就要回来了，看不敲断你的狗腿！"

田刚子落荒而逃，消失在无边的雨幕中。

然而，直到天近晌午，娘才一个人浑身血水跌跌撞撞地回了家。原来，他们在山上遇到大雨，爹爹失足跌落到悬崖之下了。天快黑下来的时候，人们才把爹抬回到家。爹气若游丝，醒来只对小修说了一句话："闺女，爹放心不下你……找个好……好人家……"

"爹！"小修哭得死去活来。

田刚子也算是个敢做敢当的男人。第二天，他又回到了小修家，正赶上小修爹的丧事。想到自己那样伤害了小修，他突然觉得羞愧难当，"扑通"一声跪在小修爹的灵柩前。

小修掩住哭声，平静地问他："常三斤怎么没来？常三斤怎么没来？！"

田刚子定定神，突然撒谎说："他……他要忙着成亲呢。"

"成亲？！"小修一下子怔住了。愣了半晌，她擦了把泪水，冲着田刚子吼道："还愣着干啥！叫爹！叫爹啊！"吼罢，小修又放声哀号起来……

小修终于坐到何金生赶来的马车上。车上只有新郎、新娘和田小柱。小修一身素衣，只是头上罩了一条红色的围巾，围巾下的脸写满了忧伤和木然。田小柱见太过冷清，本想和小婶子闹上几句，又觉得不妥，只好把话又咽了回去。

远远看见迎亲的马车朝着桑园子驶来，在村头等候已久的钱守良和李银行几个人鼓乐齐鸣。李银行手捧唢呐，鼓起腮帮，卖力地吹奏着《百鸟朝凤》。

十月里，桑园子东山和西山上的树叶已经开始变黄、变红，刚刚升到东山头上的太阳，把橙色的光芒洒下来，让山上的风景更加美丽好看。《百鸟朝凤》响起，东山和西山上的各种鸟儿都被惊醒了，纷纷跃上枝头，朝着两山之间由岔河进入桑园子的土路上观望。坐在马车上的小修早就听到了这欢快的唢呐声，一条红围巾下，她却泪眼婆娑。

不知何金生手生还是骡子也感到了伤感，向来温顺的骡子却突然不听使唤了，它"哼哧哼哧"喘了几声粗气，撒开蹄子向着桑园子狂奔起来……

13

小修是悄悄被娶进桑园子的。几天后，公德贵才知道这个消息。公德贵对儿媳尚道兰叹气说：“唉，要是田家的刚子有点出息就好了。”公德贵常去岔河集买小修家的药材，跟小修的爹娘也很熟悉，知道小修小小年纪不仅认识许多草药，而且还对这些草药的药性知道得也不少。每每赶集回来，公德贵总是夸赞一番。

尚道兰虽说不常出门，但也听说过刚子偷鸡摸狗的事，只是她还没见到过小修，就说：“不知这个小修图了个啥。”

“好白菜都叫猪拱了。”公长俭见尚道兰瞪了自己一眼，忙又说，“刚子来开介绍信登记的时候，我就觉得纳闷，这小子有能耐，自己还对了象。话又说回来，有个媳妇管着，田刚子兴许能变好呢，我就担心桑园子出什么幺蛾子，怕一粒老鼠屎坏了一锅粥哩。”

公德贵叹口气，说：“听说前不久小修她爹上山采药出了事儿，小修心里肯定还难过着。唉，她爹那人实诚，是个好人……真是可惜了。小修跟了刚子，也没啥正经事做，她多少懂药，我想让她来咱这药铺里帮帮忙……”

公长俭打断道：“报酬谁出？大队可不能给她记工分。”

公德贵说：“我请她来帮忙，当然是我付工钱了。”

“爹”，尚道兰有些不悦，“你不是说俺外甥就要回来了嘛，他可是医专毕业的正规医生呢，再说咱这药铺也挣不了几个钱，用得着这么多人吗？”

公德贵说：“黄岐学的是西医，俺这中医也不能失传了，以后咱也中西医结合，啥年代都离不开好大夫，是不是？只是爹也老了，得有个帮手……这事儿就这样定了吧，还不知人家小修愿不愿意哩。”

“您说咋办就咋办吧。”公长俭说，“明儿我就通知她。”

公德贵说：“不妥，你去叫就成公事了，还是我去请她吧。”

“您亲自去？这也太抬举她了。”公长俭说。

公德贵没再作声，兀自走出门去……

公德贵是在云英家里见到小修的。

过门来这几天，小修一直把自己关在屋里，饭也不吃，眼睛哭得通红。刚子这几天也没出门，天天陪着她，可是怎么哄也难让小修露出笑脸，小两口还动不动就吵起来。

见新过门的小婶子冷清凄苦的样子，云英心里十分着急，便时常过去看望一下，还把她带到自己家里来。

小修终于笑了，这是田大柱的功劳。

新媳妇是自己的小婶子，小婶子是新媳妇，可她为啥不开心呢？田大柱有些纳闷。

“小婶子不哭，大柱给你变脸看。”田大柱说着，开始调动满脸的肌肉，努力去模仿某个人的表情神态。

“这个是钱瞎子爷爷。像不像？”田大柱眯上眼。

“这个是大脚姑奶奶。像不像？”田大柱瘪起嘴。

“这个是文富昌爷爷，志仁他爹。像不像？”

这些人物小修都还不认识，她不知道到底像还是不像，可田大柱一本正经而又天真木讷的样子，还是让她露出了笑容。

田大柱见小修笑了，自己也开心起来。他受到了鼓舞，越发卖力地表演着。

“这个是三斤哥……”田大柱以袖掩面，又做了个甩袖的戏剧动作。

“三斤！”小修脱口叫道。

“你认识三斤？”云英没想到小修会知道三斤，就问。

“他最会唱戏了，一上妆，比女人都俊着呢，他扮白娘子真是扮绝了。噢，俺……在岔河集上看过他的戏。”小修努力平静着自己，问云英，“常三斤是不是才成了亲？”

“成亲？没有啊。”云英说，“听说给他说亲的不少，可他就是不愿意，非要自由恋爱哩，九德大爷为他愁着呢。”

“自由恋爱？”小修急切地问，“跟谁自由恋爱？”

云英看看小修，说：“谁知道他恋着谁？别是剃头挑子一头热吧。不过……

三斤哥真是个好人，以后，你从岔河给他说一个吧。”

“哦，哦。”小修努力掩饰着自己的失态，轻声地答应道。

“下面俺再变个药铺的公老爷……”田大柱咳嗽两声，做出手捋胡须的样子，在屋里来回踱着步。突然，他看见公德贵从院子里走了进来，就赶紧停下来。

“大柱是在学我吗？我是这个样子吗？”公德贵咳嗽两声，走进屋子，拍了一下田大柱的脑袋。

云英急忙起身让座：“哟，大老爷，您怎么来了？赶紧坐，赶紧坐。”

小修也认出了公德贵，她有些吃惊：“呀，怎么是公爷爷？”

“听说，你成了桑园子的媳妇，俺过来看看你。”公德贵在椅子上落座，笑呵呵地说。

小修就像见到久别的亲人，鼻子一酸，眼里便又汪了泪。

公德贵说：“小修啊，你爹的事儿俺听说了，人去了，也叫不回来啦，别再难过了。你也成家了，往后好好过日子……”

“公爷爷！”小修再也忍不住，终于放声痛哭起来……

小修来到“和善堂”，没几天就把“和善堂”收拾得井井有条。

“和善堂”占了两间正房，顺着东西山墙各放了两组药橱，一组五十个抽屉，每个抽屉放三味药，可装一百五十味药。小修把药橱擦得干干净净，又按公德贵的要求把抽屉重新排列，将药材分门别类并熟记于心，公德贵开了方子，小修就能熟练地按方抓药了。

小修人儿聪明勤快，深得公德贵喜欢，公长俭也是常常夸赞。公长俭和尚道兰就住在东厢房，平时公长俭很少到正房来，他说不喜欢这种中药味儿。打小修来到这里，公长俭有事没事就到药房坐坐，还喜欢和小修聊上几句。尚道兰只要发现公长俭的眼神盯着小修的身子转，就白他一眼。晚上回到东厢房，吹了灯，公长俭在她身上就格外用力气。尚道兰绷紧了身子，阴阳怪气地问他：“你是在干我还是在干那个小媳妇儿？”公长俭越发用力，色色地说：“就当你是那小媳妇儿吧。”尚道兰猛地将他推下身：“告诉你呀，你要再把裤衩儿落在人家，俺可给你交到公社里去！”

天气越来越凉了。这些天，来“和善堂”看病的人突然多了起来。小修天天忙忙碌碌，对来看病的乡亲端茶递水，笑脸相迎，很是讨人喜欢。然而在闲下来的时候，她常常一个人坐在一旁发呆，好像有想不完的心事。

小修的心结已经挽成了一个难以解开的扣儿。来到桑园子以后，虽然没人对她说这说那，但她从乡亲们的眼神和言谈中已经读懂了什么，她发现田刚子在桑园子是被许多人鄙夷的。小修并不怕家里穷，有三间屋，有个勤劳能干忠厚老实的男人，过一辈子也就行了。可田刚子白长了一副好皮囊，却原来是游手好闲、不务正业的货色，更可恨的是他竟然用那么卑鄙的手段强占了自己的身子，小修好后悔当时赌气就嫁给了他。小修心里还恨着另外一个人，那个人就是常三斤。小修早就知道三斤心里有自己，尽管三斤的家庭也不好，要是三斤托人来说亲，小修想自己会毫不犹豫地答应他。可他为什么迟迟不把心里话说出来？小修曾经给常三斤留了一个最后的机会，她让田刚子给三斤捎信儿要见他一面，可是田刚子不仅没有把信儿捎到，还欺骗了自己。可就算那天常三斤去了，除了把本应属于他的药材钱还给他，三斤还有胆量还有能力改变这一切吗？

小修终于在“和善堂”见到了她渴望见到的常三斤。

常三斤是来为他爹常九德抓药的，常九德一直干咳，有时还咳出血来。

常三斤走进“和善堂”的时候，小修正忙着为另一个病人抓药。只一眼，小修就发现常三斤是那么憔悴、无精打采的样子。她的心忽然就颤了一下，赶紧低了头。

常三斤并没有刻意往小修这边看，他匆匆来到公德贵的诊案前，向公德贵讲述着爹的病情。

公德贵说：“你爹这毛病恐怕不是个小症候，再吃几服药看看，不行就去大医院查查。”

常三斤拿着公德贵开的药方过来抓药的时候，他在小修面前怔住了：“小修……果真是你？”

小修的心怦怦直跳，她接过药方的手有些发抖，紧紧咬着嘴唇不说话。

常三斤脸儿憋得通红，许久才说：“小修，你真的跟了刚子？俺……唉，你咋不等俺？你不是不知道……”

小修慌张地看了看诊案边上的公德贵和坐在北墙窗户边上做鞋垫的尚道兰，装作若无其事的样子，说：“俺知道，俺手里还有你的药材钱，一共是四百二十三块八，俺早就想还给你呢，可是捎不到信儿……”

“小修！”常三斤也压低了声音，但话里带了些哭腔儿，“小修，俺说过要天天唱戏给你听的，你咋这么急就……”

小修转过身，照着方子将药橱的小抽屉打开，一味一味地用小秤称了，又均分在案子上摊开的五张草纸上，然后将它们一一包好，用纸绳儿捆扎在一起，推到常三斤面前。做这一切的时候，小修已经恢复了平静：“这是五服，记着，每服加两颗红枣做引子。”

趁别人不注意，常三斤突然抓住了小修的手：“小修……”

“俺已经是田刚子媳妇了，论庄乡，你该喊俺表婶子呢。”小修把手抽回，坚定地说，“三斤哥，你走吧，你的钱，俺会还你的。”

看着常三斤一步三回头地走出“和善堂”，尚道兰走上前来，对小修说：“哟，小修跟三斤熟？”

“哦，不”，小修掩饰道，“婶，俺以前看过他演戏，他演白娘子哩。”

“你也爱看戏？”尚道兰叹气说，“其实啊，在旁人眼里，人人都是一出戏……”

小修看着尚道兰，不明白她在说什么。

尚道兰在“和善堂”几乎无事可做，她常常坐在北墙的窗户边，纳着一双永远也纳不完的鞋垫儿，隔一会儿，就透过窗子朝后院瞅一眼。

后院就是大队部，这些日子，除了公长俭和钱守元，大队里又添了新人，吹唢呐的李银行老婆春花也来上班了。公长俭告诉尚道兰，培养春花当妇女干部是公社批准的，可不是俺自作主张。

尚道兰就问：“谁养她？”

“谁养？她为村里干事，大队给她记工分呀。”公长俭说，“哦，你是说培养啊，当然是党培养她，政府培养她呀。”

“党在北京，政府在县里在公社，离得远哩，还得靠你去培养，你最会培养妇女了。”尚道兰阴阳怪气地说。

公长俭狠狠瞪了老婆一眼，不再理会她，抬脚去了后院大队部。

公社来了通知，说县里要推广新法接生，桑园子庄要派一个人去县医院学习半年，回来当接生员。按说这事儿公长俭说让谁去就是谁去，可公长俭还是在大队部与钱守元和春花商量了一下。

公长俭说：“这新法接生嘛，就是用科学的办法让女人生孩子。生个孩子还有啥科学不科学的？说是要消毒，是得消毒，你说庄里哪个婆娘腚沟里不是臭烘烘的？要生孩子得先用酒精把女人屁股擦干净不是？于大脚于大姑连酒也舍不得用，所以就是老一套了，这样就过时了……”

钱守元对着春花扮个鬼脸，说：“那玩意儿是属臭豆腐的，闻着臭吃着香，是不是？”

“你老婆的才臭呢，一年洗不了一回澡。”春花回敬道，“再说了，你们臭男人哪个不好这一口？”

“怪不得你闻着这么香呢，敢情天天洗光腚呀。”钱守元说。

公长俭赶紧打断他们：“这说正事哩，胡吣些啥呢……派个人去，学习这半年，由公社里出钱；学成回来后呢，接一个娃娃，村里记一个工分，再说谁家生了娃娃还能忘了接生婆，这倒也是件好差事。”

钱守元说：“于家大姑接了一辈子生，按说，让她去才是正理儿，要另外再找个人撑了她，可说不过去。”

公长俭说：“于家大姑都五十多了，上边不要这么老的，要培养新人。”

“这派谁去，谁就会得罪于家大姑。”钱守元说。

“这有啥得罪的，领导派的嘛。”公长俭对春花说，“俺看，还是春花你去吧。”

春花噘嘴：“俺才不干呢，脏儿巴几的，你可是说让俺当妇女干部的。”

“那叫谁去呢？”公长俭想，这让谁去就是和谁相好的事儿，反正不能拿着猪头脸子找不到庙门了。

钱守元对着前院努努嘴：“前院不就有个现成的？”

“你说尚道兰？不行不行，这是以权谋私哩。”公长俭说。

“谁说嫂子了？嫂子是村长夫人，咋能干这个？”钱守元说，“刚子媳妇有文化又懂医，别人谁也攀不着……”

“这……她才来药铺个把月，刚顺上手呢。”公长俭说，“俺跟爹商量商量看。”

公德贵一听这事，答应得十分痛快：“好事，大脚老了，也该歇歇了，再说，那些土法子真的是不能用了；小修机灵，肯定能学好，以后等外甥黄岐毕业了，俺也让他回来干几年。合适的时候，咱就把‘和善堂’交给大队，办成个全科诊所，中医、西医、妇产科就能开全了……好事，好事啊。只是，小修这才过门不久，一下子就出去待半年，不知小修……”

“俺去，俺去学！”小修坚定地说。小修真的愿意多学一点东西，能为乡亲多做些事情，来实现自己生命的价值。再说，她也真想离开桑园子一段时间，离开田刚子，离开常三斤，离得远远的，让自己的心好好地静一静。她的心很乱，像缠绕着一团乱麻，她不知道自己能不能将这团乱麻理顺。

14

交了腊月，又下了一场雪，庄稼人的日子闲了下来。戏班的人开始关心起过年唱戏的事儿。文富昌和常九德商量着今年再学出新戏，试着排一下全场的《杨门女将》。

常九德的嗓子时好时坏，吃了公德贵的十几服汤药特别见效，试着吊了吊嗓又能收放自如，他就十分高兴。这些日子，他和文富昌把戏班的人都拢到大队部开始学戏。大队部里一下子就热闹起来。

听到锣鼓家什响起来，公德贵也从前院踱了过来，他很关心常九德的嗓子，见药效明显，又叮嘱常九德一些注意事项才放下心来。文富昌把今年学戏的事对他说了，公德贵就说：“是得热闹热闹，闲下来，庄上又有打牌赌博的了。全场的《杨门女将》是个大阵势，戏装道具什么的得添置一部分了，不行的话，药铺里再多少出一点。”

文富昌连连致谢。

公德贵又说：“给我也留个角儿，我也想过过戏瘾了，不知上不上得了台喽。”

文富昌忙说：“您一上台就能压住阵脚了，俺看，您老就再演一回寇准吧，您有那个气度。”

“好，好，寇准就寇准，哪天有空儿，我也过来练练。”公德贵十分开心。

公长俭和钱守元、春花也都凑上前来看热闹。文富昌对他们说：“这一来，就把大队部乱成一锅粥啦，别影响你们办公务啊。”

公长俭说：“这是活跃桑园子的文化生活呢，俺支持，支持。”

文富昌和常九德把人都召集到东厢房，先交代了一些注意事项，又对角色进行了初步分工：常九德扮佘赛花、文富昌扮八贤王、马秀花扮穆桂英、常三斤扮杨排风、文志仁扮杨宗保、钱串儿扮杨延昭。

因为要排全场，角色太多，演员还真不够用了，秀珍和云英都有了身孕，还有几个娘儿们也不经常来学戏了，戏里好几个女将还没有人选，这让常九德有些头痛。文富昌说：“再动员动员，能上台的都上，能串场的就串，反正是唱给自己听；实在不行，就把戏掐掐。”

文志仁和常三斤把抄好的戏词按角色分别念给演员听，戏词儿上口，有的人没几遍就背过了，然后就跟着弦儿一遍遍地练习唱腔。

这几天，常三斤像丢了魂一样一直闷闷不乐，他到前院“和善堂”去了几次，尚道兰告诉他小修去县医院学习了，要半年才能回来。他的魂儿就再也找不回来了，气得常九德当众骂了他。

“和善堂”走了小修，又来了一个英俊的小伙子，他就是公德贵大闺女的儿子赵黄岐。十八岁的赵黄岐个子高挑，眉目清秀，戴着一副宽边眼镜，穿一身白大褂，一看就像个城里的医生。

赵黄岐在省城长大，上学以后，每年寒暑假都会到乡下姥爷家住上一段日子。今年刚刚在医专毕业，本来可以在城里医院找个工作，可公德贵说，城里好医生多的是，显不着你们，回乡下你就是块宝了，就当实习，干上几年，不行你再进城也不迟。

来到桑园子有些日子了，赵黄岐对桑园子感到既亲切又陌生。许多乡亲他都不认识了，只依稀记得小时候跟着志仁、三斤、刚子、小柱那帮大孩子玩，他们嫌他小不理他。这几天，他们在后院排戏，赵黄岐也常过去看热闹，见了面竟也认不得了。大舅公长俭给他一一介绍，这才都对上了号。

赵黄岐曾经看过志仁他们演戏，没想到排戏也是这么热闹。赵黄岐不喜欢看古装戏，在省城的时候喜欢看话剧，最难忘的是他看过的话剧《雷雨》，繁漪与周萍、四凤的情爱悲剧让他年轻的心为之激愤。后来，他还专门找来曹禺的原著和话剧剧本看了多遍，甚至还迷上了表演，差一点儿就要弃医从艺。

文志仁见赵黄岐虽然年轻但见多识广，就请他多给戏班子提意见出主意。赵黄岐说："要是排话剧，表演个节目的还行，这古装戏……我可不在行。"

见文志仁不知道什么是话剧，赵黄岐就给他解释。文志仁听了，摇头说："庄稼人喜热闹，锣鼓家什一响，蟒袍玉带一穿，亮开嗓子一吼，图的就是个热闹。几个人在台上只说不唱，还不让台下的人都睡着了？"

赵黄岐只好笑笑。

李银行一边擦拭着自己的唢呐，一边问赵黄岐："你这大学生，也会不少乐器吧？"

赵黄岐回答说："我拉手风琴还是不错的。你们乐队没有手风琴？"

李银行笑了："没使唤过那洋玩意儿"。

常九德叫李家羊把几个戏箱一一打开，仔细进行了清点整理。见戏箱十分杂乱，常九德对李家羊说："要在正儿八经的戏班子里当个箱倌，也是不易。戏箱分大衣箱、二衣箱、三衣箱，盔箱、把箱，另加'梳头桌'，统称'五箱一桌'。大衣箱存放文服，有富贵衣、蟒、帔、褶子等；二衣箱存放武服，有靠、箭衣、打衣打裤、短打衣等；三衣箱存放内衣和靴、水衣、胖袄、护领、彩裤等；盔箱则装各种盔头、髯口、假发等；把箱就是旗把箱，装各种舞台上的道具；梳头桌放置化妆物品等。一套完整的行头，在演出时都有一定的规范，宁穿破，不穿错，演员上台穿错了戏装可就成笑话了。"

文富昌也说："咱几十年了，不就才这点家当，啥时候咱也像模像样地都置办齐全。”

常九德接着说：“要想全，实在难。就像这《杨门女将》吧，穆桂英是梳大头、点翠头面、旦角妆、紫色团花潮水帔、白裙、白彩裤、彩鞋，挂帅时点翠五凤冠、雉鸡翎、坠虎尾，红蟒、玉带、黄斗篷、抱帅印、执令旗……只能凑合了，唉，置一件是一件，慢慢积攒吧。”

二人将排新戏需要添置的东西列出一张单子交与志仁和三斤去采办。岔河虽说是个大集，可衣、盔、杂、把四箱行头却是没有卖的，就算去欢城也不知道能不能凑齐。戏班子向来都是因陋就简，能自己做的就自己做。比如髯口，用铁丝串起苘纰儿，再按需要涂上颜色就成了；至于刀枪剑戟，文志仁和钱串儿就是半拉木匠，自己做了也就凑合了。有些自己做不了的，就买些便宜的。这次又有了公德贵的资助，文富昌才决定采买一些新的，换换行头。

腊八那天，文志仁和常三斤一大早就出发去欢城了。

从桑园子去欢城有两条路可走。一是走岔河，从岔河到欢城每天只有一班长途汽车，要是坐车去欢城，就只有先到岔河去。可岔河在桑园子正南方向二十里，而欢城在桑园子东北方向五十里，拐来拐去要多走四十里路，这样就太偏路了。加上刚刚下了一场雪，这班车跑不跑还不好说；二是出桑园子东村口，顺着东山背阴的山膀子有一条土路，能通到欢城，只是不通长途汽车，要么赶马车要么步行。文志仁和常三斤决定走这条路步行去，去买几身戏衣用包袱包了背回来就行，又不是啥大物件，不值当现套骡子。

桑园子的东山一直往东绵延着，西山则向西逶迤而去。两山夹着一峪，让桑园子占足了风水。其实，东山头才是进出桑园子的主要路口，文志仁听爹说过，当年，奶奶带着大伯和爹就是从这条路上来到了东山头，看到了柿王树，然后走进了桑园子庄。

临出村的时候，天才蒙蒙亮。村口的柿王树早已醒来，犹如一位慈祥的老人站立在村口。柿王树已经落光了叶子，枝丫间还有几簇积雪没有融化，枝头上依然存留着几颗早已红透了的柿子。晨曦中，苍劲交错的枝头上，几点雪白映着几点鲜红，煞是好看。

文志仁和常三斤都是拜过柿王树为干爹的，同时它也是文富昌的干爹。文志仁不明白这样岂不乱了辈分，但走过柿王树，他还是肃然起敬。

土路顺着山坡，借着山势，忽高忽低，弯弯曲曲，仅能跑开一辆马车，隔半里路才有处稍微宽敞点儿的平地，是留着为对面的马车错车用的。

因为是背阴，东山坡上的积雪还没有融化，看上去白茫茫的；土路少有人走，雪化了一半，又结上了一层冰，双脚踏上去，“嘎吱嘎吱”地响，没多久，两个人头上就出了汗。

文志仁摘下头上的棉帽，光头上马上就冒出一团热气。他把帽子上的两片护耳卷到帽檐上去，用手挠了挠头皮，又把帽子戴上。回头看到后面的常三斤袖着手，低着脑袋，无精打采地走着。平时他可不是这样子，面对雪后的大山和原野，他不亮亮嗓子才怪呢。

志仁便道：“咋啦，三斤兄弟？就跟头闷驴似的。”

常三斤不应声，只是加快步子跟了上来。

志仁问道：“到底咋啦？这些日子你看上去像掉了魂一样。有啥心事，给哥说说。”

“没啥。”常三斤闷头走着，许久才说，“志仁哥，你觉得……小修这个人咋样？”

“小修？”文志仁扭头看一眼三斤，“岔河集上卖草药的小修？她不是成了田刚子的媳妇吗？”

“俺……稀罕她！”三斤突然停住脚步，“志仁哥，她也稀罕俺哩，可……不知刚子怎么骗了她。俺心里堵得慌！”

“有这事？”志仁一惊，“你咋不早去提亲？”

“俺……”常三斤咬着嘴唇说，“俺不管，是俺的，俺早晚要争回来！”

“可不敢胡来啊！刚子那副德行你又不是不知道，会出大事的！”志仁赶紧劝阻道，“人家小修心里要有你，咋会嫁给刚子呢？你别剃头挑子一头热啊！”

三斤说：“这回进城，俺就找小修问个明白。”

文志仁也听说过小修在县医院学接生的事，进了城，三斤真要去找小修，要是闹出点什么事儿来，可怎么是好。他开始担心和害怕起来。

一路上，在文志仁的追问下，常三斤把这几年在岔河集上与小修相识的一幕幕往事和自己对小修的无尽思恋全都说给志仁听，说到最后，常三斤眼里竟汪了泪："小修最喜欢我扮白素贞的样子，她说要天天看呢；俺让她代卖的药材钱，也说好让她以后办嫁妆哩……你说，这不是答应过俺是什么？一定是田刚子骗了她，她才……"

"也许，她只不过是你的一个戏迷，八成是你把过日子当戏看，当戏演了。"文志仁努力劝解他。

常三斤还是听不进去，文志仁索性岔开话题，和他商量排《杨门女将》的事儿。

天近晌午，二人来到欢城。欢城到底是县城，街道宽敞，铺子也多。最繁华的街道当是通天街了，街两侧店铺林立，人来人往，有的店家早早就在店门前挂上了大红的灯笼，陡添了一些节日的气氛。

"城里人比乡下人还盼年呢，这才腊八，离年还早呢。"文志仁心里嘀咕着。

通天街上的会林堂是专卖文化用品的老字号，店铺里各种乐器、蟒靠官衣、点绸戏帽、水钻木钻、头套鞋靴一应俱全。老板知道桑园子有个戏班子，几年前也曾去过桑园子推介过产品，听说文志仁和常三斤是从桑园子来的，便很热情地接待着他们。好在他们要采办的东西这里基本能够凑齐，穆桂英戴的五凤冠上的一些配饰却没有。很早以前，常九德就开始做这只凤冠了，用纸袼褙和里子纸把镞活儿都做好了，只需买一些吊穗珠串和金属饰片回去装点一下就成了，可偏偏会林堂里没有。老板说："买个现成的不便宜，自己能做当然是好。这样吧，我帮你们打听一下，看咱县城里能不能买到这些。晌午，你们就在这儿吃饭，歇息一下，等等看。"

"谢谢老板，晌午就不麻烦了。俺们出去转转，过晌儿再回来听信儿。"文志仁说。

老板拱手说："二位客气了，那就请便吧。"

走出会林堂，文志仁和常三斤在通天街闲逛一会儿，看啥都好，又没钱去买，就觉得乏味。文志仁说：“就当给两眼过过生日吧，等往后日子过好了，咱把半个欢城都买回桑园子去。”

“行，到时俺帮你背。”常三斤的心思并不在这儿，他说，“俺得趁这空儿去医院找小修。”

文志仁说：“你非得去热脸贴冷屁股不可？”

常三斤说：“就是冷屁股俺也要贴热它。你要不放心，就跟着俺。”

“俺给你打马虎眼？”文志仁叹气说，“走吧，俺倒要看看刚子媳妇是咋迷了你。”

“你远远跟着就行。”常三斤说，“别吓着人家。”

文志仁白他一眼，不再作声。

走出通天街，就是影剧院。门口贴着一张巨大的海报。二人驻足一看，原来是县豫剧团今晚演出豫剧《杨家将》，主演是王月环、王美丽、张明义。

“都是名角啊！”文志仁惊喜，“王月环可是当红名旦，人都说‘看了王月环（戏），耳福饱八天’，三斤，就在眼前啊，咱要能看上一场就好了！”

常三斤也有些兴奋：“王美丽人称‘戏篓子’，张明义艺名‘小金牙’，他儿子张小义是‘结巴丑’……可有名啦，能看一场自然是好，可得买票，得住店……咱兜里没有这些钱啊。”

文志仁也无奈地摇摇头。

二人一步三回头地离开影剧院，找人打听去县医院怎么走，却原来县医院就在影剧院后边，几步就到了。

15

县医院腊月二十八才放假，小修回到桑园子才知道家里出了大事儿。因为田刚子在岔河集上犯了事，被派出所拘留了，这个春节只能待在里边了。

小修打开清冷的房门，眼泪唰地一下就流出来了。新婚还不到仨月，虽说在这个家里住了还没几天，小修也一直没有找到家的感觉，但打开房门，孤苦伶仃的小修还是感到了莫名的凄苦和无助。

云英过来安慰她。云英说："小婶子，你别伤心，到俺家，咱一块儿过年就是了。"云英知道，按照风俗，嫁出的闺女是不能回娘家过年的。

小修忍住泪，自语道："以前他就是这德行？俺真是瞎了眼了。"

云英也叹气说："小叔真是不争气，咋就鬼迷心窍了。听说他伙着别人偷了人家一头牛，这罪可不轻呢。男人啊，没个女人管着真是不行，你去学习才一个多月，就出了这样的事儿，唉……"

小修咬着嘴唇，不想说话。

小柱娘也颠了小脚进得院来，说："老田家不知上辈子作了啥孽，真是苦了你。这个年咱就一起过，咹？"

小修点点头。

第二天，小修去"和善堂"与公德贵说说在医院学习的事。公德贵也知道了田刚子的事，就对她说："一个人过年多冷清，就在'和善堂'过年吧。"

小修说："不麻烦您了，俺……"

一旁的尚道兰也说："小修可别见外，过年又不能回娘家，你能去哪儿？唉，这个刚子！你咋嫁给这样一个男人？要是我啊，早一脚把他踹了。"

小修不说话。

见小修回来，公长俭也从东屋过来。简单问了小修一些在医院学习的事后，公长俭对小修说："刚子的事，派出所也来村调查过了，我是极力想保他呀，这也是关系咱桑园子名誉的事，咋能不保？可这事儿还真不好办，看来这个年是捞不着回来过了……你也别太往心里去，过了年我再去活动活动，这一过年，都忙成啥样啦……你看看，这后院里成了大戏台喽。"

小修本想说几句感谢的话，但看到公长俭正色眯眯地看着自己，就把到嘴边的话又咽了回去。

这时，后院的锣鼓家什又敲打起来。从后窗望过去，大队部的院子里，戏班子正在带妆彩排，许多人围着看热闹。小修一眼就认出了常三斤。虽然他穿着戏装，化了女妆，一副杨排风的模样，正忙里忙外地在跟演员们说戏，但小修只一眼就认出了他。她的心禁不住又一阵酸痛。

腊八那天，常三斤去县医院找小修的时候，小修正在妇产科值中班。同事进来告诉她有人找，小修想一定是刚子来看自己了。可当她迎到妇产科门外，一眼看到的却是常三斤，她的心便狂跳起来。

因为穿着隔离服，常三斤竟许久没有认出小修。

小修摘下头帽，惊喜地说："三斤哥，你咋来了？"

常三斤吃惊地看着眼前的小修，脸一下子就红了："俺和志仁哥进城买戏装，顺道来看看你……噢，志仁哥在医院门口等着呢。"

小修也红了脸。

常三斤本来有许多话要对小修说，可面对小修，他又不知道说些什么，嘴唇也有些哆嗦："你……你还好吗？"

小修说："俺很好，就是天天加班，不过这样也好，能多学点东西呢。"

"嗯，你好，就行。"常三斤抑制不住内心的激动，"小修，俺，这些日子，俺就是……想你。你不该嫁给刚子的，你怎么会嫁给了刚子呢？你不知道俺……"

"三斤哥，俺记着你的好。"小修说，"别说了，晚了，一切都晚了……信命吧。"

"俺不信命，俺信自个儿。"常三斤突然一把攥住小修的手，"小修，俺稀罕你，除了你，俺谁都不稀罕了，俺不怕刚子，俺……"

小修急忙抽回手："三斤哥，你说啥呢？俺……你为啥不早说这些？晚了，晚了……你回吧，回吧！"

"小修！"常三斤眼里噙了泪，"小修，你不是喜欢看俺演戏？俺要天天唱戏给你听！对了，等过年你回桑园子的时候，咱戏班子又要演戏了，你要去看，俺一定好好演给你看……"

在医院见了常三斤之后，小修的心更乱了。她不明白常三斤这迟来的爱的表白还有什么意义，常三斤有胆量有能力从田刚子手里夺回他稀罕的人吗？小修又会有胆量有能力和田刚子离婚再去嫁给常三斤吗？这一切，对于小修来说简直就是天方夜谭。事已至此，三斤为什么还要跟她说这些？他是在演一出什么戏啊？尽管从内心深处，小修现在对常三斤多一分喜欢就会对田刚子多一分怨恨，但一想到后果，小修就会感到无比害怕……

戏班子正在为年后唱戏紧张地做着准备。透过窗子，小修看见了常三斤，看见了常九德、文富昌、文志仁，看见了本家的田小柱，还有许许多多她认识和不认识的桑园子人，他们都在戏里戏外扮演着自己的角色，乐此不疲。桑园子庄真是怪了，有那么多的人迷戏，就连那个傻得可爱的田大柱也在人群中挤来挤去地扮着各种嘴脸。大戏虽然还没上演，但作为一个远远的旁观者，小修突然觉得另一出大戏其实天天都在上演着，就连自己，虽然没穿戏装，虽然没有登台，可在别人眼里不也同样是这出大戏里的一个角色吗？就像看戏的人总要对戏里的角儿品头论足一样，现在走在街上，不也照样有人会对自己指手画脚，说桑园子的这个新媳妇原来是一个盗窃犯的老婆吗？

小修的后背不觉冒出一层冷汗。

年说到就到了。除夕，拗不过云英和小柱娘的真诚相邀，小修只好来到后院云英家过年。云英家日子过得并不富裕，但过年总得要请家堂，让祖宗八辈的阴魂都回家团圆一回，一家人也要吃上一顿肉馅饺子。

请家堂是男人干的活。临近中午，田小柱和哥哥田大柱在正房摆好供桌，挂好家堂轴卷，又将写好的牌位放到簸箕里，端到大门外边，烧了纸，一边磕头一边念叨："老爷、奶奶家来过年啊……一年一回，又到过年的日子了，外边怪冷，早点来家吧……"

大柱抢先点燃了一小挂炮仗，高兴地大喊大叫："过年喽，老爷、奶奶家来过年喽！"

小柱娘一边往八仙桌上摆供品，一边指着家堂轴卷对小修说："他小婶子啊，柱子爹，还有刚子他爹，老田家祖宗八辈都在这上面呢。往年，刚子也都是上这儿来过年的，今年你过门了，他却又不能在家了……唉！人不成器了，就叫人看不起，等他回来，你可要把他给管好喽。"

云英打断道："娘，大过年的，说点高兴的事儿吧。"

小柱娘说："行，行，说点啥高兴事儿呢？过完年，让小柱到西山坳多起点石头，咱都省吃俭用点，攒俩钱儿，等秋后把咱家两间西屋给盖起来，瞅摸着给大柱孬好说上个媳妇……这就是我最高兴的事儿啦。”

大柱接上说：“俺不要媳妇，俺就要云英这样的，小婶子这样的也行……”

“又犯傻！”小柱娘叹气。

小柱说：“叫我说啊，高兴的事就是咱桑园子今年要唱七天大戏，从初三到初九，除了《白蛇传》《打金枝》《铡美案》《樊梨花》什么的，还新排了《杨门女将》，俺演杨延昭，还有好几出戏俺也上呢。”

大柱也认真地说：“文志仁和常三斤都说了，让俺也上台当小卒、打把子呢，俺得好好演。”

云英说：“要不是俺身子大了，志仁哥也会把俺撵上台的。”

小柱娘说：“唱戏的疯，听戏的迷，唱戏能当饭吃就好了。”

小修听着他们说唱戏的事，心又分了神。不知为什么，她眼前总是晃动着常三斤的影子，不，不是常三斤，是一袭白衣的白娘子，轻舞水袖，双眸流盼……常三斤总是以这种形象烙印在小修的记忆里，小修不明白她喜欢的到底是白娘子还是常三斤，或者因为白娘子她才喜欢上了常三斤。

“他小婶子啊”，小柱娘说，“过了年，把你娘接来桑园子看戏吧，让她也散散心，你爹才没了，她心里一定难受。”

小修惊醒过来，忙说：“她怎能出得了门？等初二送完家堂，俺就回岔河看她，初六俺就得赶回医院接着学习呢。”

小柱娘又长吁短叹起来。

大年夜，本来要一家人在一起守岁到天亮的，可田小柱这些日子学戏累了，老早就开始打盹儿。云英和娘陪小修说话，翻来覆去也就那些事儿，就都觉得有些乏味儿。直到听到村子里有人家放起了鞭炮，小柱娘喊醒小柱，说：“咱也早点儿‘发钱粮’吧，让老祖宗吃夜宵，咱也吃增岁饺子。”

小柱和大柱去院子里烧纸放鞭炮，云英和小修忙着烧水下饺子。

年夜饺子是芫荽和豆腐馅的，吃了这顿饺子人就长了一岁，所以一定要吃素馅，寓示着来年素净平安。

饺子端上来，大柱高兴地吃了起来，小修和小柱都不想吃。小柱娘就说：“不吃可不行，吃一个也得吃，要不怎么压岁呢。”

云英给小修碗里和小柱碗里各夹了两个饺子，小修只好吃了，小柱就是不吃，说："我盹得迷迷糊糊地，吃不下。"

小柱娘狠狠地瞪了他一眼。

吃完年夜饭，小修执意要回前院自己家里早些睡觉。拗不过，云英便说："那我过去和你做伴吧。"

小修说："那就谢谢你了。"

云英提着马灯，和小修走出门去。

此时，桑园子家家户户都在"发钱粮"，一阵阵的鞭炮声此起彼伏，这声音很快被空旷的山峪无限放大和拉长，久久不能散去；桑园子的夜空也顿时被辉映得明亮灿烂起来。

突然，小修发现前院里闪过一道白色的影子，看上去像是一片云朵倏然飘过，又像一个白色的精灵腾空一跃便不见了影踪。

小修猛地一惊，差点儿叫出声来，她没敢告诉云英，只是在黑暗里拉紧了她的手。其实，云英也看到了刚才的一切，怕吓着小修，便故作镇静地说："小婶别怕，大年夜里鬼魂都回家过年去了，没有鬼的……"

云英和小修一样，心儿也是怦怦直跳。两人硬着头皮来到前院，逡巡四周并没发现什么异样。

云英用马灯给小修照着亮，让她去开房门。就在这时，云英突然发现屋门的门枕石上放着一个小篮子。云英和小修觉得好生奇怪，急忙蹲下身来，仔细去看那只篮子。篮子里盖了一条厚厚的毛巾，毛巾下面是两只扣起来的碗，摸上去还热乎乎的。掀开碗，原来是一碗冒着热气的水饺。

小修吃惊地说："这就怪了，哪儿来的饺子？"她突然想到了那个白色的人影，心里忽然就明白了什么。

云英说："小婶子有福，你遇到仙家了。俺娘说过，人要行好积德，常常会有仙家半夜里给你送这送那，这不，怕你吃不上压岁饺子，就真的给你送来了……你真有福！俺也沾光啦……"云英说着，往嘴里送了一个饺子，又说："哟，还是白菜粉条馅的，不知仙家是从谁家搬来的，好吃着呢。"

小修不相信有什么仙家，小修的心里说不清是什么滋味儿。

和云英躺到炕上，小修一夜无眠，不多时，就听到鸡叫了。云英醒来，说要回家早些收拾一下，大年初一村里人都要各家各户相互拜年，家里不收拾利索会让人笑话。云英嘱咐小修，一会儿也早点儿过去，你是新媳妇，咱约一块儿去人家磕头拜年去。

小修嘴上答应着，心里却想，田刚子这个样子，自己怎么在人前出来进去的让人说三道四？

小修想一个人静静。大过年的，娘家不能回，门又不敢串，小修想到山上走走。

小修头一回走进桑园子的西山。

在岔河的时候，小修从小就经常跟着爹娘上山采药。岔河的山和桑园子的山其实没有什么不同，但小修却觉得陌生而又新鲜。早晨的太阳已经升到了东山头上，阳光就很灿烂地洒满了西山的整个山坡。西山好像在漫长的睡梦中刚刚被唤醒，它揉着惺忪的眼睛，伸着懒腰儿，朦胧地看着蓝天白云和光鲜亮丽的太阳。远处，山顶上的背阴处还有星星点点的残雪没有融化尽，看上去像谁家的羊群在林子里时隐时现地捉着迷藏；山腰上，成片的松柏林沐浴了一冬的严寒，虽然不再那么郁郁葱葱，远远望去也是黑乎乎一片，好像在积聚着能量以涌起新一轮绿色的波涛；而近处的山坡上，核桃树、柿子树都掉光了叶子，尽情地炫耀着自己的阳刚和挺拔，树干上鳞片样的树皮透着金属般的质感，不时有叫不出名字的山鸟儿在虬乱的枝丫上稍一驻足便又箭一般地飞向了远方。

因为是大年初一，村子里的人正开始忙着挨家挨户串门拜年，桑园子的大街小巷一定有许许多多大闺女小媳妇穿着新衣裳，结伴儿走着，开心地笑着。西山断然是没有人来的，沉寂得像另外一个世界。小修顺着放羊的山道儿一直往上攀去。听常三斤说过，他爹就是在西山放羊的，偶尔还挖一些草药。那个好唱戏的老头儿在这山上吼上几句一定传得好远好远。

山里空旷而又寂寥。小修在一处裸露的青石板上坐了下来。在这里向南远望，远方薄雾里的就是岔河了。她想起了她的爹，她的娘，还有她的弟弟。

爹刚死不久，这个年，娘是怎么过的呢？小修恨不得一步就回到娘的身边，鼻子一酸就流下了眼泪，她索性不去擦拭，任凭泪水像决堤的河水流淌着。小修对着大山放声大哭……

不知过了多久，小修的肩膀被人轻轻拍了一下。小修猛然回头，惊讶地发现常三斤正站在自己的身后。

“别，别哭了，小修。”常三斤伸手要为她擦泪，小修伸手把他的手挡了回去。

“你为啥跟着俺！你走开！”小修没好气地说。

常三斤并不生气，他说：“俺见你一个人上了山，俺不放心……”

小修止住哭，自己擦了泪，抽泣着说：“俺没事，你走吧，俺坐一会儿就走。”

“那……俺陪你说会儿话吧。”常三斤小心翼翼地说。

小修没有作声，常三斤也在青石板上坐了下来，顺手将挟在腋下的一个小包袱放在了身边。

见小修纳闷地看着包袱，常三斤说：“呶，戏装，趁着过年清静，俺来山上练练戏……一会儿，俺唱给你听。”

小修突然问：“昨晚的饺子是你送过去的？”

常三斤红了脸：“嗯，怕你吃不上压岁饺子，俺自己包的。”

小修心里一热，嘴上却说：“三斤哥，你这是何苦！”

常三斤不再作声。

山里有风吹来，但并不是那种刺骨的冷。这地方背风向阳，脚下是一片茂密的枯草，踩上去软绵绵的，就像铺了一块丝绒地毯。拨开荒草，已有鹅黄色的嫩芽伸着尖尖的脑袋钻出土来，那种坚强的萌动真的是让人感动。是啊，再有十天就要立春了，春天已经悄悄地来了呢。这么好的天气，这么好的阳光，坐一会儿，便被晒得周身暖洋洋的了。

起初两人都不说话，就那样静静地坐着。是常三斤首先打破了这样的宁静，他大胆地向小修诉说着自己满腹的爱恋。小修认真地听着，竟深深地被感动了，她也把田刚子欺负她的事如实告诉了常三斤，最后，她无奈地说：

“晚了，太晚了，三斤哥，你惹不起田刚子的，俺怕，俺真的害怕……”

常三斤突然将小修一把揽入怀里，有些颤抖地说：“小修，不要怕，现在婚姻自由，结了婚也是可以离的。等刚子出来，咱们好好和他谈一谈……”

“俺怕，三斤哥。”小修脸儿红扑扑的，鼻尖儿上沁出一层细密的汗珠。当她的目光再次与三斤相遇，小修就势把头斜靠在了他的肩头。

常三斤轻柔地扳起小修的头，两人几乎脸贴脸地对视着，眼眸里是彼此的爱恋，目光里是无限的期盼，三斤干燥的嘴唇开始寻找小修的嘴唇。这是一种怎样的热切啊，小修所有的顾虑一下子消失得无影无踪了，她的嘴儿也勇敢地迎了上去。当两张嘴唇相触的一瞬间，三斤觉得怀中的小修浑身一阵战栗，他紧紧地抱住了她。就这样，两个人忘情地拥在一起，吻在一起，从光滑的青石板上滚落到柔软的草地上，又在厚厚的丝绒地毯一样的草地上忘乎所以地滚过来滚过去……

一番缠绵之后，常三斤用无比虔诚和感恩的心凝望着小修，凝望着拥抱着他们的大山，凝望着爱抚着他们的太阳。天，地，人，真的是这样子美好啊，只要有太阳当空照耀着……

听小修说初二回娘家，初六就要回欢城继续学习，不能看他们演戏了，常三斤心里便有些失望。

小修说：“三斤哥，你就为俺先唱一出吧……俺还是爱看《断桥》，看你演的白娘子，《断桥》里面有爱情呢。”

常三斤说：“行！”他打开包袱，脱下厚笨的棉袄，换上了白素贞那一身白色的长裙。以光滑的青石板为舞台，以蓝天白云为幕布，以西山群峰为背景，常三斤自己哼着前奏，很快入了戏。他唱道：

哭啼啼把官人急忙搀起
把为妻
把为妻的屈情事细说根由
悔不该你听信那法海禽兽
逼为妻饮雄黄将恩作仇
侬官人你吓死在了罗帷帐口

丢不掉咱的恩爱情一日三秋
为救你盗灵芝我蓬莱山走
白鹤童他挡去路我把剑抽
眼看看战不过我败在山口
多亏了南极仙站立在云头
我把咱恩爱情说明前后
他赐我灵芝草转回故州
治好病你不念咱情深意厚
谁叫你上金山哪又把那贼投
自从你离为妻暗暗出走
哪一夜我不等你到月上高楼
对明月思官人我空帷独守
为官人常使我泪湿衫袖
我把咱的恩爱情想前想后
怎不叫我女流辈愁上加愁
……

小修也随着节奏，不时为他拍手击掌，眼里早已盈满泪花……

16

桑园子的大戏是在村口土地庙的空场上唱的。之所以在这里唱，是因为这里是进入桑园子的主村口，是东大门，也是正门，庄南头庄北头来这儿也都方便；加之土地庙本来就是庄里人经常举行仪式的地方，空场大，附近山坡上也能坐好多人，且居高临下看得清楚；更重要的是这里有柿王树，庄里人都把它当作桑园子的一种骄傲和标志。

年前，村长公长俭就招呼人在柿王树旁进村的路口搭建了一座临时性的牌坊，用檩条搭好架子，再钉上苇席，插上几面彩旗，装点上柏树枝儿，又让钱守元写了大幅的对联贴在上面。这上联是：虎啸青山秀；下联是：兔奔碧野宽。横批：欢度春节。

年三十，文富昌和常九德就领着戏班子的人在土地庙旁边搭建了戏台。大年初一，文富昌、常九德和文志仁又专门敬了柿王树。年初三，桑园子正式鸣锣开戏。桑园子人牵老携幼，可谓“千人空巷”；周边十里八村的人也都呼朋引伴，前来看戏，有的还在桑园子的亲戚家住下来。整整热闹了七天，桑园子到处都能闻到年味儿和戏味儿。

唱完了戏，庄稼人还是要安分守己地过自己的日子。立春有三候，“一候东风解冻，二候蛰虫始振，三候鱼陟负冰”，许多人家开始从自家栏圈里往外出粪，又用担子或者推车将粪运到地里去，性急的老汉已经早早地在自留地里抡起镢头刨地了。因为老队长犯了痨病，齁齁地上不来气，便主动让贤，文富昌当选第三生产队的队长。富昌种地算不上好手，为人却是厚道，会谋划事儿，和老少爷们都能黏糊成堆儿，说话让人信服。文富昌怕耽误日后唱戏，本不想当这个小官儿，见大伙儿如此信任，公长俭也出面来做工作，他就只好答应干一年看看。公长俭提名，吹唢呐的李银行当了三队会计兼记工员。生产队没有办公场所，小事在队长家里商量，大事就到生产队的牛棚里。这几天，在牛棚里，文富昌正忙着和老队长、李银行以及队里几个种田的把式合计着地瓜建炕育种、种粮准备、春耕备播的事儿。田小柱过来说，他家秋后要翻盖房子，想到西山坳起点石头，让队长批准。文富昌说：“谁家不盖房？不就是几车石头吗？有本事，把西山搬你家也行！”

按说过了二月二，等龙抬了头，才能开山放炮，可田小柱等不及，过了十五就去西山坳采石场起石头了。这些年，公社号召封山育林，东山西山是不能随便乱采石头了。桑园子人祖祖辈辈在山里，住的也都是石头垒的屋子，盖房子是离不开石头的，公长俭就偷着在西山坳里专门划出一块地方，谁家盖房可以来这里起石头。这里离村远，僻静，附近还有个早年间的乱葬岗，除了采石放炮，一般不会引起注意。

今年，田小柱一家最大的愿望就是要翻盖一下房子。眼看自己就要当爹了，一家人还挤在破旧的老宅子里，总不是长法。他和娘盘算过，自家院前院后的小槐树都能当檩条使了；麦草也攒了好几年，苫五间屋足够了；还有一棵臭椿树，锯了板儿将就着可以做门窗用。他有的是力气，只要备好石料，请几个石匠和乡亲帮忙，翻盖五间屋应该不是太大的难事，就是拉点饥荒，自己还这么年轻也不愁还。田小柱是家里的顶梁柱，他信心满满要让自己的娃儿从小就能住进宽敞的大房子，还要想办法给哥哥大柱娶上媳妇。

说起哥哥大柱，田小柱心里就不是个滋味儿。娘说，他哥俩可都是一个爹娘生养的，一样的种儿一样的地儿啊，老大咋就长成这样？一定是大柱从娘肚子出来时不老实挤坏了脑子。当年为大柱接生的于大脚说，哪有的事儿，这孩子是福里带，就这命。小柱从懂事的时候起就开始啥事都让着哥哥，护着哥哥。这几年，大柱常跟着自己去戏班子玩，钱串儿他们老是取笑他，让田小柱着实不高兴。

小时候，爹娘请公德贵给大柱看过，公德贵说，没法子，也许大了会好些吧。如今大柱二十多了，也没见好到哪里去。其实，在田小柱看来，大柱和别的傻子不一样，他会变脸儿，学谁像谁，他心眼儿好，从不对人使坏，只是别人喜欢捉弄他，让他常常做出一些让人啼笑皆非的事来。比如云英刚过门的时候，田刚子就捉弄过大柱一回。

田刚子说：“小柱娶的媳妇真漂亮。你是哥哥，你知道新媳妇的身子是啥样的？白的还是黑的？奶子大不大？”

大柱睁大了眼睛看着刚子，他不晓得哩。

田刚子就笑了，他笑啊笑啊，把大柱也给笑晕了，是啊是啊，云英的身子到底是啥样的？

大柱就特别好奇，他半夜的时候就去掀了云英的被子，云英穿着一件米黄色的秋衣，蜷着两腿儿睡在那里。

看着云英的睡姿，大柱一下子就开了窍，他把手伸进了云英的胸前，云英猛一下子皮球一样弹跳了起来，把大柱骇了一跳，大柱哇哇大叫了两声，接着他就被云英甩了耳光。打过之后，云英就有些后悔，直到大柱给她变脸哄她开心的时候，云英就汪了泪。

云英的肚子越来越大了，走到哪里都好像挺着一座小山儿，大柱是整天跟着她，她走到哪里，他跟到哪里。他总是很奇怪，尽管娘给他说了，云英的肚子里藏着他的大侄子哪，大眼睛，圆脸蛋，长腿长胳膊，好看着呢，还有，还有什么来着，对，还有大侄子的小鸡鸡，那是他们田家的香火哩。可是大柱怎么也想不明白，那个长腿长胳膊的田家的香火在哪里，自从娘与他说了这些后，他更黏着云英了，他实在想同他的大侄子玩耍呢。

大柱跟在云英身后要他的大侄子，要得云英都不好意思了，她一有空就躲着大柱，可大柱偏就像粘胶一样走一步跟一步，有时候趁她不备，还会用手急速地在她肚皮上摸一把，等云英恼了脸要打他时，他就嘻嘻笑着跑开了，真拿他没办法。

田小柱和云英其实早已习惯了哥哥，他不在身边倒是像缺了点什么似的。要是能给他娶上媳妇就好了，田小柱想。

田小柱干活很卖力。其实，起石头既需要力气又需要巧劲儿。桑园子西山上的石头是典型的花岗岩，十分坚硬，打上炮眼，放过炮之后，炸开的石头个头还是很大，用死力气是砸不开的，得找准石头的纹路打上楔窝，在楔窝里插上铁楔，再用大锤狠砸铁楔，才能将巨石劈开，然后将它们砸成一块一块有棱有角的料石，盖房才能用得上。

田小柱和许多桑园子的男人一样，都是打石头的好手。一连干了二十多天，就打了七八十方石料。石窝得了劲儿，正是好采的时候，田小柱还想多打一些。这天，他又用钎子打好了一个比往日都要深的炮眼儿，装上了比往日多一半的火药，这一炮炸开，砸它个十方八方石料准没问题。田小柱心里高兴，哼着他过年新学的戏词儿，小心地往炮眼里填满了火药，引出一条长长的导火绳，又用黄泥封好口。为了保险，田小柱这回还特别加长了导火绳。待这一切准备完毕，田小柱对着周边大喊："喂——附近有人吗？闪着点哦——这边放炮喽，放炮喽——"田小柱的声音在空旷的西山坳里久久回荡。

田小柱点燃了导火绳，自己也跑出好远躲起来。田小柱数着数，捂住了耳朵。可是，过了许久，这一炮并没有炸响。

田小柱小心翼翼地返回去的时候，西山坳突然一声巨响，地动山摇……

田小柱的儿子田茂顺就是在这声巨响之后不久向桑园子报到的，引导他提早来到这个世界的除了这声炮响，还有一个人，那就是于大脚。

听到田小柱出事的消息，云英像疯了一样地跑出家门。她已经有七个月的身孕了，走路都已经不太灵便，田大柱害怕地跟在她的后面。“不要啊，千万不要啊，小柱，你可千万不能出事啊！”云英声嘶力竭，没命地向前跑去。刚跑到胡同口，她就一个趔趄重重地摔倒在地。大柱赶紧去搀扶她。云英像抓住了一根救命的稻草，死命地抓住大柱的手。云英突然感到由四处吹来的风无情地掀开她的身体，让她的五脏六腑一下子悬了空，随即又轰然跌落下来。她只觉得身子上下一阵热流涌起，随之而来的疼痛让她失声尖叫起来。

“云、云英……”大柱几乎要被云英给拽倒了，他的整个身子虾一样地弓了起来，他一动也不敢动。云英离他太近了，他的胳膊被云英的指甲深深掐入，疼得他直咧嘴儿，可是他就是不敢动，一动也不敢动，他从来没有见到如此狂躁的云英。她拼命地撕扯着，撕扯完大柱，又撕扯着自己，大柱看到，那个硕大的肚皮露在了外面，又白又花，晃了大柱的眼。大柱吓傻了，他张开大嘴大声地叫着娘、娘、娘，在大柱的心中，关键的时候，只有娘才是他的保护神。然而，娘不在，娘颠了小脚儿早已跌跌撞撞地向西山坳跑去了。

听说西山坳采石场出了事，村里的人都在往那儿跑。于大脚发现云英的时候，云英已经落了红，人已经哭不出声了。

于大脚几乎命令一样地对大柱说：“快进家把你娘的剪刀找来！别忘了，剪刀！”

“嗯！”大柱突然变得那样懂事，赶紧就回家找剪刀去了。

几个赶来的娘们吓得不行，也帮不上忙。于大脚吩咐她们赶紧去找床被子来，回家烧点热水去。

就在当街之上，于大脚三下五除二，果断地扯下云英的裤子，一个小小的脑袋已经被挤压在胯下。这是于大脚近三十年来第一次遇到这样的情况，也是她作为一个资深接生婆最完美的收官之作。她知道，村里已经派了一个叫小修的新过门的媳妇去县医院学新法接生去了，她学成归来，就意味着自己再也不能给人接生了。于大脚觉得可笑，什么老法新法，俺拾掇了多少个孩子啦，一个还没生养的新媳妇能和俺比？现在人命关天，于大脚当然来不及想这些，尽管手无寸铁，于大脚也只能背水一战。这是一个才七个月的胎儿，还不如一只小猫大，他根本不知道也无力走出禁锢他的那扇门，他卡在那儿，那么无助。于大脚用自己那双苍老又干瘪的手，硬是把他给拽了出来，然后极其迅速地提着他的脚丫，在他红嫩的屁股上轻轻一拍，这只小猫一样的小人儿奇迹般地发出了微弱的哭声。

田大柱送来剪刀，看到了眼前的一切，那流在地上的血水和滴着血水的小人儿，把他吓得哇哇大哭。

于大脚终于松了口气。她接过大柱递来的剪刀，剪断了脐带。于大脚脱下自己的大棉袄，将小人儿包住，几个女人也用被子将云英裹了。正好有几个男人匆匆跑来，大家一起动手，终于将云英抬回了家。

云英娘家人文富昌、文志仁过来帮忙，匆匆料理了田小柱的后事。

小柱死得很惨，后脑勺儿都开了瓢，没法看了。云英只最后看了一眼小柱，又昏死过去。

云英娘、吴成芳和于大脚守在云英炕边，田家几个女人出来进去的，既要照应云英又要照应哭得死去活来的小柱娘，田家乱成了一片。

“英子，英子！”云英娘摸摸云英的额头，见烫得厉害，就害怕地问于大脚，“大姑，英子该咋办？咋办呀？”

于大脚说：“她失血多了，又有点受风，加上这一惊吓……唉，你说这是啥事儿啊！……没事的，待会儿再给她喂点红糖水。”

吴成芳说：“要不行，还是想法儿去医院吧，可不能再有什么闪失啦！”

“不就是小产个孩子呀？没那么娇气！你看这一家人乱成一锅糨糊，怎么好再去医院折腾？”于大脚说。

“不行，就叫公家先生来瞧瞧吧。”云英娘退一步说。吴成芳赶紧一溜小跑去喊公德贵。

公德贵在外甥赵黄岐的搀扶下很快就赶了过来。

公德贵有些气喘，他轻咳两声，稳住气，定下神，先用手摸摸云英的头，又把了她的脉，叹气说：“邪风外侵，脉相太虚了，就怕感染。”

赵黄岐听明情况，和姥爷商量道：“还是去医院打针破伤风吧。”

云英娘更加焦急：“就没有别的法子？”

于大脚插话说：“对了，俺一直在用一个偏方，防七日风绝对管用的。快去掰几根黑槐树枝来，要朝向西南的，用它熬水喝就行……”

“他大姑啊，你那些老经验……”公德贵叹气说，“唉，黑槐树枝清热凉血、清肝泻火，也有止血的作用，用一点也行。不过，这伤风发烧最容易引起伤口感染，黑槐树枝是不管用的。”

赵黄岐说：“中药起效太慢，我看还是先注射些消炎药吧。”

公德贵点头应允。在人们的注视下，赵黄岐打开药箱，取出针管和几样小小的玻璃瓶儿，然后熟练地将它们掺兑好抽进针管里面。云英娘将盖在云英身上的被子掀起一角儿，露出还沾有血污的屁股。赵黄岐手儿一扬就将针儿扎了上去。在这个时候，所有的人都无心顾及这个小医生是个半大小伙子了。

打上针，云英稍微安静了些，躺在她身边的小人儿却又不安分地哭了。听到哭声，云英睁开眼，急切地问：“孩子……活着？”

云英娘见云英醒来，终于松了口气，忙说：“活着，活着，是个小外甥呢。”

于大脚抱起孩子，让云英看了看，说：“七成八不成，这孩子福大命大，以后准有出息。”

看到孩子，云英又哭了起来……

田小柱过了五七，云英母子的去留便成了田家的头等大事。大病一场的小柱娘佝偻着身子，逢人就说：“小柱他过年说啥都没吃压岁饺子，龙没抬头他就动了山神，活该这命啊……好在他给俺留下个孙子，俺田家就指望这个孙子了……”

田家是断断不能放他们的香火大孙子走的，他们想尽一切办法要把云英留住在田家。小柱娘先去找了村长公长俭，说：“就让小柱媳妇跟了大柱吧，嫁大伯哥的事自古也是有的。”

公长俭说：“现在婚姻自主，俺这村长也当不了人家云英的家啊。再说，大柱……”

小柱娘说：“大柱是有些配不上云英，俺就是图孙子有个着落啊。平时，他俩相处得也不孬……”

公长俭说：“这事儿，关键要看云英，还有她娘家答不答应。”

小柱娘说：“您是一村之长，你的话有分量，你倒是帮俺撮合撮合。”

公长俭为难地说：“那俺就捎个话看看。”

田家托人和公长俭一起来文家商量这件事。秀珍腆着大肚子，为他们泡上茶水，就退到一边听他们说话。因为已经八个多月的身子，小柱出事后，秀珍怕动了胎气，就没敢去田家忙活。这些日子，她可怜小柱又心疼云英，心里也是不好受。想到云英摊上这么大的事，她就有些不忍，要是没有自己，云英跟了志仁，那就一定不是这个样子的。她知道，志仁这些日子为云英操心奔波，人都瘦了一圈儿，脾气也突然坏得要命，他的心里一直没有放下过这个妹妹。现在云英有难，她也不好去猜忌什么。

文富昌对亲家那边的人说：“小柱是个好孩子，说没就没了，真是疼死个人了……唉，俺家闺女命苦，可她还年轻，才二十多岁，往后孤儿寡母的怎么活人……”

公长俭试着把小柱娘的意思说了，然后又加上一句：“这事儿再好好掂量掂量，毕竟是新社会了。”

“让云英嫁给大柱，俺不同意！”文志仁没等自己的爹娘和大伯母表态呢，就第一个跳出来反对，“你们这样做是不是太不厚道了，还拿不拿云英当人看？”

田家人自觉有些对不住文家，只好觍着脸儿专拣好听的说。其实事情非常简单，要么云英带着孩子改嫁他人，要么留在田家守寡独自拉扯孩子，要么改嫁给大伯哥，摆在云英面前只有这三条路，可哪条路都不是好走的。商量来商量去，谁也拍不了板。

云英娘和吴成芳商量半天，说先把云英接回家来，好好恢复一下身体再说以后的事。可是田家说啥也不让云英走，婆婆说了，她从现在起就把云英当祖宗一样奶奶一样地照顾着，以后这个家啥事都由云英说了算。

就在田家文家都为云英焦心的时候，云英却自己做出了一个让人吃惊的决定。她说她想好了，她决定待在田家不走了，她决定听从婆婆的安排，改嫁给大柱，拉扯孩子过日子。

志仁心里堵得慌，对云英的歉疚之情一直在深深地折磨着他。他要去问明白云英为什么会做出这样的决定，与一个傻子在一起毁了自己的一生。

云英好像知道志仁会来一样，门并没有闩，半掩着，志仁轻轻一推就推开了。屋子里没有开灯，斑驳的月光透过窗棂，照在屋子里穿戴整齐的云英和睡在床边摇篮里的孩子身上。

“云英。”志仁一下子不知该说些什么了，他来之前准备的一肚子话现在一句也说不出来，因为看到云英的那一刻，他突然觉得，他其实来和不来都是一样的结果。

“志仁哥。”云英站起身把志仁拉进屋里面，把屋门再次掩上。屋子里一下子暗了暗，那躲在窗口的月光晃了几晃，又跳了几跳，好像是被云英的动作给惊着了一样。志仁坐进了黑暗里，他感觉到云英紧挨着自己坐了下来，屋子里一片寂静，好静啊，志仁听到了云英急促的喘息声。志仁一动不动坐在黑暗中，任凭那呼吸在自己耳边由轻悠变为温热，由温热升腾到炙热再降到冰冷和无奈，在这种无法言状的煎熬中，他与云英小时候在一起的点点滴滴都在眼前一一飘过。他突然好像明白了些什么，可是又说不清到底明白了什么，云英的啜泣声终于让他回过神来。

黑暗中，志仁突然伸出手把云英拉进自己的怀里：“哥……让你受苦了……”

云英伏在志仁的怀里，抽泣着不再说话，两个人在黑暗里就这样静静地拥抱着。不知过了多久，等窗外的公鸡打了鸣，志仁才把云英放开，他自始至终都不知道该怎样劝说和安慰怀中的女人，每次他想张嘴说话，云英就会用她凉凉的手指把他的嘴巴压住不让他说，她只要他静静地待在自己身边就好。不要说什么，什么也不需要说，她知道，她都知道，她什么都知道。

田茂顺在鸡叫二遍的时候就醒来了，他不太饿，可是他想哭，他觉得自己的屁股底下湿了一大片，那些水冰凉，让他整个身体都极不舒服，还有，他的眼睛找不到娘，他感到了恐惧。“哇，哇。”这个小人儿高声嘹亮地哭了起来。

“回吧哥，以后咱们都好好的……”云英起身，踮起脚尖，凉凉的嘴唇轻轻碰到了志仁的嘴唇。

云英抱起孩子，不再看志仁一眼。她慢慢解开衣襟，露出怀中鼓胀的乳房来。娃儿贼精，小嘴儿一嘬就嘬住了奶头，他蹬摇着小腿，用力地吸吮起来……

17

清明时节，桑园子的东山和西山早已桃李花开，草长莺飞，万木葱茏。这几天，如丝的细雨，沾衣欲湿，又将桑园子笼罩在一片雾霭当中。

文富昌正在家里收拾祭品，准备带着志仁去给娘上寒食坟。钱串儿突然跑进家来，大声嚷道：“表叔，公长俭让俺给你捎信儿，叫你快到柿王树下去呢。你快点儿去啊！……俺还得去告诉于大脚于大姑呢。”

文富昌问：“咋啦？没听说要办啥事啊。”

钱串儿说：“听说上边来了个大干部，指名要见你呢。”

文富昌一头雾水，但还是诧异地与志仁一起去了。

柿王树下，公德贵、公长俭、钱守元正陪着两个陌生人在说话。等文富昌父子近前，公长俭为文富昌介绍说：“这是公社马文书，这是县文教局侯局长，知道吗？侯局长就是当年在桑园子养伤的侯排长啊，还记得不？当年唱戏，富国哥，还有花姑婶……你忘了？侯排长为掩护乡亲也受了伤……”

听说眼前的文富昌就是当年花姑的小儿子，侯局长近前一步，仔细地端详着，好一会儿，他才惊喜地叫道：“十八年啦，还能认出你来，富昌，文富国的弟弟文富昌！”他急切地伸出右手。

文富昌简直难以相信眼前站着的竟是十八年前那位英俊的八路军排长侯东江，他伸出双手去握侯东江的手，却发现侯东江的左臂轻飘飘的只是一只空袖子。

文富昌和侯东江对视着，双双禁不住潸然泪下。

“爸。”一直跟在侯东江身边的一个扎着蝴蝶结的女孩子好奇地看着他们。

侯东江介绍说：“这是我姑娘，冬梅。冬梅，这就是我常给你说起的文叔叔。”

侯冬梅看上去有十四五岁的样子，她不解地问：“爸，你不是说文叔叔已经牺牲了吗？”

侯东江解释说：“当年牺牲的文叔叔叫文富国，这是他的弟弟，叫文富昌。”

侯冬梅看看文富昌，懂事地叫道：“文叔叔好！”

侯东江端详着文志仁，试探地问：“你就是当年在戏台上吓哭了的那个娃娃吧？对，叫志仁，对不？”

文志仁当时只有四五岁，对当年的侯排长已经没有什么印象，然而，当年的枪炮声永久地留在他的记忆里，还有大伯的长枪，奶奶血染的戏装……

“又长成一条汉子啦。”侯东江唏嘘不已，“还有个小英子，富国家的小英子呢？”

文富昌把田小柱的事简单一说，叹气道：“云英新寡，身子不好……”

“县里要求封山育林，公社也规定不准进山采石的，又乱开口子了不是？”又矮又胖的马文书瞪了一眼公长俭。

公长俭赔着笑脸，也不解释，气氛便有些尴尬。

就在这时，于大脚迈着一双大脚，从村子里急急忙忙地赶来。人还未到，大嗓门先到了：“不会这么巧吧？真的是侯排长回来了？快让俺看看！”

“大姑！”侯东江一眼就认出了于大脚，惊喜地叫道。

“你还活着啊？！”于大脚紧紧攥住侯东江的手，眼泪唰地就流了下来……

一九四五年三月，八路军第一一五师对蒙阴县日伪军发起了著名的蒙阴战役，毙伤俘日伪军一千三百余人。战斗异常惨烈，侯东江所在连队也伤亡惨重。撤出战斗后，排长侯东江奉命护送一个临时编成的伤兵排向泰南根据地转移。途经桑园子附近时早已人困马乏，不少伤员伤情加重，必须就地医治休养。

伤病员住进了桑园子的公家大院。深山里的桑园子犹如世外桃源，鬼子来欢城这么多年，进山扫荡无数回，独独没有到过桑园子，不知山神庇护还是桑园子风水独特。公德贵却认为，没有家贼招不来外鬼，桑园子没有汉奸，鬼子人生地不熟的，能来这儿干啥。

倾其全力收留和救治几十个八路军伤病员，是公德贵一生中最为辉煌的事情。自己忙不过来，他便请花姑、于大脚和云英娘过来帮忙照料，文富昌和吴秀珍也包了挑水做饭的活儿。后来乡亲们知道了也都送这送那，能搭一把手就搭一把手。

文富国和公长俭找到了知音。侯排长虽然比他俩还小几岁，个头也不高大，可人家挎着盒子枪，要多英武有多英武，文富国的土枪和公长俭的大刀片子相形见绌。两个人和侯排长商量也要当八路，侯排长就说："再不当八路就没的仗打了，知道不？咱八路军大反攻了，小日本眼看就撑不住了。鬼子打没了，当兵还有啥用？"说得两人心里痒痒的。

文富国已经娶了媳妇，收养的闺女云英也都好几岁了，他媳妇还有他娘花姑是不会放他走的；公长俭除了老爹别无牵挂，说走就能走，他缠着侯排长走的时候一定要带上他。

这些伤兵年龄都不大，伤势有轻有重，公德贵使尽浑身解数，熬制各种汤药、膏药，花姑她们精心地为伤员清洗伤口，喂汤喂饭。于大脚胆大心细，云英娘热情开朗，还有四五岁的志仁和云英在他们中间钻来钻去的，很受小战士喜爱。他们知道花姑会唱戏，就缠着花姑唱，花姑不时就来上一两段。小志仁就说："俺也会唱，俺爹也会唱！"战士们一鼓掌，他还真能像模像样地唱出几句。

过了清明，天气一天天暖和起来，战士们的身体也都恢复得差不多了。侯排长已经接到部队的命令，决定撤离桑园子重返部队。虽然在一起只有一个多月的时间，乡亲们和战士们已经难舍难分。公德贵和花姑商量说："人手能凑齐不？要不，咱唱出戏送送他们？"

花姑让富昌找来常九德和吴大用几个一合计，决定唱一出《杨家将》。文场人不济手，常九德说这好办，俺去别的班子请几个师傅来。侯排长听说后心里便十分感动，连夜和战士们排了几个小节目，要和乡亲们联欢联欢。

戏台搭在村口柿子树下土地庙旁的空场上。高出地面垒了两层石头，圈成一个长方形，中间用土填实垫平，便成了一个平台；在平台的四角各立了一根木头柱子，木柱之间拉上几道绳子，这是唱戏时用来围草苫子的。四面围上草苫子，就不怕刮风了，戏台顶上还会蒙上一层厚厚的篷布，这样唱起戏来圆音，传得也远。

那天来看戏的乡亲很多。战士们先表演了他们的小节目，有合唱《八路军军歌》、活报剧《捉舌头》，侯排长还会说快板，把全场都给逗乐了。

锣鼓家什响起来，小志仁和云英被领上台来，翻了几个跟头，本来要唱几句的，小志仁却怯了场，在台上哭了起来。文富昌急忙把他们抱下台去。接下来就是桑园子的大戏《杨家将》了。花姑扮佘太君，文富昌扮穆桂英，常九德扮杨文广。

幼年的文志仁对那天的戏文或许并不理解，但突然响起来的枪声却永远地留在了他的记忆当中。他清晰地记得，演佘太君的奶奶两只眼睛因为涂了黑色的油彩而奕奕闪亮，她劝穆桂英接下那帅印，为国出征，演穆桂英的爹唱到我五十三岁又要出征时，声音陡然高亢起来，那把帅字旗迎风猎猎……就在这时，东山头突然响起了枪声。这是侯排长安排在东山头上的哨兵发出的信号。不多时，就传来了密集的枪声，正在看戏的乡亲们顿时乱作一团。

原来，驻扎在欢城的鬼子终于打探到桑园子有八路伤兵的消息，他们悄悄摸进桑园子，想要在这里把这伙八路消灭掉，幸亏侯排长早有警惕，及早发现了敌情。

台下的侯排长迅即从腰间拔出了枪，一步跨上戏台，大声喊道："大家不要慌，赶快顺着山沟往山上转移！"他命令战士迅速占据有利地形，坚决阻击敌人，掩护乡亲转移。文富国和公长俭也像战士一样守在进村的路口旁边。

戏班子的人都慌乱地挤到了后台。文富昌不知如何是好，侯排长一把扯住他："别慌，快，顺着沟底，带大伙儿往山上跑！"富昌已经把那件红蟒靠给脱了下来，大伙儿也都各自把自己身上的戏服扯了下来，锣鼓家什也丢了一地，这当口保命要紧，谁还顾及这些，赶紧顺着柿王树下的那条深沟往东山前跑去。

花姑倒有些镇静，她先卸下头饰，又小心翼翼地要去脱身上的戏装，富昌急急地说："娘，来不及了，快跑啊！"说着就要上来扯下她的戏装。娘挥手挡住了他，她不允许儿子扯坏了她的戏装。这是她一直带在身边的那件秋香色软绉蟒，她爱惜了一辈子的戏服，她怎会舍弃了它！情急之下，她只好一手撩起戏服的下摆，一手托着头饰，踉跄地边跑边回头叫着："志仁，云英。"

"娘，快跑吧。"富昌一手拉着志仁，一手拉着云英，顺着沟底向前跑去。花姑身上还穿着戏装，只好迈着碎步跑，跑着跑着她又停下了脚步。她在担心儿子富国。富国没见过这阵势，他一条土枪能顶得住鬼子的快枪吗？

侯排长凭借柿王树做依托，一人一枪，百发百中。文富国趴在土地庙后边，他的枪法准，就是自己的火枪不赶趟儿，半天才能打上一枪。砰、砰、砰，文富国清楚地看到，自己亲手干掉了一个鬼子，还打伤了一个。

"富国，富国呀。"花姑从沟底爬了上来。

"大婶，快趴下！"侯东江从柿子树后面一跃而出，扑到花姑身上。就在这时，一梭子弹呼啸而来，花姑还没闹清是怎么一回事，就觉得肚子一热，接着有股黏稠的液体流了出来。"富国，鬼子把娘的戏衣打破了。"花姑哀叹一声，倒在了地上。

"娘！"事情来得太突然了，富国还是被吓到了，他分明看到了从娘身上汩汩冒出鲜红的血正在慢慢地洇染着娘身上的戏装，那件秋香色软绉蟒上好像又开出了一朵暗红的花朵。娘的头饰落地，那些被摔落的亮晶晶的彩珠，在阳光下发出闪闪的光，晃了富国的眼。

"啊，啊！"富国疯了一样，从土地庙后面站了起来，他端起手中的火枪，不顾一切地朝鬼子打去，砰！……

这场战斗异常惨烈，为掩护村民向东山前转移，战士们和民兵奋力阻击鬼子。枪炮声从正午响到傍晚，直到县大队闻讯赶来救援，伤亡过半的鬼子才落荒而逃。

文富昌和志仁、云英跪在奄奄一息的花姑面前泣不成声。花姑吃力地睁开眼睛，抖索着手，指着身上的戏装，用微弱的声音最后说道："娘……没唱够，留……留个念想……"

花姑、文富国，还有牺牲的三名小战士被埋在桑园子的东山坡上。当人们在柿王树下找到侯排长的时候，他已经身负重伤昏死过去，而柿王树也已经弹痕累累……

看着柿王树，文富昌眼前又浮现出当年和哥哥一起在这儿拜干爹的情景。怀着一种敬仰和虔诚，他再一次凝目注视着自己的干爹，今儿却好像第一次认识它一样。柿王树真的不是一棵普通的树啊。一条壮汉，不过是十趾并拢，正所谓稳如泰山，可仔细去看柿王的脚跟，那就是大手笔了，上百年风雨山洪没有让它歪斜。单是暴露在地面的根系，粗的像一条条蜿蜒的蛇，脑袋能钻进石缝儿的地方都钻了进去，身子却一截截裸露在外面，绵延十几米，时隐时现，被人踩得黑亮油滑，却血脉红艳；细的像无数条蚯蚓，攀附在碎石之间，不经意就会找个缝隙溜了进去。树干有一搂多粗，出地皮儿的地方，整整一圈儿疙疙瘩瘩鼓出来，使得整棵树立在了一个大大的蒲团儿之上，又像加了一道箍子一样，更显得根基牢固。往上看去，树干周身披了一层坚硬的盔甲，鳞状的表皮薄薄地绽开，现出里面金属的光泽。在一人高的地方，环环地又突出无数的树瘤，是当年的弹孔结下的疤痕？像黑蘑菇，又像灵芝，鬼斧神工雕了上去；在两米多高的地方一下子长出了三根杈桠，每根都有碗口粗细。这是怎样的杈桠啊，西南东北还有偏西方向，三兄弟各率了子孙，擎起了大旗；看那枝条，无论粗细，枝枝有形，条条是景，或虬乱交织，或金鸡独立，或如藤柔，或似竹坚。如今正是清明时节，柿王树早已从沉睡中醒来，通体渗透着蓬勃的生机，所有的枝头都顶着一簇簇新绿，那是刚刚萌发的春芽，是新一轮的希望！用不了多久，它们就会郁郁葱葱，长成肥厚的叶子，开出洁白的花朵，结出累累的果实……

此刻，一行人默默地站在柿王树下，侯东江的耳边依稀还听得到当年的枪炮声。有风吹来，柿王树枝晃叶动，飒飒作响。

侯东江当年被紧急转移到战地医院救治，以后又到后方医院接受治疗。伤愈归队后，作为独臂英雄，他在解放战争中又参加大小战斗无数次，后来作为南下干部去了上海，不久就转业到地方工作。直到现在，他才终于如愿以偿调回欢城，重返他魂牵梦萦的桑园子。

公长俭跟着队伍走了。当时侯东江住进了医院，等他重返部队却一直没有公长俭的消息。

公长俭说：“我到队伍后不多久，没打几仗小日本就投降了。后来部队开拔到东北，有一次俺受了伤，在老乡家养了一段时间，看不见好，首长就让俺回家继续养伤了。”

马文书对公长俭说：“去年民政局核对档案，说是怎么也找不到你的档案，是不是弄丢了？你得想办法和部队联系要个证明才行。”

公长俭说：“这么多年了，到哪儿找？”

侯东江也说：“这可不是小事儿，有时间我也找战友帮你打听打听。”

公德贵瞪了公长俭一眼，对侯东江说：“乡亲们知道你回来，没准儿有多欢喜呢。走，还是回家吧。”

大家来到大队部，见物是人非，侯东江又是一阵感慨。常九德、常三斤等一帮乡亲也都陆续赶了过来，很快就和侯东江拉得热乎起来。侯冬梅见东厢房里摆着一些戏箱，墙上也挂着些髯口、挎刀什么的，就好奇地让爸爸来看。侯东江看了，惊喜地问：“桑园子的戏一直唱着？”

“花姑婶虽然没了，戏可没停。”常九德说，“你这文教局长是不是也管唱戏？那你可得多帮着点啊。”

侯东江说：“那是，那是，别的帮不了，我让县豫剧团给你们指导指导说了还是算的。”

常三斤忙说：“侯局长，县豫剧团真归你管？那你能不能请俺们看场戏？王月环的戏！俺们都知道王月环，名角呢！俺爹和富昌叔早年看过她的戏，俺和志仁年前进城看有她的戏，真是馋得不行哩。”

侯东江笑了：“王月环的戏好看啊，她可是欢城的名角。想看啊？她今晚演出《花木兰》，我请你们看！”

常三斤高兴地说：“那俺去套车啦！”

“这孩子。”文富昌说，“以后不有的是空嘛。”

常九德心里也痒痒地，说：“能看王月环的戏，开眼呢。”

见常三斤真的去套车，侯东江忙让侯冬梅从背包里取出几样礼品，两块缎子衣料分别送给于大脚和云英娘，两台小巧的收音机分别送给公德贵和文富昌。文富昌接过来，不知道怎么用。侯东江用另一台做着示范，他打开开关，开始调台，这个方方正正的小匣子先是发出吱吱嚓嚓刺耳的声音，然后就有人在里边说话，再一调，里面竟有人唱歌。

侯东江说：“这是上海刚刚时兴的袖珍式晶体管收音机，‘美多’牌的，可以收好几个台呢，不用电，放几节电池就行。”

文富昌好奇地问：“它会唱戏吗？”

侯东江笑笑，说：“只要电台播，就能收得到……往后咱山里通了电，咱就买台大的，不光能出声，还能出人呢。”

云英娘说：“真要能出来人儿，饭也管不起。”

于大脚说：“就是，就是。”

常九德显得见多识广：“管啥饭呢，它吃电嘛。那叫电视机，对不？”

侯东江笑着点头：“国家科技发达了，好东西会越来越多。往后啊，咱山里架了电，点电灯，看电视；修了大路，还要跑汽车，日子会越来越好呢。”

“那敢情好，日子过好了，咱就天天看大戏。”常九德说完，大家都笑了。

这时候，大门外响起了骡子的叫声，常三斤已经把马车赶了过来。大家都想跟着侯排长进城看戏，可一辆马车坐不了几个人，文富昌说：“有侯局长在，以后咱有的是戏看。这回啊，就让咱戏班子几个角儿先去吧。”常九德就点了文志仁、常三斤、马秀花、李家羊几个人，大家便不好再说什么。

临上马车，侯东江突然又想起了什么，说：“俺还有一样稀罕物，是上海的老首长给我的一台缝纫机。明儿让他们用马车拉回来，就把它送给云英吧，这孩子怪可怜的……”

云英娘就又心酸起来。

18

云英嫁给大柱看上去生活并没有什么改变，只是屋子里的人由小柱变成了大柱。好在大柱还是原来的大柱，即使他被娘搬到小柱屋里来住，他还是原来的大柱，他跟在云英身后活着，比田茂顺那娃都依赖云英。权当拉扯着俩娃，就这样过吧。云英抹把泪，叹口气，云英的日子还是要继续过下去。

大柱喜欢茂顺，喜欢得要死，他终日的目标就是喜欢逗茂顺玩，这个小人儿才几个月，居然被他惹笑了，大柱便愈发欢喜。虽然住进了云英的屋，他却一直睡在炕脚，云英搂着茂顺睡炕头。大柱也想搂着茂顺，也想睡在炕头，云英就说，茂顺还小，俺夜里还要给他喂奶呢。睡在炕脚的大柱常常睡不着，睡不着的时候他就一直听着茂顺香甜的睡眠，听着云英轻柔而均匀的呼吸声，也听着夜晚里那些虫子的动静，这时候大柱常常会不由自主地落下眼泪来。他想起了小柱，小柱只比自己小一岁，好像从记事起，小柱就是大哥的样子，打架时小柱会把自己护在身后，吃饭时小柱会多给自己添两勺饭；爹娘骂他的时候，也是小柱在护着自己。想着小柱，大柱就更睡不着了，他把身子支起来，左手托着腮，他看到窗外的月光那样清冷地照在了地上。他失眠的时候，好像都是在月亮最圆的时候，每每这时，他的心就格外地疼。

文志仁和常三斤为云英送来缝纫机，终于让云英阴冷的心里燃起了一团温暖的火焰。云英打小喜欢刺绣和针线活，她早就听说过城里人已经用缝纫机做衣服了，没想到天上掉馅饼，自己竟会得到一台缝纫机。

常三斤说：“你看，这是‘无敌牌’的，公私合营上海协昌缝纫机厂生产的，只有上海才有卖，而且还得凭票供应……”

文志仁也说：“也就是侯伯伯有本事能搞到，别说桑园子了，整个欢城县也许还没几台吧？”

云英便后悔侯东江来桑园子时自己正病着，没去看他一眼。其实，除了还依稀记得柿王树下唱过戏，打过仗，爹和奶奶都死了，她对侯排长一点儿印象都没有了。想不到，他还给自己这么大的礼，云英觉得受之有愧。

文志仁说：“云英，你聪明伶俐，保准儿一学就会，学会了，你开一间缝纫铺子，也能养活你和娃娃的。”

“嗯。”云英也一下子感到日子有了奔头。

云英找出小柱的一些旧衣服，拆了，又按大柱的身材重新裁剪了，试着用缝纫机去缝，没几遍就找到了窍门，这东西其实一学就会。云英又用家里攒下的布票从岔河集上扯了便宜布料，先给小柱娘做了一件翻领的褂子，小柱娘嫌样式太新，不敢穿出门。云英说：“眼下时兴翻领呢。”

云英心灵手巧，知道很多衣服样式，年轻人一准儿喜欢。云英便想起大哥文志仁的话，她真想开一间缝纫铺子了。正好她住的屋子后面临街，找来二叔文富昌和大哥文志仁一合计，就在屋后墙上扒了个豁口，装上门；屋里稍一贴拼，又在缝纫机旁用木板搭了一个案台，一切就收拾妥当了。文志仁还亲自动手，在一块木板上歪歪扭扭地题写了店名挂在门口，上面写着：云英制衣店。

放了一挂鞭炮，云英制衣店正式开张了。这在桑园子还是一件新鲜事，许多人都来看热闹。先是有人拿了大人的旧衣裳来改给孩子穿；拿了布料来做衣服的并不多。

于大脚听说云英开了店，就约了云英娘过来瞧瞧。她们俩手上各有一块缎子衣料，宝贝一样地稀罕着。打小就没穿过这么好的料子，单是用手摸摸，那种滑润的感觉就让她们喜得合不拢嘴。云英娘想留着死了以后做送终衣裳用。于大脚就说：“死了还穿给谁看？叫我说啊，咱让云英看看给做件褂子穿，走亲串门，逢年过节，咱也穿上显摆显摆。”

云英娘说：“那不成老来俏了，光是唾沫星子就能把人淹死。”

“谁让咱有？侯排长咋不送给他们？”于大脚话里依然充满自豪。

“这么好的料子，别让云英给糟蹋了。”云英娘还是不放心。

于大脚说：“你闺女手巧着呢，咱要先穿上她做的衣裳，别人就会说，你瞧瞧，多好的料子，多好的针线！云英的小店还不火了？”

“原来你是这心思啊，俺当娘的都没想到呢。”云英娘说，“走，找云英去。”

云英见了布料，也是爱不释手，仔细为她们量了尺寸。没几天，于大脚和云英娘便穿上了新衣。这以后，桑园子的许多小媳妇都找出压箱垫柜的布料，来找云英做衣服。云英的案台上堆了厚厚一摞布料，她没白带黑地赶着活儿。

这天，大柱抱着茂顺正在娘的屋子里说话，云英正在踏着缝纫机干活儿，突然从店门外不声不响进来一个人。云英一抬头，见是村长公长俭，就吓了一跳：“哟，是村长大伯来了。”

公长俭从腋下夹着的纸包拿出一块布料递给云英，说：“云英啊，俺来做件衣服，顺便过来看看你的店。”

云英接过纸包，打开一看，是她没见过的料子，灰色的，薄薄的，捏在手里又轻又软。公长俭说：“这是‘的确良’，欢城刚兴过来的。”

“想做件裤子还是……？”云英问。

公长俭说：“做件衬衣吧，袖口钉俩扣儿的那种，下摆扎在腰里。”

云英知道那种长袖衬衣是最时兴的“干部服”，就找来一把尺子，把布料量了一下，刚好七尺。

公长俭见屋子里没有别人，就有些色色地问：“英子啊，和大柱过得还好吗？”

云英点头说：“日子该咋过就咋过呗。”

公长俭压低嗓门儿说：“大柱不懂的，你可以教他……”

云英不理会，让他抬起胳膊，给他量胸围。公长俭抬起胳膊，待云英靠前拉起皮尺的时候，他竟暧昧地在她后背上轻轻拍了一下。

云英瞪了他一眼，不动声色地回到案台边，把布料推开，比画一阵，就说：“大伯啊，你这布料，做长袖的不够呢，你身架子大，人又胖，七尺布不够啊……”

“娘的！”公长俭脱口骂道，“春花那婊子还要了我两丈布票呢，连我身上多少肉也掂量不出？”

云英早就听说过公长俭和春花的一些花花事儿，心里觉得好笑，便说：

“要不，做件短袖的吧。”

公长俭撸起秋衣袖子，右小臂上是一块紫红的疤痕，看上去就像长了一个大疮。公长俭看着伤疤，犹豫着：“我一般是不露胳膊的，这……”

云英便调侃地说：“这有啥？都知道您是老革命，这是光荣疤呢，就像戴个手表，不撸起袖子谁能看得到？”

公长俭一听乐了：“哟，还是大侄女想得到，半袖就半袖吧，马文书就常穿半袖的，特有风度呢。”

量完了尺寸，公长俭还没有要走的意思，在云英身边蹭来蹭去的，说：“以后有什么事，你吱一声，啥忙俺都能帮……”

云英便有些心烦，又不好发作，就冲着娘的屋喊道：“田大柱，村长来了，快提暖壶来泡茶啊！”

“不用，不用啦，俺还有事呢。”公长俭转身出门，又回头问道，“俺啥时来拿？”

云英说：“做好了，俺让大柱给你送过去。”

云英想，也真是的，当个村长就这样，那要当县长还了得，真个是村村都有丈母娘啊。

前院的小婶子小修在县医院学习结业，回来有几天了，云英这些日子忙，都没好好陪她说说话。倒是小修过来这边好几回，劝她说，光难过有什么用？为了孩子，也得好好过下去，早晚会苦尽甘来。云英发现，在县里学习这么长时间，小修像换了一个人，已经没有了刚过门时候的娇羞，变得大方泼辣，有些风风火火的样子。云英还发现，小修的肚子也开始显山露水了，就问她有几个月了。小修红着脸没说话。云英在心里一算，她是十月进的门，在一起不到一个月就出去学习了，后来田刚子又出了事，应该是落床子啊，可身量看上去好像不是那么大。

小修回来后，白天还是在“和善堂”，晚上才回到自己的家，早早地就关了门，日子显得那样平平淡淡。其实，云英早就发现了小修的秘密。从大年夜的那碗饺子，云英就知道有人在稀罕着小修，这几日，云英也曾发现有天晚上有人影闪进小修的院子里。云英最见不得偷人养汉的事，她不相信小修是那样的人，所以不敢和小修点破，更不敢和任何人去说。那个人到底是谁呢？云英一直猜不透。云英只有在心里替小修感到害怕，因为田刚子很快就要回来了，听说他被判了半年刑，下个月不就期满了吗？

云英的心事还有很多。跟了大柱之后，志仁哥来看自己的次数多了，每次和自己都有说不完的话，她知道这是志仁哥觉得愧对了自己，想着法儿在帮自己。自己也多想靠在他的肩头去享受一个男人的温暖呢，这种温暖是田大柱无论如何也无法给她的。然而，她不能，尽管她不是志仁哥的亲妹妹，尽管从小他们就彼此相恋过，现在她只能把他作为娘家的亲人来依靠了。如果没有秀珍的出现，也许一切都不会是这个样子。她恨过秀珍，可恨又有什么用呢？她只好信了命，可如今命运又和自己开了这么大的一个玩笑。云英觉得秀珍也在可怜自己，可她心里仍然不放心，所以她把自己的男人看得结结实实，所以志仁哥每次来总是心神不定的样子。秀珍怀孕时间比自己早，算来也该生了，倒是茂顺抢先做了表哥。云英想，一定得和秀珍处好，不能让人嚼舌根，戳脊梁。

临盆待产的秀珍这些天心情有些烦躁。小柱死了，云英又嫁给了大柱，起先她觉得云英真的是可怜，可志仁三天两头往云英那儿跑，秀珍就有些不高兴了。在外人眼里，志仁是大哥，云英是嫁出去的妹妹，这种关心是天经地义的事情；可在秀珍看来，志仁和云英肯定是藕断丝连，云英嫁给一个傻子，或许就是为了方便和志仁相好。尤其是志仁和三斤从欢城拉回来的缝纫机，直接就送到了云英那里，这让她心里很不爽，她做梦也想有一台那样的缝纫机呢。任凭志仁和三斤解释说是人家侯排长指名送给云英的，她就是不信，气得志仁就说：“这是大伯拿命换来的，人家凭什么给你？”见秀珍挺着大肚子掉眼泪，志仁只好作罢。

小修从县城刚回来，就过来给她检查过身子。说是双胞胎，胎位也挺正常，不过她还是嘱咐说，为了保险，还是准备去医院生产吧。

志仁说：“桑园子女人这么多年生孩子谁去过医院？你不是在县里学习过？你还能白学了？”

“在医院实习的时候，俺处理过几个双胞胎，可有一次遇到一个难产，看着不行，主任当即就给剖宫产了，这俺可做不了。”小修说。

“啥叫剖宫产？是不是把肚子划开，直接把娃儿给抱出来？”一旁的吴成芳也说，“狗有狗道，猫有猫道，这娃儿不从正道上来长大了准没出息。”

“去医院就得剖宫产？”秀珍有些害怕，“俺不去医院，俺就在家生。”

“这也得看情况啊。”小修说，“我只是担心，怕到时来不及了。”

吴成芳说：“要不行，叫于大姑也过来瞧瞧，她经验多。”

志仁忙说：“现在推广新法接生，公社早不让她干了。”

秀珍开始觉着事儿是在傍黑天，下腹一阵阵地疼，还破了水。志仁匆忙去“和善堂”叫小修，小修跟公德贵和赵黄岐交代了些什么，背起药箱一路小跑赶了过来。

秀珍疼得满头大汗，吃力地号叫着。

小修不慌不忙地用肥皂洗了手，戴上橡皮手套，又在秀珍身下铺上干净的垫巾，接着打开药箱，取出一个托盘，将一些剪刀、止血钳之类的东西依次摆在上面；又取出一个托盘，里面放着一些浸了药水的纱布和消毒巾；然后用镊子夹了棉球在秀珍的两腿间仔细地消着毒。待这一些收拾妥当，小修开始指挥着秀珍用力……

也许不经历分娩的痛苦，你永远体会不到一个女人作为母亲的伟大。为了一个新生命的诞生，没有一个母亲会因为疼痛而轻言放弃。秀珍经历着阵痛的折磨，拼命地坚持着，终于顽强地打开了生命的通道。“哇——”第一个孩子终于降生了。

“是个丫头片子。”一旁的吴成芳叹了一口气。

小修却一下子紧张起来，因为她发现，第一个孩子出来之后，第二个孩子却卡在那儿，胎头位置不正，秀珍也已经没有了力气。时间长了，孩子就会缺氧窒息。难产！她最怕的事情就要发生了！

小修努力地帮助秀珍进行调整，但是无济于事，她的额头已经大汗淋漓。

小修努力镇静着自己，对吴成芳说：“你快去‘和善堂’叫赵医生来！”

吴成芳也有些害怕，她开门出去，让守候在门外的志仁去“和善堂”，自己突然多了个心眼，一溜小跑去找于大脚了。

于大脚几乎是和赵黄岐一起走进秀珍屋子的。

于大脚说：“女人生孩子，你一个毛头小子能帮上啥忙？快出去！”

赵黄岐说：“我是医生，没什么男人女人之分。”

吴成芳也想拦他，看看志仁不说什么，又看看炕上秀珍死去活来的样子，也只好作罢。

“你以为女人生个孩子就像拉坨屎一样容易？不养活孩子不知道啥叫疼，忍着点儿！”于大脚说着，近前一看，就明白了眼前的一切，“你看，小脑袋不往正地方拱，你能出得来？这是要娘的命呢。”她突然想起，当年秀珍的哥哥秀明出生时就是这个样子。

吴成芳急切地对于大脚说：“大姑，您见得多，您救救她娘俩啊！”

小修并没有多看于大脚一眼，只是和赵黄岐小声地商量着什么。于大脚本就看不惯产妇面前站着一个大小伙子，见小修又这样冷落自己，心里就上了气。于大脚听说过公德贵的外甥赵黄岐是正儿八经学医的，可一个大小伙子不会也懂女人生孩子吧？还有这个小修，于大脚知道她是田家刚子的新媳妇，在公德贵那儿帮忙的，村里培养她当接生员，还在县医院专门学过。什么新法老法，说白了，小修就是要顶自己的。一个新媳妇，连孩子都没生养过，你还给人家接生呢？于大脚想，这胎头不正，用巧劲儿几把就能给扭过来，俺倒要看看这小媳妇有多能耐。

秀珍不停地呻吟着，小孩儿的头还是卡在那儿，进不去，出不来。

吴成芳害怕了：“大姑，求求你，再不就憋死了！”

人命关天，于大脚也有些怕了。她靠前一步，挽起袖子，就要动手。小修急忙拦住：“这样不行，会伤孩子的！”

于大脚没有想到这个年轻毛嫩的小媳妇竟敢这样对自己说话，她停下手，赌气地说：“行，行，俺倒要看看什么叫新法儿。”

这时，赵黄岐也戴上手套和口罩，在小修的帮助下，先给云英打了一针麻药，又拿起了手术刀……

于大脚和吴成芳终于又听到了一声嘹亮的啼哭。

这是一对龙凤胎，文富昌很快给他们起好了名字：姐姐叫文青桃，弟弟叫文青山。

19

得了孙子孙女，文富昌心里高兴。常九德也过来道喜。

常九德一来，文富昌就知道他是在惦记着收音机呢，于是把收音机拿出来给他。

山里的信号太弱了，常九德打开收音机，调来调去，没找着一个唱戏的频道，老是吱吱的杂音。他便站起身，把收音机举过头顶，来回试着调整方向，终于听到播音员在说着上海批判鬼戏和“鬼戏无害”论的事儿。听了半天，常九德好像听明白了什么，就对文富昌说：“上边不让唱鬼戏呢，有一出《李慧娘》，说是鬼戏，不让演了呢。”

文富昌也说：“这几天俺也听了，不明白，不明白。你说，戏里的鬼不也都是变化成人，说的都是人间的事，也是在教化人呢。这说书唱戏，人戏鬼戏都是戏啊。”

“说是封建迷信呢。”常九德担心地说，“真不让唱了，热闹戏就不多了。”

文富昌不以为然地说：“那都是说的大城市里的事，咱乡下，自己乐和乐和，山高皇帝远，还能有啥错？只要上边不找，想唱咱就唱呗。”

说起志仁当了爹，常九德就叹气说：“唉，我就发愁三斤了，你说老大不小了……”

一提三斤，文富昌说：“这些日子，俺耳朵眼儿里可是听到过一些议论，说是三斤和刚子媳妇这个那个的，咱得给三斤提个醒儿，这种事儿最坏名声。”

常九德叹气说：“三斤倒是和俺说过，他和那个小修原来就好，是刚子使了坏才弄到手的。我就说他，人这一辈子不易，过日子和演戏一样，得有个起承转合，讲究个章法，可不能由着性子乱来。”

“唉，花开一时春，人活一世情，自古男女交往是非多，你看多少戏文不都说这些吗？只是……”文富昌说，“只是这戏文和过日子还不完全一样，唉，梁山伯和祝英台化蝶相守，那是戏啊。听说刚子快回来了，俺担心……”

常九德说：“谁说不是呢，三斤虽然迷戏，可俺怕的是他唱不好自己这出戏呢。”说着就咳嗽起来。

吴成芳端过早已泡好的大壶茶，见说起三斤和小修，也叹气说：“人这一辈子，该和谁做夫妻那是命中定了的，是你的，打也打不走；不是你的，铁链子也拴不住。”

见文富昌白了她一眼，她便把话打住。常九德又咳嗽一阵，说：“俺这嗓子，怕是又要犯病了。”

“几天不唱，你嗓子就痒，放心吧，哑不了！”文富昌打趣道，“你才多大年纪，不就五十出头？你不是眼馋人家王月环嗓子多么多么好，你做梦也想练成她那样呢。”

说起王月环，常九德便又来了兴致：“上次你没去，可真是亏大了。你不知道那扮相，那嗓口，什么叫眼福耳福？……绝了！”

文富昌也说：“名角儿就是名角儿。”

常九德说：“要是花姑婶活着，她们二人倒是可有一比。”

“世上哪有不散场的戏。”文富昌叹了口气。

小修给公德贵说要和田刚子离婚的事，着实让公德贵吃了一惊。尚道兰也盯着小修看了半天，说：“哟，小修哎，是不是县医院哪个大夫看上你了吧？你还怀着娃呢，咋说离婚就离婚？”

小修摇头。

公德贵盯着小修看了半天，直把小修看得低下头去。公德贵这才叹口气，摇着头说：“一失足成千古恨，唉，做人难啊。”

赵黄岐已经听说过小修和田刚子的事，对小修要离开田刚子他是支持的。他对小修说：“要紧的是你要想清楚到底爱不爱他，没有爱情的婚姻就是行尸走肉。你才二十岁，在城里这年龄才刚刚恋爱呢，你的人生之路还很漫长。”

小修似懂非懂，认真地品味着这个大男孩说的话。

“这可不是儿戏，”公长俭说，“你以为这是小孩过家家啊，说嫁就嫁，说离就离？这半年他在里边也许早觉悟了呢，回来后也许能浪子回头呢，咋不给人一个重新做人的机会？”

“俺……”小修不知道如何表白，话到嘴边又咽了回去。

公长俭又说：“刚子回来，俺先和他谈谈，这离婚介绍信先不忙着开。”

几天后，田刚子终于获得自由，回到了桑园子。

对田刚子来说，桑园子给予他的除了生命就是孤单和贫穷。打小父母双亡，靠了乡亲们的周济和大柱一家的照顾，他才渐渐长大成人。田刚子长得高大壮实，模样也周正，按说有的是力气自食其力，只要好好过日子，说个媳妇成个家也不是难事。也许由于爱的缺失，他不愿与村里的人交流，喜欢独自游荡，慢慢就养成了游手好闲、好吃懒做的坏习气。岔河集是他经常去的地方，从自己小偷小摸到和不三不四的人入了伙，他已经无力自拔。在岔河集上认识了小修，曾经点亮了他希望的灯盏。但他看得出，小修虽然也有些喜欢自己，但更喜欢的却是常三斤。当他在那场雷雨中抢先占有了小修，其实那盏希望的灯也开始芯断油枯了。小修虽然无奈地嫁给了自己，可她心里想着的还是三斤。田刚子为此非常苦恼，他想只要有了钱，让小修过上好日子，才能真正拴住她的心。小修到“和善堂”帮忙，又被派到县里学习接生，这无形中又在他心理上增加了压力。本来新婚惜别，小修临走的时候却有一种冲破牢笼般的兴奋，好像有一种美好的生活在召唤着她。田刚子不乐意，也没有办法，这样的学习机会可不是想有就有的。小修走了，独守空房的田刚子又在做他的发财梦。然而，他却栽倒在那头牛身上。

不仅年不能回家过，还在监狱里待了半年时间，田刚子为此付出了应有的代价。这半年里，小修竟然没有到监狱看过自己一次。田刚子知道小修受到了多么大的伤害，她是无法原谅自己的。小修怎么样了？她还好吗？她是不是……田刚子怀着一颗忐忑的心回到桑园子，即使求她，跪她，他也不能放她走的。

田刚子回村第一件事就是去“和善堂”见小修，然后去大队部找公长俭报到。

小修见到田刚子并没有任何惊喜。她平淡地从身上取出一把钥匙，放在他面前的桌子上："这是你家的钥匙，俺的东西俺都收拾过了。"

"小修，你……"田刚子愣在那里，他瞪大眼睛呆呆地看着小修。面前的小修出奇地平静，脸上看不出悲喜，眉目间有一种深思熟虑的决绝。仔细看去，小修身材还是那样修长瘦削，微微隆起的小腹因而显得有些突出。

田刚子突然跪在地上，说："小修，俺一定改，你，跟俺回家吧。"

小修坚定地说："啥也别说了，明儿，俺在公社等你。俺要和你，离婚！"

公德贵和尚道兰、赵黄岐都没有想到小修和田刚子一见面就提出了离婚的事，都吃惊地看着他俩。

田刚子有些绝望，他看看屋子里的人，对公德贵说："公大爷，小修到底出了啥事？她在你这儿干活，俺可跟你要人。"

公德贵听了这话，心里有些不自在，就说："刚子啊，话可不能这么说。俺这药铺医得了病人，医不了人心。古人云，宁拆一座庙，不毁一桩婚，哪个不盼你们过得好？你们都不是小孩子了，自己想想还能不能过到一家里去，解铃还须系铃人啊。"

尚道兰近前去劝小修："刚子刚回来，有事回家再商量商量也不迟啊。"

小修扭头说："俺不回，俺今儿就回岔河。"

尚道兰又说："不为僧面为佛面，你看你肚子里还有娃呢。"

田刚子一听，又跪在小修面前，去拉她的手："就是啊小修，你肚子里还有俺的娃呢，你咋就这么狠心……"

小修猛地挣脱他的手，冷笑一下说："俺明人不做暗事，俺告诉你，这孩子不是你的！"

所有的人一下子都吃惊地呆在那里。公德贵瞄了一眼小修的下腹，也就五六个月的样子，心里便明白小修为什么会下这样的决心了。公德贵不免为小修担心起来。

田刚子愣怔半晌，把拳头攥得咯咯响，怒吼道："俺就知道俺不在家你不守妇道，你说，孩子到底是谁的？你说！"

小修并不示弱：“孩子是他爹的，反正你不配给孩子当爹！”

田刚子起身挥拳要去打小修，赵黄岐赶紧上前一把拦住了他。

“你不是想离婚吗？俺先告你与人通奸！”田刚子已经彻底绝望。

小修也理直气壮地说：“你当初对俺做了啥你也清楚，俺还要告你强奸呢！”

听到前院的争吵声，公长俭和钱守元还有春花慌忙从大队部赶了过来。任凭他们如何劝解，小修铁了心要让公长俭给开离婚介绍信，田刚子也赌了气说：“离就离，这样的破鞋俺还不想要了呢。”

在桑园子，公德贵头一回看到这样的事情。在他眼里，小修是个懂事的孩子，没想到她还是个撞破南墙也不回头的人。他不知道，她是从哪里得到了这样一种宁死不屈的力量。

赵黄岐曾经为《雷雨》的故事伤感不已，他绝没有想到，在这偏远的桑园子，一个柔弱的年轻小媳妇竟敢做出这样大胆的事情，而且毫不避讳，这种无畏的背后会有一个多么凄婉或者悲壮的爱情故事啊！小修的新生活才刚刚开始，接下来等待着她的又会是什么呢？

见调解无望，公长俭只好对小修和田刚子说：“信好开，现在是新社会，离婚也不是多丢人的事。你们各自都回去好好想一想，这是人生大事，可要拿好了主意。”

小修赌气回了岔河娘家，公长俭让钱守元将田刚子送回家，让云英和大柱娘劝解一下。当晚无事。然而，谁都没有想到接下来的事情会是这样一个结局，这让他们几个更是唏嘘不已。

第二天，又逢岔河大集，岔河街上一大早就热闹起来。小修早早地等在公社门前，田刚子也在上班时间赶到了，两人便一前一后走进了公社大门。

管婚姻登记的马文书知道田刚子刚刚刑满释放，对他不免就有些成见，但还是耐心地进行着调解。马文书说：“妻子在怀孕期间，男方是不能提出离婚的。你们可都想好了啊。”

小修说：“俺愿意，是俺提出的离婚！”

田刚子说：“离就离！”

见他们都坚决要求离婚，没有调解的余地，马文书便不再说什么，在他们的离婚证上盖上了公社的大红公章。

接过离婚证，小修长长地松了一口气。是啊，自由了，她终于自由了。出了公社的大门，她就可以领着三斤光明正大地回趟娘家了。往后的日子，她就可以嫁给三斤，日子可能还会清苦，但他们可以用自己的双手去改变，自己学了技术，能挣工分；三斤虽然身子弱了些，可也能吃苦，不愁过不上好日子；她还可以天天听三斤唱戏，啥时想听啥时就听。还有，她可以名正言顺地生下肚子里的孩子，是的，常三斤的孩子，她清楚地记得大年初一在西山，就像那些枯草下面坚强萌动的嫩芽，一颗生命的种子那么执着地要去孕育……孩子大了，常九德、常三斤一定也会让他学戏唱戏的，想唱就唱吧，心里有个乐子总比没有强……

小修从公社大门的石阶上一步一步地走下来。老远她就看到常三斤正在街对面等着她。她不想过早地让三斤和田刚子正面冲突，她要用自己的力量去争取自由。此时，她多么想一步跑到心爱的人身边扑进他的怀抱，好好大哭一场。她看见，常三斤已经向她张开双臂，朝她跑来。

田刚子走出公社大门的时候，看到了常三斤。田刚子突然有一股热血涌向脑门。一切就发生在那一瞬间。田刚子跑下石阶，几步来到食品站的肉摊前，伸手抄起一把剔骨刀，转身迎向三斤……

“三斤！”小修大叫一声，扑向常三斤。鲜血迅即从她后背喷涌出来……

田刚子再一次锒铛入狱。

小修和肚子里的孩子最终都没能救回来。

何金生赶着马车拉着常三斤和小修从县医院赶回桑园子。拉车的骡子老了，已经步履踉跄。也许它还依稀记得车上小修的气息，八个月前，是它把这个掉着眼泪的新媳妇从岔河拉到了桑园子。如今，车上的女人已经再也流不出眼泪了。马车里的门板上躺着静静的小修，小修身上盖着一领破旧的草席。任晚风怎么吹，任秋虫怎么叫，任常三斤把一辈子的眼泪都流尽了，她都无法感知了。

山路上，骡子轻轻地甩着尾巴，走得很慢，很慢。在“哒哒”的蹄声中，马车“嘎吱嘎吱”地颠簸着。何金生坐在前面闷头不语，不用吆喝，更不需扬鞭，任凭那骡子由着心性儿地走着，而那骡子好像懂得了人的心情，努力把步子迈得庄严和沉重。常三斤跪伏在小修的尸体旁边，一路无声地哽咽着。小修走了。小修不再是田刚子的媳妇了，小修不能埋进田家的墓地；小修和三斤没有明媒正娶，也不能埋进常家的老林。小修的归宿只能是西山坳那片乱坟岗了。常三斤已经求爹找人帮忙在西山坳乱坟岗为小修修了一间大大的坟墓。自从采石场出了事儿，很少有人去西山坳了，那里清净。还记得不？俺在西山给你唱过戏，西山坳回声大，唱戏更圆音，更好听。常三斤想，挺好，西山挺好，西山坳挺好。

马车傍黑天进入桑园子村口。远远地就看见柿王树了。柿王树今年又结了好多好多的柿子，青涩的果子星星般缀在树上，把所有的枝头都压弯了。常三斤听到风儿吹来，柿王树沙沙作响，如泣如诉。

车从树旁经过的时候，常三斤禁不住对着桑园子用戏文大喊一声：“娘子！且随俺归家去啊——”

埋葬了小修，常三斤神秘地失踪了。

一天、两天、十天、一个月……常三斤在桑园子消失得无影无踪。常九德撒出人四处寻找，找遍方圆百里，仍是活不见人，死不见尸。有人找钱串儿他爹钱瞎子又算了一卦。钱瞎子手执卦签，眯着看不见的双眼，念念有词：“自古鸟为食亡，可怜人为情伤。都说生死相依，谁料天各一方。三斤与小修命犯咸池也就罢了，只是三斤……此去西湖一千里，白蛇命锁雷峰塔。许家公子祭塔日，难为法海不成佛。别找了，找也白搭，他随蛇精去了……”

钱瞎子说得云山雾罩，大家都听得稀里糊涂。

常三斤就这样从桑园子消失了，人们也开始渐渐地将他遗忘。然而，从此桑园子便常常闹鬼。有人说半夜里常常听到西山坳里有女人在哭在唱，肯定是小修阴魂不散；还有人说得更是离奇，说是半夜里曾看见过一个白衣袂袂的长发女鬼从半空中飘然而过，从村北头飘到村南头，从村西头飘到村东头，还在柿王树旁土地庙边的戏台上待了半个时辰……

20

过了麦，收了秋，仔细算下来，今年的收成还不错。秋后，公社的工作队在桑园子住了半个多月，队长是县文教局长侯东江。因为他还兼管着其他工作队，他只在桑园子住了几天。这回来桑园子跟上一次可不一样，侯东江跟谁都是一本正经的样子，文富昌知道侯东江这回来是当钦差，他是不想让人觉得徇了私情。生产队财物很少，财务账本很简单，除了上缴公粮和农业税，集体财产几乎没有。清查组把各小队的账都查了一遍，也没清出什么。再就是清工分了，会计李银行把三队的账做得很仔细，每人都有一本工分簿，年终按工分多少分配粮食和财物。清查组打着算盘，算来算去，也没算出文富昌和其他几个生产队干部多占工分和多吃多占财物的问题。不过，有人反映过年排戏的时候，戏班子用了生产队里的三十斤玉米，磨了面做糊糊让演员喝了驱寒。文富昌当即就火了，那是他从自己家里用布袋背到戏班子去的，为此还和吴成芳吵过一架呢，有钱串儿还有几个人做证事情也就作罢。还有人检举村长公长俭的作风问题，因为查无实据，工作队对公长俭提出严厉批评，也就不了了之。

秋风落叶，天气越来越凉。打常三斤失踪之后，常九德的身子也一天不如一天了。除了嗓子痛，又添了心口疼的毛病，疼起来的时候，恨不得把胸口扒开。牲口是不能喂了，他便搬回到自家的老宅里，平时由侄女杏妮和何金生过去送点饭，照应一下。

常九德的老宅也在西山坡，离文富昌家并不远，文富昌得了空，便常过去陪他坐坐，说说话。

常九德已经好久不喝酒了，这天见文富昌过来，非要让他陪自己喝一点儿。文富昌便从家里带来一瓶香曲烧，又将吴成芳新腌的酱油麸子舀了一大碗端来，用酱油麸子炒了两个鸡蛋，两个人开始喝酒。

文富昌给常九德斟上一盅酒，看着他气喘吁吁的样子，就有些心痛。

常九德端起酒盅，抿了一口，就不停地咳嗽起来，嗓子里发出一阵阵打嗝一样的声音。常九德指着自己的喉咙，想说什么又说不出，急得掉下泪来。

文富昌摇摇头，鼻子酸酸地难受。

许久，常九德才吱出声：“俺……没戏了。”

“等你嗓子好了，还能唱呢。”文富昌安慰他说，“以前吃‘和善堂’的药不是挺见效的吗，你会好起来的。”

常九德轻轻摇头，断断续续地说：“俺……有数，俺只是想，千不该万不该，老天不该让俺毁……毁在嗓子上，让俺绝后也就罢了，还不让俺再唱戏了，真是作孽了啊。”

“等你好了，今年过年，咱再好好热闹热闹。”文富昌说，“戏班子哪能少得了你啊，几个年轻人不都是你给调教出来的。”

“唉。”常九德长长地叹了一口气，说，“富昌兄弟啊，俺还真想花姑婶呢，俺总觉得，她……她是有来路的，她可不是一般人儿。”

文富昌说：“也没啥，俺娘就是会唱几出戏，死了这么多年了，不提也罢了。”

“不，哪能忘呢，俺没忘，你……更不会忘。”常九德又咳了一阵，然后说，“俺一闭眼，就能想到头一回见她穿上戏装的样子……富昌，俺还想看看婶子那件戏装……那件秋香色软绉蟒，看上去倒没啥，可俺觉得它……有灵气。”

“娘没给留下别的念想，就是那身戏装了，那是她最珍爱的，死了都舍不得带走，嘱咐俺留下来……放心，俺好好收着呢。你要想看，哪天俺带来你看。”文富昌说。

常九德心口又一阵痛，他捶着胸脯，等喘上这口气来，又兀自说道：“你瞧三斤这出戏唱得多丢人啊。”

文富昌说：“话也不能这么说，三斤也算是个有情有义的人，只是这戏本没编好，他就是演了这么一个角儿罢了，你也别太难过了，这都是命。”

常九德嗓子“呕”了一会儿，自言自语地说：“仨月了，整整仨月了，俺就觉得三斤没走远，他半夜里常回来看俺呢，有时从窗前飘过，有时在大门外探头，俺喊他却喊不出声……”

"那是你想他，他在给你托梦呢。"

"不是梦，真切着呢。就是穿着白素贞的戏装……"

文富昌突然想起有人说村里闹鬼的事，说："俺让箱倌李家羊查过，三斤顶喜欢那件戏服，一直没交回来呢。这事就怪了，难道……"文富昌没有把话说下去，心里却突然有了一个大胆的想法。

文富昌并不信鬼，这回他倒要想亲自看看那个白衣长发的女鬼了。接下来的几天晚上，文富昌便带了志仁、钱串儿和何金生几个夜里巡更，连续守了几夜，却什么也没有发现。文富昌还是不死心，说："咱们去西山坳看看。"

冬天就要到了，西山坳一片萧条。这里许久没有人来过了，更显得空旷悄怆，成片的野草已经枯黄，不时有山鸡从草丛中或者附近的石窝坑里"扑棱棱"飞起来，尖叫着落到掉光了叶子的树枝上。文富昌他们在西山坳转了一圈并没有发现什么异样。

文志仁说："三个多月了，他怎么能在这儿待得下去？"

文富昌还在坚持："去小修坟边看看吧。"

乱坟岗更是僻远，小修的新坟早已孤零零地隐没在乱草之中。在这儿，文富昌他们突然发现，坟墓四周的枯草有经常被人践踏留下的痕迹，而紧贴着小修的墓有一个小小的洞穴，洞口用树枝和野草覆盖着，很难被人发现。几个人大吃一惊，不知这洞穴里藏了什么野兽来与坟中的小修为伴。

钱串儿大胆，他和何金生轻轻拨开树枝和乱草，发现有一只灰白色的小动物蜷伏在那里，像一只刚褪了毛的狐狸，一动不动。

钱串儿用一根木棒轻轻捣了它一下，见它还是不动，就伸手向外拉它。手刚伸进去，钱串儿就大叫一声……

这不是一只狐狸，而是一个人，一个昏睡着的奄奄一息的人！他的枯黄的头发长长地披散下来，遮住了已经看不清面目的瘦得刀把一样的脸。仔细看他身上的衣服，说白不白，说黑不黑，已经撕裂成一条一条的，勉强罩在他的身上。文富昌一看就认出那是一件戏装，是白素贞穿的白纱长裙！

"三斤！常三斤！"

常三斤身子轻微地动了一下，想睁开眼却没有睁得开。

常三斤被抬回到常九德的身边，公德贵用中药给他洗了身子，赵黄岐马上给他挂上了吊瓶……

两天之后，常三斤终于醒了过来。他气若游丝："小修，不、不怕……"

"孩子，你这是何苦啊！"常九德老泪纵横。

整整一百天，这孩子是怎么过来的？文富昌想，他是在还一段情债，了一桩孽缘啊。

常三斤一直躺在炕上，似睡非睡，似醒非醒。这天夜里，天上开始落下大片大片的雪花，房顶上已经一片洁白，屋子里不用点灯也能见亮儿。常九德也躺在炕上，看着儿子发呆。他有好多的话想对儿子说，他也想唱上几段戏文把儿子唤醒，他知道三斤和自己一样热戏，有了戏，不吃不喝也能打起精神，可他做不到了，他的嗓子已经说不出话来。这种折磨，对于一个爱戏如命的人是最最残酷无情的了。他真想大喊几声，把挤压在胸腔里的那些疼痛喊出来，可是他张了张嘴，却根本喊不出来。

常九德慢慢地闭上了眼睛，他在努力唤醒自己的记忆，他在回想自己这一辈子到底看了哪些戏，演了哪些戏；他在努力比较着，他看过的角儿哪个比哪个演得好，他演过的角儿哪个是美的哪个是丑的。可是他实在比不出，戏里戏外，其实无所谓美丑，你就这样来这世上走了一回，你多少会给人留下个印象。把你放到戏台子上，你就是出戏；把你放到平平常常的生活中，你其实也是一出戏。演好一出戏不易，演好一个角儿更难。俺这出戏是不是也该散场了呢？

唉。常九德心里一声长叹。这无声的长叹跃到半空中去又硬生生落在了屋子中间的地上，从地上打了一个旋儿便从门缝里跑到院子去了，它在院子里洁白的雪地上留下深深的脚印，急切地去召唤一支长长的队伍。你看，从西山，从东山，从桑园子的角落里，慢慢汇集出一支悬浮在半空中的队伍来，这支队伍在洁白的雪地上要演出一部大戏。常九德的嘴巴一下子张开了老大，他觉得自己的身子从上到下，从头顶的头发梢到脚底的趾甲，从骨骼到血液，开始一分分一寸寸一点点活了过来。他真真切切地看到了这支队伍。

走在前面的是蟒和靠，后面是御用的龙袍凤衣、巨辇和打扇，再后面是青衣和花旦、老生和小生、丑角和兵卒，两旁是鼓和垫板、二胡和板胡、镲和锣、梆子和竖笛，它们上下起舞，抑扬顿挫，一路蜿蜒着走来，常九德用力眨了眨眼睛，他已经看得很清楚了，是它们，是戏班子里的家伙都来了呢。看到它们，他觉得万分亲切，他真想它们啊。常九德向前伸出了胳膊，他惊奇地发现此时他的两条胳膊竟然是如此灵活，不仅灵活而且还越伸越长，细长的胳膊伸到街角那里，把那支队伍紧紧地拉过来揽进怀里。

队伍因此受阻，它们忽然一下子僵直在半空中，那些刚刚还意气风发的蟒和靠、龙袍和凤衣、巨辇和打扇、青衣和花旦、老生和小生、丑角和兵卒，鼓和垫板、二胡和板胡、镲和锣、梆子和竖笛瞬间没了生命，它们纷纷从半空中掉落下来，一件一件，砰砰掉落在尘土之上，常九德觉得自己的心又开始疼了。

常九德从炕上滚了下来，滚到地上。他放开嗓门，大吼一声："且慢——等老身来也！……"

躺在炕上的常三斤突然一个激灵，猛然坐了起来……

大雪下了整整一夜，这是桑园子多年来最大的一场雪，山野和村庄银装素裹，天地之间干净得如同一个童话世界。

为常九德出殡是戏班子里的大事儿，不用招呼，大家都到了。

大门前，临时搭起了灵棚。一大早，戏班子文武场所有的响器便开始吹拉敲打起来。吴大用、李家羊、钱守良、李银行等乐队所有的人都拿出了看家的本事，鼓锣梆镲、板胡二胡、笛子唢呐，一遍遍地敲打着或文或武的开场锣鼓，演奏着一曲曲经典的梆子名段……

文富昌说："九德哥一生爱戏，今儿就让他听个够吧。"

文富昌说罢，朝吴大用点点头。吴大用将鼓槌一收，寂静片刻之后，文富昌上前一步，早已泣不成声："哎呀，我的周贤弟呀……"鼓点再次响起，是一曲悲凉的《诸葛亮吊孝》。文富昌唱道：

观啊见了都督的棂啊珠泪交流

可叹你呀盖世英雄啊命短寿

智啊谋高才学广啊威震九州啊

曹孟德呀兵百万呐一人敢斗啊

赤啊壁战一把火神鬼皆愁啊

想当先猜子敬啊

把我聘就啊

咱呐两家灭曹兵啊共用计谋啊

俺二人呀见了面假亲假厚啊

俱啊都是那面上带笑 心里做下仇啊

那一日在大军帐啊对面饮酒啊

周都督在席前是细说来由啊

他问我用何计平灭曹寇啊

那我讲道啊水上这离不了弓箭当头

他问我造战箭呐 那我可愿否啊

啊我讲道啊 两国的军情事何用都督求

他命我造战箭个月以内

他要要十万支这狼牙箭头啊

我讲道曹操的人马 这不久就起首啊

这要是耽误了军情事 性命担忧啊

他问我或十天或半月这可能造够

那我讲道三天内请都督你把箭收啊

都督讲你说话休要夸口

那我讲道交不上愿输你项上的人头啊

俺二人大军帐啊 打掌击手啊

写一张军令状是任凭他留啊

写罢了军令状出帐就走

那在一旁吓得个鲁子敬满脸汗流啊

……

大段的唱腔，文富昌一气呵成，直唱得自己声泪俱下，听得人唏嘘不已。

马秀花发辫上扎了白布条儿，等文富昌唱完，她起身唱了《绣花女传奇》“古柳门前哀哀跪”：

天昏昏哪地冥冥
祭奠爹爹痛伤悲
古柳门前我哀哀跪
送我爹爹西去魂哪
爹
老爹爹
求您英灵 慢哪慢哪慢呀慢慢行
且听 且听女儿啊说原因哪
明月自幼丧娘亲
与爹爹相依为命苦度光阴
……

接下来，文志仁、钱串儿也都唱了。胡同里人越聚越多，虽然没有搭起戏台，但却像过年唱大戏一样热闹。

一直呆呆地跪在常九德灵前的常三斤终于被这悲壮的曲调唤醒了。只见他踉跄地站起来，空洞的目光里没有眼泪，却闪亮着一种奇异的光芒。吴大用试着为他叫了板儿。常三斤很快找到了调门：

恨上来骂法海不如禽兽
你害的俺 一无有亲哪
二还无有故
无亲无故孤苦伶仃哪里奔投
忍悲痛来在了断桥亭口
想起了当年的事 触目生愁
……

常三斤还很虚弱，他想做出挥动水袖的动作，却无力抬起自己的胳膊。可文富昌听得出，三斤的嗓音有了一种特殊的韵味，听着比以前还要好听……

21

送走了常九德，桑园子当年没再唱戏。

以后连着两年也都没有唱成戏。因为公社要在岔河以西的黄花岭修一座大型水库，各大队各小队都派了任务，所以连着两个冬天，文富昌都领着队里几十个劳力到黄花岭出夫，戏班子里能唱的几个人也都去了，每年都是干到腊月二十八才能回来，人都累得散了架一样，也没了空闲和精力排戏了。

水库修成了，下了这几场雨，已经蓄了不少水。听说以后天旱时，桑园子也能用上黄花岭水库的水浇地了，这倒真的是件好事。可文富昌担心，把上游几条河岔子都给拦住了，上游的水就流不到桑园子了，桑园子南泉北泉这脉水怕是不保了，恐怕以后桑园子吃水就会成问题。可他管不了这么多，就连村长公长俭也管不了这么多。

转眼又是六月的天了。田茂顺、文青桃、文青山已经三岁了，绕着院子乱跑。云英的制衣店生意忙，田大柱便经常带了茂顺来找表弟表妹玩儿。文富昌正在院子里树荫下自个儿喝酒，茂顺和青山两个光腚猴子围着他“爷爷姥爷”地叫着。文富昌心里乐滋滋的，就拿筷子沾了酒，往他们的小嘴里送。文青山咂巴着嘴，好像很受用的样子；田茂顺却一下子就被辣哭了。一旁的田大柱赶紧过来哄他，见他还是在哭，就又用上了自己的变脸绝活。这回变的是常九德唱戏的样子。茂顺却不吃这一套，依旧在哭。屋里的秀珍急忙出来，将三个娃娃都领进屋里去了。

田大柱学常九德唱戏的样子，却勾起了文富昌的心事。三年不唱了，那些锁在大队部东厢房的戏装该是晾晾了。文富昌便让田大柱喊志仁和三斤出来。

常九德死后，常三斤大病半年，才慢慢恢复了元气，只是看上去有些呆滞，除了戏文，什么都打不起他的精神来。这些日子地里没多少活了，三斤便将他不知从哪里弄来的戏本与志仁研究，两个人凑到一起也就只能弄清个大体意思，就按自己的理解去编戏词儿。

文富昌让他们坐下来，才慢慢地对他们说：“六月六，晾晾戏箱吧。”

晾箱就是把戏装拿出来晾晒一下，六月里潮气大，不能让它们发霉生虫。还有一说，这些戏装是有灵性的，久不见日光，它们会闹出些动静的。按规矩，晾箱的时候，班主、箱倌和主角儿加上文武场都要参加，举行个仪式，还要唱上出戏。

一听要唱戏，常三斤的眼神就亮了起来。

文志仁却说：“爹，城里都开始破四旧了，恐怕、这老戏是不敢唱了。”

文富昌叹口气，想想也是。他经常听收音机，多少也能听出些事儿来。

文志仁说:“那些戏箱,放在大队里不保险。俺看还是找个地方藏起来吧。”

“那么多箱子往哪儿放？”文富昌有些发愁，“攒了多少年了，就这点家当。”

常三斤说:“放俺家吧,俺家没别人,俺家羊圈里有个草料棚,严实着呢。”

文富昌想了想，对志仁说：“这事呢，好像还真不是个小事儿呢，哪天你把你大舅和家羊几个叫来，咱再好好合计一下，不行，就分开藏起来，等过了风头，只要还有戏装，咱啥时想唱还能唱起来。”

文志仁答应着。

其实，从大队部往外转移戏箱虽不是件多难的事，却也得偷偷摸摸地去办。白天人多眼杂显然不行，晚上，大队部发生啥事，前院“和善堂”总能看得一清二楚，公德贵老爷子还有赵黄岐小医生自然可以放心，就怕公长俭和他老婆尚道兰知道了会发生什么变故。文富昌、吴大用和文志仁、常三斤想尽办法，一连几晚将几个帽箱、衣箱、靴包里的得意之物偷偷化整为零用包袱包了背出来，分别放在几个人家里藏好了，这些戏箱里就没有几件像样的东西了。文富昌为自己的计谋暗自高兴，因为他嗅得出，桑园子的风儿已经变了味儿。

岁月就像一趟穿越时空的列车，在它既定的轨道上永不停歇地运行着。在途经某些站点的时候，它会悄无声息地停下来，甩下一些到站的人，再搭载上一些新的旅人，然后又继续周而复始地前行。车窗外，世事沧桑总是呼啸而过；车厢里，除了旧相识，又多了新面孔，他们又要重复千篇一律的人生故事。

日月穿梭，寒暑交替，桑园子村口的柿王树不知不觉间新增了十八道年轮。十八年时光，可以让桑园子的公德贵、于大脚他们垂垂老矣，可以让田茂顺、文青桃、文青山他们青春勃发，也可以让钱瞎子、常九林、田大柱、大柱娘等等相继埋进桑园子的泥土。岁月过隙白驹，人生变幻无常。然而，桑园子的东山和西山依旧年轻，桑园子的柿王树也并未显老，看上去依然苍劲挺拔。刮了多日的春风，又让柿王树的枝枝丫丫泛出青葱的绿意，向阳的枝头已经孕育出饱满的叶蕾。用不了几天，满树绽放的新芽儿，又会郁郁葱葱地宣告桑园子春天的来临。

这已经是一九八四年的初春。

桑园子的西山坡上，去年冬天新栽的核桃和山楂树就要发芽了。原来的老树坐果少了，也不好卖，志仁说砍了吧，换点新品种试试。这些树苗是志仁托人从外地买回来的，核桃叫纸皮核桃，比桑园子当地的皮薄个大；山楂叫甜红子，酸甜适度，口感更好。文富昌依了志仁，把老果树砍了一半，先种种试试呗。这些小树，三年才能挂果，树旁还能种一些矮棵的庄稼。这些日子，文富昌正在果园里忙着翻地，土实厚一些的地块，准备栽上地瓜；土实薄的地方，就点上些绿豆芝麻。这几年世道变了，生产队的土地已经分到各家各户，他这个生产队长，除了催收公粮和村提留，也就没什么事要做了。好在他承包了西山这片山地，也够他和老伴吴成芳忙活的。

早春的桑园子，天气还有些凉。文富昌还没有脱掉身上穿了一冬的对襟棉袄，刨了半晌地，倒觉得贴身出了一层汗，黏歪歪的不自在。他放下镢头，解开怀儿，喘着粗气。毕竟是六十多岁的人了，这几年他的头发已经泛白，背也有些驼，力气头也不行了。

吴成芳正在一旁捣粪，见男人敞开怀，站在风口里，便大声朝他嚷嚷道：“你小心点儿，可别伤了风。累了，你就歇息歇息。”

吴成芳也老了，前几年还中了痨病，咳了一冬天，开春才见好。

“唉。”文富昌远远地答应着，自个儿叹了口气，找一处背风向阳的坝堰前坐了下来。

太阳已经升到半空，笼罩在东山西山间的薄雾渐渐散尽，桑园子露出了它年复一年的本来面目。抬眼望去，南边的岔河依稀可见，而更远处则山峦起伏，天地交融得悠长而又深远。

南归的燕子，摆着人字形的队列，从远方飞来，又从西山飞过。飞越文富昌头顶的时候，它们呢喃地叫着，为他捎来春天的问候。

文富昌已经久违了这样的感动。

十几年世事沧桑，无论山外如何动荡，桑园子依旧还是桑园子。山里人一直靠挣工分吃饭，桑园子第三生产队的工值一个工分最多时虽然只有七毛钱，在桑园子三个生产队中也是最高的。文富昌当了二十几年队长，仔细想来他尽力了，他也只有这么大的本事。这几年改革开放，土地分到了各家各户，乡亲们粮食够吃了，想干点儿啥营生也没人管了，真是八仙过海，各显其能了。甭说别人，就连常家的上门女婿何金生从鼓捣拖拉机开始，几年工夫就成了大老板，这世道和以前是不一样了。年前，岔河公社不叫公社了，改称了岔河乡；桑园子大队也要建村民委员会，听说过完麦还要选村主任。其实村主任就是大队长，以前是公长俭，后来是钱守元，钱守元只干了不到三年，公长俭又上来了。这公长俭也算是个能人，前前后后几十年，还真是干到老了，可桑园子还是当年的桑园子，他公长俭给桑园子到底办过多少好事？除了新打了眼井，建了个水池，好像什么事也办了，可又没什么特别的事，反正桑园子就这样过来了。桑园子再选选谁呢？前几年倒是好多人撺掇着让志仁当大队长，白闹腾了一场还得罪了公长俭；近来他又耳闻着当兵回来的外甥茂顺铆着劲儿想竞选村主任，唉，年轻毛嫩的，他能行？

文富昌对这些似乎并不是太感兴趣。如果说还有什么心事放不下，那只有两件：一件是桑园子的戏班子，另一件是小儿子文志义。

这几年，钱串儿学他爹游走四方打渔鼓说书去了；三斤跟着他姐夫金生进了城，也不知道搞什么营生。唉，想起当年年年唱大戏的光景，文富昌心里就隐隐地痛，好端端的一个戏班子毁了，自己没有能力去保住它。

说起唱戏，文富昌嗓子还是痒痒的。有时一个人在山上，他还时不时地吼上几嗓子，自己过过戏瘾。听孙子青山说，外地的一些剧团又开始演古装戏了。青山的话可信，他现在在乡文化站工作，消息灵通。这翻过来掉过去的，真让人不明白到底唱的是哪出。

十八年没正儿八经听过戏，更别说唱戏了。在文富昌看来，没有戏的日子，桑园子的光景就没有滋味，就像一桌子大席，少了花椒茴香，少了油盐酱醋，吃起来清汤寡水的。怎么能没有戏呢？从早上到晚上，从地头到炕头，干了吃，吃了睡，没点乐子，人活得多憋闷？他好怀念当年的时光，一交腊月，戏班子就排戏唱戏，锣鼓家什一敲打，生旦净丑粉墨登场；男女老少其乐融融。还有他的好兄弟常九德，那可真是个戏痴啊，要是他还在，这些年不把他憋死才怪呢。唉，说书唱戏，自古皆有，愉悦当中又教化于人，你说这何错之有？这些年倒好了，没戏唱，没戏听，天一黑，有的人打牌赌博就上了瘾。李银行输了钱就去卖血，人都病得不成样子了。更多的人家就是早早吹灯上炕，孩子倒是多生了不少。这不，计划生育又成了大事，又是放环又是结扎的，乡里的小分队隔三岔五就来人收罚款。志仁和秀珍打有了青桃、青山，就没再要孩子，如今孙子孙女也都谈婚论嫁了……唉，老不管少事，心哪有操完的时候。

不过，最让文富昌高兴和欣慰的是，他的小儿子文志义有了下落，而且还在外面给他养了一个孙子。

志义一直是他心中的痛。志义只比他哥志仁小两岁，可打小性子就倔。那年，志义欺负了秀珍，当时他怒不可遏，下手重了些。谁知道那小子竟然赌气跑了。这一跑就是二十多年啊。这么多年，虽说表面上文富昌也赌气不再提他，可暗地里他也托人四处打听，志仁还到派出所报了案，却一直没有消息。多少个夜晚，吴成芳思儿心切，抱头痛哭，文富昌也常常禁不住老泪纵横。

好在这孩子福大命大，也算他有良心，年前他竟给志仁寄回了一封信。志义终于有了下落。原来，他现在在河南那边成了家，说要是合适的话，过年的时候打算回老家看看。这么多年啊，他是怎么混过来的，怎么就不给家里通个信啊。还有，这小子怎么跑到河南去了？文富昌记得当年娘带着他们二兄弟是从河南那边一路乞讨来到桑园子的，他只知道娘的戏班在河南，戏班是流动的，他们小时候居无定所，老家在哪儿他也说不清。娘和哥死后，文富昌是打算再回河南看看，可回去找谁呢？志仁志义大一点的时候，他也曾把这心事说给他们听。没想到，志义这小子还真跑到河南去了。

回来就好，爷们之间，兄弟之间，有什么过节不能解开呢？志仁可不是那种小肚鸡肠的人。文富昌从内心里盼着志义早日回来，信上说好要回来过年的，却一直没有动静，这不能不让他的心里又添了堵。

吴成芳把捣碎了的土粪均匀地撒在地里。见老伴这么大工夫还坐在坝堰下发呆，就有些不放心。

“他爹，别着了凉啊。”她扔下铁锨，也来到坝堰下，摘下包在头上的蓝士林围巾，弯下身，轻轻地替文富昌拍打着身上的尘土。

“他爹，说好回来过年的，这眼看就要清明了，咋还没有志义的动静啊？不会又出了什么事吧？”打有了志义的消息，吴成芳更是天天盼着。年前她准备了好多好多的年货，过了小年就开始忙活着炸丸子炸藕盒，这是志义小时候最爱吃的。可是一直盼到大年初一，也没有把志义盼回来。这个年一家人过得好失落。

文富昌狠心说：“就当还没这小子的信儿，回不回随他吧。”

“也不拍个电报回来，急煞个人。”吴成芳抹泪。

文志仁心里也很着急，劝娘说：“他在外边成了家，人家也要过年的。也许过了年二弟就能回来了。”

过完年，又过了二月二，还是没有志义的消息。这会儿，吴成芳又提这事儿，文富昌只好宽慰她说：“再等等吧，二十多年都等了。”

盼志义回家，成了吴成芳的心病。坐到老伴身边，她又自言自语地絮叨起来：“志义也四十多了，还是他小时候的样子吗？这么多年他该吃了多少苦啊，是不是给人家当了养老女婿？媳妇知道疼他吗？孙子是不是不姓文了？”

文富昌干咳一声让她打住，吴成芳便识趣地住了嘴。

两个人就那样默默地坐着。

过了许久，吴成芳还是耐不住：“唉，当年要不是闹了那一出，志仁娶了秀珍，志义娶了云英，你说该多好！省得云英这孩子也遭那么多罪。”

“都过去这么些年了，小辈人都在谈婚论嫁了，还提个啥？”文富昌叹气说，“啥事也得讲究个命，就像戏文里唱的，命里有时自然有，命里没有莫强求。”

吴成芳捋了捋被风吹乱的已经花白了的头发：“唉，也多亏志仁这些年尽着力地帮云英，你说他不帮谁帮？可秀珍心眼儿小，天天和志仁叽叽歪歪的，让外人也说闲话。他爹，俺总觉得云英心里也一直没放下志仁，真要闹出什么事来，可就丢人了。”

“别管外人怎么嚼舌头，志仁和云英不是那样的人。”文富昌说，“再说，云英也熬出头了，茂顺当兵回来了，听说她又要办什么服装厂了……”

“这孩子就是逞强。”吴成芳低头叹息，“也真是难为她了。”

“爷爷——奶奶——”这时候，山坡下传来清脆的叫声。吴成芳一听就知道是宝贝孙女青桃在喊他们。

“是青桃上山来了。”吴成芳搀着文富昌站起身来。抬眼望去，果然有一朵红云从进山的小道上飘然而至。

面前的文青桃真的长成一个大姑娘了。一身红色的运动服，掩不住她高挑的个头和匀称的腰身，浑身上下透着青春的朝气。由于上山走得急，她那白净的脸蛋儿微微泛红，看上去就像煮熟的鸡蛋剥了皮又在胭脂盒里蘸过一样。更让爷爷喜欢的还是她那双水灵灵的大眼睛，滴溜溜一转，就像会说话一样。这身段，这脸盘，再配上这双大眼睛，演个花旦，扮相该有多美。文富昌觉得，青桃真的是传承了文家的血脉，天生就是块唱戏的坯子。小时候教她的几个段子，一点就通，学得有板有眼。只可惜戏班子散了伙，他也没心思调教她学戏了，这成了他一直的遗憾。后来，青桃和青山姐弟俩还有外甥田茂顺不知不觉间就长大了。四年前，茂顺当兵那年，姐弟俩一块儿考大学，青山落了榜，青桃考上了服装学院。去年毕了业，青桃放着分配的工作不做，执意回来帮姑姑云英办服装厂，她爹志仁支持了她，可秀珍闹得死去活来，还和云英大吵了一架。真不知道青桃这丫头是咋想的。

青桃喘息一会儿，兴冲冲地说：“爷爷，奶奶，咱服装厂今天正式开业，姑姑摆了好几桌呢。她让俺来请你们中午过去坐席呢。”

“坐什么席呢，俺们都老了，又帮不了什么忙。”吴成芳说。

“俺姑说了，帮不了钱场帮人场，爷爷奶奶去坐镇，她有底气呢。”青桃拉住爷爷的手，撒娇地说，“爷爷，你们不去，俺可给厂长交不了差呀。”

“你姑能，当大厂长了。”文富昌不冷不热地说。

青桃努嘴：“爷爷，你不去可是要后悔的。今儿可是有民乐队哩。”

文富昌还是不冷不热：“不会有大戏唱吧？要是当年，开业这种大事，是要唱戏的呢。”

“大戏倒是没有”，青桃卖着关子，“可是俺舅姥爷都把他乐队的人集合去了，要热闹热闹呢。”

“吴大用？”文富昌说，“不就是他那帮吹鼓手嘛，还民乐队呢。”

文富昌知道，打桑园子不唱戏了，吴大用他们的响器班子就闲了下来，他们憋得难受。这几年好像上边管得松了，吴大用又把响器班子悄悄组织起来，四里八乡，红白喜事，赶着去凑个热闹，赚顿酒席，也能得个三十五十。碰到哪个村管得严了，也是被追得灰头土脸的。

吴成芳说：“咱哥也一把年纪了，又没别的手艺，干这行也不容易。”

“不光是为生活，他就是热这个，几天没个声响他就少了一缕魂一样。”文富昌说，“唉，俺也好久没听那锣鼓家什了。”

“看你也整天像少了魂一样的，要不，咱就过去乐和乐和？”吴成芳说。

青桃赶紧搀起爷爷：“走吧，爷爷。”

22

云英的家和早年相比，已经彻底变了样子。去年才翻盖的五间大瓦房，玻璃门窗宽敞明亮。田小柱二十多年前采石盖房的梦想终于实现了。

就像办喜事一样，今天云英家里十分热闹。院子里，摆了三张八仙桌，有许多乡亲坐在那里喝茶说笑。大门底下临时被改做了厨房，两盘柴炉旺旺地燃着木柴，将灶上煮肉的大铁锅烧得滚开，浓浓的肉香弥漫了整个院子。

吴大用是大厨，他一边小心地用菜刀切着腰花，一边指挥着鼓师李家羊、板胡钱守良、唢呐李银行干这干那。村里这几个吹鼓手不仅乐器在行，个个还都是半路的厨子，看灶添柴，择菜洗碗，掌勺拼盘，忙得有条不紊。

正房里更是热闹。三间正房俨然成了一个大车间，靠北墙一字摆着五台崭新的缝纫机，村里几个大姑娘和小媳妇欢喜地踏着缝纫机试着新鲜；屋子正中用木板搭成了一个大大的案台，上面堆满了各种布料，云英娘、秀花家的二大娘和几个年龄大些的女人抚摸着料子看着稀罕；南墙靠窗的地方放着的是一台破旧的老式缝纫机，云英正宝贝一样地小心擦拭着已经不再光亮的机头。

这台缝纫机真的是有年头了。算起来它和儿子茂顺同岁，是小柱出事、茂顺出生那年侯排长送她的。从那时起，一台缝纫机和一个小小的儿子，成为云英能够坚持生活下去的唯一希望。

云英真是个苦命的女人。打嫁入田家，她没有过过几天好日子。田小柱死后，她和大柱做了名义上的夫妻，与婆婆相依为命，辛辛苦苦拉扯着孩子。当年，志仁哥帮她办起的制衣店，真的帮她熬过了最困难的时光。这台缝纫机不知陪伴着她度过了多少个不眠的夜晚，她也数不清为乡亲们做了多少件衣服。钱虽然赚不了多少，却在桑园子赚足了人缘。就是在这台缝纫机日日夜夜的“哒哒哒”的转动声里，桑园子走过了一个又一个的季节。

然而好景不长，制衣店还是不让干了。公社的小青年砸了志仁哥亲手写的“云英制衣店”的牌子，几个人还要砸烂她心爱的缝纫机。云英哪里肯让，冒死挡着不让砸。一向傻儿巴几的田大柱那天竟也成了真正的男子汉，他从屋里抄起一根木棍，像孙悟空耍弄金箍棒一样在那里挥舞着，嘴里还喊叫着当时最流行的一句话：“金猴奋起千钧棒，玉宇澄清万里埃！”样子十分怕人。志仁和许多乡亲都赶来求情。见众怒难犯，那帮凶神恶煞的孩子才丢下狠话，溜之大吉。

见那帮人散去，田大柱扔下棍子，搀起云英，说：“云英，不怕，不怕，金猴奋起千钧棒，再来俺就打那些狗日的。”

云英头一回抱住大柱，伏在他瘦弱的肩头放声大哭起来……

后来，大柱也走了。没多久，大柱娘一病不起也入了土。破旧的老宅里，只剩下云英母子二人。只身住在西山小院的娘只好搬到云英家与她相依为命。

没有别的活路，云英只能靠着那台幸存下来的缝纫机，偷偷地帮人做衣服维持生计。多少个夜晚，缝纫机“哒哒哒”地转动着，诉说着日子的艰辛和生活的执着。伴着这深情的诉说，儿子田茂顺的个头越长越高了。

茂顺和表妹青桃、表弟青山一起上学了。从邻村的联小，到岔河的联中，再到欢城的高中，兄妹三人就像亲兄妹一样相互照应，倒让云英少操了不少心。

山里的孩子能吃苦，说长大就长大了。到高中毕业的时候，茂顺已经长得人高马大，就像他爹田小柱一样壮实有力；青山虽然文弱秀气，也像他爹志仁一样精明干练；青桃就像一只熟透了的桃子，出落得人见人爱。

那年，三兄妹商量考大学的事，茂顺却改了主意。他执意要报名参军，青桃和青山怎么劝也无济于事。就在那一年，田茂顺当兵去了，文青桃考上了大学，文青山却高考落榜了。不过，青山的文采好，在学校写的文章就上过报纸，又会吹拉弹唱，第二年就被招聘到岔河公社文化站工作了。

茂顺当兵走后，云英便开始张罗完成一件她一直放在心上的大事。历经几十年风风雨雨，田家的老宅早已破败不堪了。当年为了翻修老宅，田小柱上山采石送了性命，二十多年了，要强的云英一直想完成男人的心愿。现在，儿子长大成人，眼看就要成家立业，房子是必须要翻修了；就算他在部队有出息不回来了，她也不能让老宅就这样垮塌掉，在桑园子，云英是要脸面的人。

云英和娘商量翻盖房子的事。

娘问：“这些年，你到底攒下了多少钱？”

云英将这些年所有的积攒都拿出来，数了数，竟然有八千多块钱。

“盖五间房，恐怕不够吧。”娘说，“你一个女人家，怕是办不了，还是找你叔和你志仁哥商量商量吧，让他们帮你主主事儿。”

云英说：“他们家的日子也好不到哪里去，再说这些年帮咱也够多了，咋能再和他们借钱？你看秀珍天天阴阳怪气的，俺知道她不待见俺。”

“秀珍啊，她就是小心眼儿。唉，这都半辈子了，她总是疑神疑鬼的，你们也真算一对冤家。”娘说，“桥归桥路归路，反正不做亏心事不怕鬼敲门，该和娘家人商量的事还得商量。”

“身正不怕影子斜，俺才不怕她呢。”云英说。

文富昌和文志仁帮云英算了一笔账：这翻盖房子嘛，拆下的石头还可以再用，当年小柱采的石料还堆在西山坳，反正烂不了，拉回来就能用；屋子肯定是要加宽的，这样老屋的梁柱檩条就用不上了，不过可以将就着做门窗用；屋帽子不能再用草苫了，得换成瓦；五间房同时起来，也算是个大工程了，光指着兄弟爷们帮工是不行的，得请个施工队，这工钱是一大笔开支。

志仁说：“能用的再用，能省的就省，算来算去，这八千块钱还是不够用。”

“谁家盖房不拉点饥荒，咬咬牙就过去了。”文富昌说，“咱家房前屋后这些杨树槐树我看也够当檩条用了，不行就砍了它。”

云英说：“那可不行，青山也长大了，以后盖房也用得着呢。”

“走一步说一步吧。”文富昌拍了板。

说干就干，云英的建房计划顺利实施。尽管文志仁因为盗砍集体林木被罚了钱，秀珍还大闹一场，但五间亮堂的新房还是在桑园子人的羡慕中矗立起来。人们对云英更加刮目相看。然而，只有云英知道自己的艰辛，也只有这台破旧的缝纫机陪伴她度过了这艰辛而又孤独的岁月……

眼下，这台缝纫机又勾起了云英伤心的往事，她眼里便噙了泪。缝纫机虽然又老又旧了，转起来抖得厉害，声音也不那么动听了，但是依然能用，云英舍不得扔掉，她喜欢用脚踏着它，去度量自己的人生岁月；她仍然能用它做成漂亮的衣服，绣出美丽的花朵。

见云英自己在那里发呆，云英娘走到她面前，悄声说道：“这孩子，今天是个好日子，咋一个人愣在这里，还不赶紧张罗客人去？”

云英用手抹了一下眼，对娘点点头。

是啊，今天真的是个好日子。桑园子服装厂要正式开张了。这是继翻盖老宅之后，云英做的又一件让人刮目的事情。

儿子茂顺当兵三年，去年复员回乡，本来被安排到县煤矿工作，可云英不愿意让儿子下井，她知道在井下干活是三块石头夹着一块肉，一想到他爹是被石头砸死的，她心里就害怕。其实，茂顺也舍不得扔下娘和外婆孤苦伶仃在家，还有一个更重要的想法，让他下了决心，毅然辞职回到了桑园子。

这几年当兵在外，田茂顺长了不少见识，还入了党。看到桑园子还是以前的老样子，心里就不是滋味。桑园子不仅山水依旧，当家人也是稳坐江山，公长俭从土改就当村长，前前后后也三四十年了，这样的情况全欢城也找不出几个了吧？现在六十多岁的人了，桑园子还能指望着他改变模样吗？田茂顺打小就讨厌公长俭，他就不明白，桑园子就没有一个敢站着尿的了？田茂顺早就有了一种责任感，他要担当起桑园子的重任，用自己的力量改变家乡的面貌。

茂顺不知道从哪里做起。虽说几年前土地都承包到户了，可山里地薄，土里刨食，想富起来也难，得找点来钱快的门路，让乡亲们尽快富起来。桑园子也有能人，听说村里的何金生从开拖拉机搞运输开始起家，几年时间就成了暴发户。可村里这样的能人又有几个呢？田茂顺想，现在国家允许发展个体经济了，听说外地不少“万元户”还被政府戴上了大红花成了标兵呢，要是多一些能人带着大家一起致富，日子不就好过了。

是娘的缝纫机开启了田茂顺的思路，他想让娘也带个头。他知道娘做衣绣花是一把好手，娘当年的制衣铺应该是桑园子最早的个体工商户了，而且在十里八乡都有名气。更让人高兴的是，表妹青桃大学就要毕业了，她上的是服装学院，学的是服装设计，如果动员她回来和娘一起办一家服装厂……田茂顺眼前一亮。

娘看上去真的是显老了，才四十多岁的人，头发已经花白，原来圆润的脸盘也失去了光泽，眼角则爬满了细密的皱纹；也许是长年在缝纫机上劳作的缘故，她的脊背也明显有些驼。茂顺看着娘，不由心头一酸，他又不忍心再让娘操劳了。

“茂顺，娘想跟你商量件事。”倒是娘先开口了，“现如今政策好了，只要能发家致富，政府都支持。俺想……俺想把缝纫铺子再开起来。”

“娘。”田茂顺有些惊喜。他理解娘的心思，她是一个闲不住的人。

云英又说：“娘多少有这点手艺，桑园子还有好多女人描龙绣凤都不差，可她们都闲在家里没活干。俺和你几个婶子大娘合计着开家铺子，加工衣服、纳鞋垫、绣花，这些活儿都不在俺们话下，就是愁着卖。你在外面见过大世面，你给参谋一下，看行不行？”

茂顺真的惊讶了，原来娘早就想到了前头。他高兴地说：“娘，城里人可稀罕这些手工产品啦，销路肯定没问题。还有，青桃妹子就是学服装设计的，她毕了业，正想回来帮你办服装厂呢。这事儿都想到一块儿去了！”

“青桃？怪不得假期里她老缠着我，问加工服装的事呢，原来她早就有这想法。”云英叹气说，“她是大学生，咱可不能耽误了她的前程。”

“要是等毕业分配，还不知道分到哪儿。”茂顺调皮地说，“青桃说了，她就愿意回桑园子自己创业，她要陪着你，哪儿也不去。”

云英扬起手，轻轻打了一下儿子的脑袋，嗔怒道：“是你小子拉了人家后腿吧？这可不是三斤韭菜二斤葱的事，这可是一辈子的前程，你可不能造孽啊。”

“哪能呢。”茂顺憨厚地笑笑，说，“人各有志嘛。”

说心里话，云英是心肝宝贝一样地喜欢着青桃。茂顺、青桃、青山是打小光着屁股一块儿长大的，可谓两小无猜。云英觉得青桃喜欢姑姑胜过喜欢她娘。随着年龄一天天长大，云英发现，青桃和茂顺之间的关系有些微妙起来，两个孩子虽然和小时候一样亲密无间，但不经意间，两个人目光相遇时，眼神中却多了一丝羞涩和慌乱。云英明白，孩子长大了，各自有了心事。云英心里暗自欢喜，如果青桃和茂顺结成夫妻，该是多好的一对啊，她这辈子死了也放心了。在外人看来，他们是表兄妹，现在法律不允许亲上加亲了。可自己和志仁哥并不是亲兄妹啊，说到底，两个孩子并无半点血缘关系。她相信孩子们是知道这一切的。这让云英既高兴又担心。高兴的是，只要孩子愿意，他们要成亲，谁也挡不住；担心的是，当年自己也是那么喜欢着志仁哥，可到头来……唉，这世上的男人和女人，生出了多少是是非非恩恩怨怨，感情的事儿谁能说得清呢？多少真心相爱着的人因为走不到一块儿遗憾终生，可即使相爱着的人成了家，不也因了柴米油盐鸡毛蒜皮一辈子吵来吵去？倒是更多的捆绑起来的夫妻吃喝拉撒生儿育女过着该过的日子。生活其实就是这个样子，想得到而得不到的东西，你才天天念想着它。当你真的得到了，或许你就不懂得去珍惜了。

青桃毕了业，到底是回到了桑园子，气得秀珍差点儿上吊。青桃主意已决，干脆将铺盖卷搬到了云英家。云英本来就和娘睡在东厢房里的大炕上，现在又挤进一个青桃，倒也容得下。云英娘有些哭笑不得：“唉，当年秀珍就是这样赖在文家缠住志仁的，报应啊报应……”

经过半年多的筹备，桑园子服装厂就要开业了。云英想借此机会感谢一下这些年来帮助过她的人。侯排长是云英最想请到的客人。当年他从县文教局长的位子上被打倒，后来还当了更大的官，成了欢城县的县长。侯排长当了县长，对桑园子来说可是件大好事。不少人撺掇文富昌去找找侯县长，看能沾上些什么光。文富昌把志仁和云英叫到跟前打了预防针，说文家谁也不能因自家的事去麻烦侯排长，人家是一县之长，管的是大事，咱不能给他添麻烦。倒是落魄的公长俭去找过侯县长，没多久公长俭就官复原职了，以后还从县里给桑园子争取到了一个水利项目，新打了两眼机井，解决了桑园子人吃水问题，这成了公长俭的骄傲。尽管侯县长这么些年没再回桑园子，但他没有忘记桑园子的故人往事，多次让他在岔河公社当水利站长的闺女侯冬梅代表自己来看望公德贵、文富昌、云英娘，还有于大脚。侯冬梅告诉大家，他爸说等退了休闲下来的时候，他就来桑园子住上一段时间，好好听几天桑园子的戏，享受一下山里的生活。听说侯县长今年就要退休了，大家都盼着他能来桑园子。县长忙全县的大事，一个小小的服装厂开业咋能惊动他？不过，已经当了岔河乡副乡长的侯冬梅答应今天要来祝贺桑园子服装厂开业，这让云英也觉得特有面子。

村里的干部按说是不能不请的，可云英讨厌公长俭色眯眯老不正经的样子。茂顺和他更不对付，因为他十几岁的时候有一次看到公长俭来家里对娘动手动脚，就和大柱爹一起教训了他一次，茂顺还在他右小臂上那块紫红的疤痕上狠狠咬了一口。茂顺要当兵的时候，云英担心公长俭会报复使坏，没料到他竟顺顺当当地盖了章。茂顺从县矿回村后，一心想把公长俭搞下台，公长俭也是心知肚明，两个人暗地里较了劲儿。云英说，不请也罢，谅他也不能咋地。可茂顺却说，请，一定请，人家现在还是一村之长嘛。这不，一大早，茂顺就亲自去大队部请公长俭了，不知儿子葫芦里卖的什么药。

再就是要好的乡亲了，借着开业，也让乡里乡亲过来乐和乐和。云英希望大脚姑奶能过来，老太太七十三岁了，本来可以住到岔河的敬老院里去，可她说啥也不愿意离开桑园子。这几年，她本来高大的身子已经佝偻，腿脚也不灵便了，满头的白发已经掉得稀稀疏疏。她已经很少出门，平日里秀珍和二大娘隔三岔五过去帮她里里外外收拾一番，邻里乡亲有空儿也过去照料一下。云英担心老人家来不了，文志仁说他去背她来。村里人都知道，志仁在桑园子是有名的孝子，尤其是对大脚姑奶真是尽了心。

“真比娶儿媳妇还忙呢。”云英心里说。不过，今儿个云英十分开心，她把正房的事情交代好，又到院子里看看收拾妥当，这才松了一口气。

这时候，院子里已经洒满了暖洋洋的阳光，客人们也陆陆续续登场了。

23

开业仪式十分简单，大家到正房里参观了一圈儿，然后几个孩子在大门外边点燃了鞭炮，云英就招呼大家分别在院子里的八仙桌旁就座。田茂顺本想搞一个剪彩仪式，云英说，放挂鞭炮，一会儿再敲打敲打就行了。文志仁做主道：“开业图个吉利，现成就有红绸子，干吗不剪？”

东边桌上的几个大婶也说：“剪剪红好，图个吉利。”

“咱又不是大企业，非得跟公家学？”云英有些不好意思。

“保不准以后咱也发展成大企业呢。”见志仁哥在一旁给自己台阶下，云英忙起身，招呼青桃进了屋。不一会儿，青桃和另一个姑娘扯着一块系了大花朵的红绸布站到了门口，云英手里攥了两把剪子跟了出来。三张桌上的人都把目光聚拢到她们身上。

东边桌上是合伙办服装厂的几位大婶、云英娘、二大娘还有几个邻居。西边桌上人还没坐满，那是留给吴大用和那些吹鼓手的，他们现正忙着上菜，等菜上齐了，他们才能落座。

中间桌是主席。依次坐着的是岔河乡副乡长侯冬梅、五保户于大脚、桑园子大队长公长俭及夫人尚道兰、原桑园子第三生产队队长文富昌及夫人吴成芳、原桑园子戏班领班文志仁，坐在下首倒酒的是复员军人田茂顺和乡文化站干事文青山。

戴着眼镜的文青山见过一些世面，见姑姑云英用手攥着剪子有些不太正式，便从旁边找来一个上菜用的托盘擦拭干净，走近前去，从姑姑手里接过剪子放进托盘里，又郑重地把托盘递给姑姑，然后回到座位边，从挎包里拿出照相机，等着拍照。

坐在主席上的公长俭用眼睛扫视了一下桌上的人，欠起身子对侯冬梅点点头："侯乡长，开始啊？"

这时候，云英清了清嗓子，说道："俺也没经历过这场面，话也不会说。俺寻思，这剪红就是图个好彩头。要说这服装厂啊，也算是从当年的制衣铺子开始的，就靠了当年侯排长送俺的缝纫机开始的，俺得好好谢谢他才是。侯排长当了大官来不了，他闺女冬梅妹子，噢，人家成乡长了……瞧俺嘴笨得不会说话，侯乡长也算代表她爹侯县长了。还有，大脚姑奶是看着俺长大的，也是今儿个年纪最大的。这两把剪子啊，俺就交给她们俩了。"

众人都拍起了巴掌。已经欠起身来的公长俭尴尬地笑笑又坐下去。

于大脚伸出干瘦的手抿抿稀疏的白发，咂咂嘴，谦让说："俺老了，一个孤老婆子，不合适，不合适。"

一直没有说话的文富昌，咳了一声，说："大姑，您老就别推辞了，您最合适。"

吴成芳也附和道："就是哩，快去吧。"

文志仁赶忙上前搀她起来。侯冬梅也挽着她的手，慢慢走上前去。侯冬梅先从云英手上的托盘里拿起一把剪子递给于大脚，又拿起另外一把，说："姑奶，咱剪彩喽。"

"哎，剪彩，剪彩。"于大脚笑得合不拢嘴。

大家又一次鼓起掌来。

剪彩完毕，侯冬梅转身面对大家，清了清嗓子，说：“既然来了，今天我就讲几句。一个呢，云英姐办服装厂的事，我在电话里给老爷子汇报了，他很高兴，说现在国家开始重视发展个体私营经济，云英在桑园子带了个好头，应当支持和祝贺！下一步，咱们岔河乡也要出台鼓励和扶持政策呢。第二呢，我要把美好的祝福送给云英姐，送给桑园子服装厂，祝生意兴隆，恭喜发财！同时，还要祝愿桑园子村在改革开放中旧貌换新颜，早日奔小康！”

“讲得好！”公长俭带头鼓掌，见云英和侯冬梅搀着于大脚坐回桌前，他起身，以主持人的身份说，“下面进行第二项，请云英……噢，请文云英厂长汇报工作。”

文志仁和田茂顺瞥了他一眼。

云英坐到东边桌上，落落大方地说：“也没啥可汇报的，现在这年头，谁也指望不得，要想过好日子，就得扑下身子好好干。咱办这个厂子就是想挣钱的，咱不偷不抢，守法经营；合伙也好，帮工也好，俺不剥削，不压迫，当面银子对面锣，亲兄弟明算账，要富大家一起富。对吧，大娘婶子姐妹们？”

一席话说得大家都笑了起来。

看一切收拾妥当，田茂顺就冲着灶间喊道：“舅老爷，开席上菜啦！”

“好嘞！”吴大用答应一声，一鸡二鱼三丸子陆续端上桌来。

文青山给众人倒上酒，公长俭首先端起杯来，对侯冬梅说：“今天是个喜庆事儿，来的也都不是外人。冬梅啊，别看你成了乡长，我觉得还是叫名儿显得亲，谁让俺和你爸是生死兄弟呢。这头杯酒啊，还是得给侯县长捎回去，来，干了！”

“公伯，我是晚辈，叫名儿亲，叫名儿亲。”侯冬梅客气一下，说，“爸其实也很想你们，他就是太忙了。来，文叔叔，大家一起喝。”

“嗯，喝。”文富昌淡淡应了一声，自个儿端起酒杯呷了一口。

“来，吃菜，吃菜。”文志仁将鸡头夹到于大脚面前的小碟里，又分别给侯冬梅夹了一块鸡腿，给吴成芳和尚道兰一人夹了一个鸡翅，“女士优先，女士优先。”

吴成芳偏头悄声问志仁：“秀珍咋没来？”

文志仁摇头没有回答。吴成芳便岔开话题，对一直没有说话的尚道兰点点头，笑着说："大嫂，志仁这是想让咱飞呢，来，别愣着，吃，吃呀。"

尚道兰没有说话，嘴却没闲着，一只肉丸子把她的嘴撑得满满的，她使劲咽下去，才说："老了，飞不动喽。"

桑园子和别的村子一样，庄户人家一年中很少能吃回酒席，只有家里来了重要客人才会办上一桌，能请到村里的父母官作陪，对主对客都是很有面子的事。公长俭便习惯了做陪客，赶上哪家忘了请他，他准会不高兴。相传好多年前，村里有户人家生了孩子送朱米吃喜面，老婆孩子一桌坐不下，就没有叫他。公长俭知道了，找机会敲打人家："来客也不吱一声了，关上大门朝天过了？"那人说："来的是女客啊。"公长俭说："女客我就不能陪了？再说，不好叫我，你就不会叫你大娘吗？没有领导陪，不丢桑园子庄的面子吗？"这事儿是真是假不好说，反正这几年村里谁家来了男客请村长陪，来了女客请村长老婆陪，早已成了一种习惯。尚道兰觉得出席今天的活动也是名正言顺。一是有侯冬梅要来，这是来了女客，她来陪也是理所当然；二呢，她也想看看云英到底办了个什么厂子，虽说一个村里住了半辈子，可云英深居简出，和尚道兰并没什么交往，一年也见不了几回面，今天她才发现云英确是一个不简单的女人。当年尚道兰也听说过自家男人对这个小寡妇有过念想，怪不得公长俭得不了手，白惹了一身臊。

尚道兰喝下几杯酒，脸儿有些泛红，话就多起来。男人们说话，她插不上嘴，就靠近吴成芳，滔滔不绝地说着她家的公朴："俺家公朴啊，要不是当年跟着人家瞎闹，也是上大学的好苗子，就算去当兵也早就提成团长营长的了，或许还真能当上人民的公仆呢。你说那时候还是毛孩子呢，能懂个啥！……来，再整一盅……"

公长俭见尚道兰在那里喋喋不休，就打断她："吃大肉也堵不住你这张嘴，男人们说大事呢。"他又对田茂顺说，"茂顺，你接着说，接着说。"

田茂顺说："我就是想啊，我在桑园子长了二十多年，从我记事起，桑园子就是这个样子；我二姥爷、我大舅在桑园子也有四五十年了，公书记你在桑园子更长，六十多年了，是不？六十年前桑园子什么样子我不知道，你们可以比一比，看到底发生了什么变化。我不想让我的下一代也这样问我。你看人家外地，什么乡镇企业、村办企业都发展起来了，村里给老百姓办那么多好事，同样是农村，同样是农民，为什么人家能过上好日子？……”

“说得好。”公长俭又干下一杯酒，干咳一声，说，“茂顺这几年兵没有白当，见了大世面了。这不，侯乡长也在，咱就说说咱桑园子。不错，贫下中农、兄弟爷们信得过我，我在桑园子书记主任一肩挑，当家三四十年了，在岔河公社没人比我资格老了，对不侯乡长？桑园子怎么了？多少年来，在岔河该得的先进桑园子都得了，富昌兄弟，你也当了几十年小队长，你说，从去黄花岭出夫修水库，到东山修大寨田，再到西山封山育林，到修复南北大井，桑园子落后过没？没有！我可不是自夸，不是说桑园子离了我不行，我算啥？离了谁都行，可抹弄好桑园子也不是件易事，我下台那三年，钱守元弄得咋样？还有志仁大侄子，那年你不是想夺权吗？你以为那么好干？你真要上来了，没准半年就下台。不错，桑园子是还不富裕，可和三十年前比呢？一个天上一个地上啊！这些年，改革了，开放了，什么修路啊、自来水啊、村办企业啊、建设新农村啊、奔小康啊……我还没老到糊涂呀，这些我都想过，上边也天天号召，咱桑园子就是个小山庄，干啥也得花钱啊……”

公长俭越说越激动，文富昌掏出烟袋，低着头往烟锅里装烟末儿，文志仁则半眯着眼静静地听着。文青山眨着眼睛，看看这个，又看看那个，什么都不想漏过。他正在着手修改自己写了几年的一个以桑园子为背景的剧本，这可是充实素材的好机会。

于大脚好像听得不耐烦了，说：“长俭啊，不是老姑说你，你这么些年真的是干疲沓了，打年轻你就没有锐气，老了就让贤嘛。”

“让贤？我可巴不得呢。”公长俭说，“现成的，茂顺年轻，当过兵，又是党员，行啊，今年机会来了。公社改了乡以后，大队就要改叫村了；改了村要建村委会，村委会要选主任，到时候让大家选他啊，您老也投他一票啊。田茂顺，我也当过兵，身上不留下几个伤疤，也算当过兵？”说着，公长俭撸起右胳膊的袖子，露出那块紫红的伤疤。田茂顺瞥了一眼，看到那块紫红的伤疤上叠着一个弧形的小疤痕，他知道那是自己给他咬上去的。

侯冬梅一直没有作声，见他们都有些激动，就打圆场说：“不管怎么说，发展是硬道理，桑园子的发展还得靠父老乡亲齐心协力、各显其能啊。”

“对，齐心协力，各显其能。”公长俭接过话头，看着文富昌和文志仁，又说，“你们可都是桑园子的能人，戏唱得好啊，十里八乡有名啊。咱那戏班子可是散了多年，叫我说啊，以后再把戏班子恢复起来，活跃活跃桑园子的文化生活，想为桑园子两个文明做贡献，多唱几出好戏就行了，是吧二兄弟？大侄子？”

文青山知道爷爷和爹最记挂着唱戏的事，忙接茬说：“好事啊，报上说省里的剧团已经复演古装戏了，还有，咱县豫剧团上个月也重新挂牌成立了。”

文富昌瞪了一眼孙子，平静地磕掉烟袋里的烟灰，慢慢地把烟袋装到口袋里去。文志仁眨巴着眼睛，看看外甥田茂顺，嘘出一口气，说：“桑园子的戏是得好好唱唱了。”田茂顺本想探探公长俭的实底，几个回合下来，他觉得自己已经被公长俭置之度外，心想，真是只老狐狸。

一听到这边说起唱戏，西边桌上就热闹起来了。他们也已酒过三巡，一个个脸膛红红的，正等着主家发话就开始演奏呢。

“桑园子多少年没开戏了，憋得慌呀！”吴大用说。

“就是啊。”板胡钱守良站起身来，冲文家父子大声说，“大老板，小老板，你爷俩倒是沉得住气。上边开放了，公书记也发话了，还等啥呢。”

“人好凑，老一拨的，有你们爷俩，把三斤和钱串儿这俩小子找回来，再培养一些年轻的。对了，还有秀花。”鼓师李家羊冲东边桌上喊道，“二大娘，给你家秀花捎个信，问问她婆家还让不让她回来唱戏了。她‘小月环’不唱了，可真瞎了这些年的功力。”

二大娘没有搭理他，自个儿嘟囔道：“唱戏，唱戏，都是让戏给毁了……”

中间桌上，大家都瞅着文富昌和文志仁。文富昌笑而不语，文志仁倒是有些兴奋。

坐在上首的于大脚说：“桑园子咋能没戏呢？趁俺还活着，真想再听听桑园子的大戏。”

文志仁说：“大姑奶，七月初四是您生日，到时候，保准儿给您唱出大戏。”

于大脚说："那俺好好活，等着听戏。"

"您身板好着呢。"尚道兰接上说。

"好什么好？这些日子，俺这眼睛老怕光，看东西模模糊糊的，明明一个却看成了俩，眼里是不是长了萝卜花儿？八成快要瞎了。"于大脚叹气说。

文志仁看着于大脚的眼，说："恐怕是白内障吧，那得赶紧看看医生。"

尚道兰说："去岔河卫生院就行，找俺家黄岐，他现在不光是院长，还去省医院进修了眼科，是个专家呢。"

文志仁说："行，哪天我陪姑奶去找他。"

"看什么看？人老了就这样。"于大脚说。

吴成芳说："可不能耽误，真要看不见了，他们唱戏，你只有听的份儿了。"

这时候，西边桌上和文志仁背靠背坐着的李银行回头捅了他一拳："志仁，你倒是发话啊。"文志仁看到他瘦弱的样子，打趣道："银行哥，还吹得响不？"

李银行说："放心，底气足着呢。"

文志仁便冲吴大用说："今儿是个喜庆事儿，大舅，热闹起来吧。"

"伙计们，抄家伙！"吴大用一声令下，几个人起身从角落里各自拿出自己的乐器，李银行用唢呐定了定调门，一曲《百鸟朝凤》在院子里欢快地回荡起来。还在正房忙活的青桃和几个年轻的姑娘媳妇们也都跑出来听。

"还是来段戏文吧。"李家羊说着，打响了鼓点，几个人心照不宣，演奏的是豫剧《抬花轿》中的"府门外三声炮"。

所有的人都被感染着，不停地鼓掌。

"志仁，还不让你爹吼两嗓子？"吴大用冲志仁喊。

文富昌摆摆手："多年不唱，多年不唱了。"停了停，他又对李家羊说，"家羊啊，以前你可是箱倌，招呼一下大家，各家藏的戏衣要常晾晒晾晒，早晚用得着。当初我可是记了账的。"

李家羊点头："放心，都金贵着哩。"

见文富昌不想唱，大家也就不好勉强，田茂顺突然说："我给大家推荐一个新演员，桑园子庄的王银环！"

"谁？王月环？"于大脚吃惊地问，"茂顺你说谁？月环回桑园子了？她可是好久没来看我了。”

文青山大声对于大脚说：“老姑奶，表哥说的是王银环，《朝阳沟》里的。”

“噢，是栓保那口子啊。”于大脚明白过来。电影《朝阳沟》她也看过好几遍呢。

田茂顺解释说：“是文青桃！在大学参加会演，她唱《朝阳沟》得过奖，都说她是小魏云呢。”

“好啊，来一段！”许多人吆喝起来。

青桃走近前，嗔怒地在茂顺肩上打了一拳，脸儿涨红起来。她不好意思地说：“那你和我一块儿唱，就唱上山那段吧。”

“行！”茂顺大方地说，“谁不会唱《朝阳沟》呢。”

演奏“上山”一段，也是吴大用他们的拿手好活。随着板眼，茂顺和青桃分别扮栓保和银环唱了起来。

栓保：走一道岭来 翻过一架山

合：山沟里 山沟里空气好实在新鲜 实在新鲜

银环：一行行果树一道道堰 那个梯田 梯田层层把山腰缠

栓宝：贫下中农用双手把山河打扮 多少汗水浇在里边 浇在里边

银环：清凌凌一股水 春夏不断 往上看 往上看通到跌水岩

合：十里大渠流清泉

栓宝：旧社会咱山区十年九旱 吃水更比吃油难

银环：牛满坡羊满山

合：像彩色照片

银环：小杏儿 小杏儿像蒜辫把树枝压弯 树枝压弯

栓宝：解放前寸寸土 地主霸占 解放后 解放后党领导才有今天

合：那架山为什么削掉一半

栓保：修水渠用石料叫它把家搬

合：在学校怎见这壮丽画面

银环：朝阳沟好地方名不虚传 在这里 在这里一辈子我也住不烦那……

《朝阳沟》大喇叭里天天唱，电影也在村里演过四五回了，桑园子大人孩子都能哼上几句。青桃唱得更是和原版没啥两样，连文富昌也是边听边频频点头；还有茂顺，唱得也是字正腔圆，这或许与他从七八岁就跟着田大柱在大队部里看排节目有关。

大家纷纷为青桃和茂顺叫好的时候，文志仁坐不住了：“老舅，给我来段《十梳头》!”

看来，文志仁真的要过过戏瘾了。

24

过了清明，天气一天天暖和起来，桑园子的东山和西山都笼罩了浓浓的绿意。东山脚下，错落的村舍间一幢二层小楼给人鹤立鸡群的感觉，小楼的外墙刷了黄色的涂料更是格外显眼，文富昌在西山的果园里一抬眼就能看得到。每当看到这座小楼，文富昌就想，人在时里，鳖在泥里，谁也没想到何金生竟成了桑园子的暴发户。当年常九林给闺女杏妮招赘，大家都觉得何家不仅家境不好，金生也是憨不拉几的，只有自己觉得何金生看上去憨其实眉眼里鬼着呢。一个给生产队喂牲口、赶马车的上门女婿几年工夫就成了桑园子的大能人。他凭了啥呢？文富昌想来想去，还不就是凭了那台拖拉机，他迈出的第一步还是自己硬给推出去的呢。

一九七六年，公社推广农业机械化，奖励给桑园子一台十二马力拖拉机。三队是桑园子交售公粮最多的生产队，文富昌找公长俭据理力争，终于把拖拉机分给了三队。

拖拉机在当时可是件新鲜事，谁都想能赶上这“铁牛”威风威风，志仁和钱串儿更是馋得手心发痒。文富昌却不徇私情，他决定派何金生去公社农机站学开拖拉机：“金生正喂着牛，又会赶马车，这铁牛就让他喂了。”

何金生学会了开拖拉机，赶马车的何金生成了桑园子第一代拖拉机手。可全村就一台拖拉机，三队是不能独占的。首先它是村长公长俭的“专车”，去公社开会办事得拉着他去，能坐拖拉机去开会办事的村干部也是很有面子的。何金生经常拉公长俭出去，也就见了不少世面。还有村里迎亲什么的，有了“铁牛”就不愿用马车了，把拖拉机披红挂彩打扮一番就成了“婚车”。何金生每次都能赚两包烟和喜糖，慢慢地就觉得自己高人一等了。桑园子的地大多是鸡零狗碎的山坡地，路又不好走，这台拖拉机也很难为桑园子的农业机械化做出重大贡献，只是轻来轻去地送送肥料拉拉庄稼。第三年，土地都分到了户，生产队大宗的农具也都分的分卖的卖。只有这台拖拉机不好处理，反正不能把大小六个轱辘拆下来分掉。何金生提出要承包，别人只是干着急，谁都不会开这玩意啊。最后，大队小队共同商量，拖拉机由何金生承包，每年交村里承包费三千元，村里啥事不管。

承包了拖拉机，单指望当“专车”和“婚车”是不行了，何金生开始自己找活儿干。一开始，他给岔河的建筑工地拉石子，后来又将桑园子周边一些采石场的石料买下来再给工地上运过去，连差价加运费一起赚。你别说，这小子还真有能耐，两年下来，就把十二马力的小拖拉机换成了五十马力的大拖拉机了。又两年，何金生就不再开拖拉机了，听说他在欢城当老板了。

何金生在桑园子建起了第一幢小楼，有了钱人就气壮。何金生赶牛车的时候，常杏妮生下第一个闺女，取名“大牛”。老爹常九林没有儿子才招了养老女婿，自己再生不出儿子，杏妮是不甘心的，可她的肚子不争气。直到大牛十一岁何金生开十二马力拖拉机的时候，也许是家里生活好了，心宽敞了，地也肥了，杏妮的树上又坐了果，生下了二丫，取名“二牛”，“铁牛”的名字是留给儿子的；何金生开五十马力拖拉机时，本来想“铁牛”应该出世了，可又生下了三丫，取名“三牛”，“三牛”被公社计划生育小分队罚了三千块钱。深山出俊鸟，桑园子多美女。大牛出落得高挑水灵，去年高中刚毕业才十八岁证也没办就嫁到欢城去了；二牛今年七岁，三牛六岁，虽说看着招人喜欢，可杏妮还是不死心，罚钱就罚钱，非要生出个“铁牛”不可。谁知道打何金生进了城，回家的次数也少了，地也懒得耕了。常杏妮倒没往别处想，她堂弟常三斤也跟着进城了，有家人在身边，谅他也不能出了皇纲，只是男人操心多了，生意忙了，所以回家少了。

何金生不在家的时候，杏妮家里也十分热闹。每到晚上，都有乡亲们来她家看电视，屋子里常常挤得满满的。桑园子现在只有两台电视机，一台在公德贵的药铺里，是十二寸的黑白电视机，桑园子南半截庄子的人会挤到那里去；另一台就是杏妮家的，是十四寸的大彩电，花一千多块钱买的，桑园子北半截庄子的人都会挤到这边来。天天像蹭戏一样到人家看电视，一开始大家都不好意思，怕人家烦，可公家和杏妮待人都很热情，再说戏班子散了伙，也没别的热闹，乡里乡亲的也就见怪不怪了。杏妮一开始的时候，还准备了茶水和瓜子，大家执意不肯，怕弄脏了地，收拾卫生也麻烦，说再弄这些就不来了，杏妮也就让大家随意。最气人的是一帮小孩子憋不住了，趁演广告的时候跑到人家院子里掏出鸡鸡猴急猴急地就尿，不少孩子还被大人打了屁股。杏妮大度地笑着说，没啥，哪天我准备几只罐子，屋后的小菜园就肥了。

山里信号不好，只能收到中央电视台和省电视台两个台的节目。虽说一会儿彩色一会儿黑白，屏幕上净是雪花，还哧哧啦啦有杂音，但这并不影响大家的热情。这些日子，省电视台正在播放电视连续剧《血疑》，大家第一次知道世界上有白血病这种不治之症，所有的人都非常关心幸子的命运，恨不得一晚上就演完。

住在西山的马秀珍因为离得远，以前是不常来的，打演了《血疑》便一集不落了，她常约了秀花家的二大娘做伴一块过来。两个人一般坐在后边的角落里，秀珍有时帮着照看一下三丫，二大娘看电视还不耽误纳鞋垫儿，杏妮闲下来就坐在她们身边，时不时地和她们小声聊几句。话题自然是先从《血疑》开始，随着剧情的发展发表自己的感慨和评论。她们还都不知道自己的血型。杏妮说，原来一查血型就知道自己是不是父母亲生的了。叫我说啊，可别查，要是都去查了，私孩子就全露馅了。杏妮本以为秀珍听了会笑，可秀珍不爱说话，只是“嗯嗯”地支应着，算是告诉人家我在听。

演广告的时候，她们的话题就广泛一些了。杏妮问秀珍：“听说你们家老二有了消息，不是说回来过年的吗？咋没了动静？”秀珍淡淡地说：“捎信说要回来的，也许快了吧。”秀珍对于文志义回来心情是复杂的，当年因自己出了这档子事，她觉得也是太过了，自己好像欠了文家什么；回来也好，各人过各人的日子，可她不知道如何再去面对，如何再去相处。二大娘说：“前几天云英开业，你咋没露面？”秀珍还是淡淡地回答：“俺天天头痛，不愿出门。”杏妮快人快语，也会说话：“云英这些年也真是不容易，仗着她能干能吃苦，也仗着娘家人帮衬。娘家哥好，不如娘家嫂子好啊。”秀珍这回叹了口气，没有作声。提起云英，她心里就有些难受。小柱、大柱还有婆婆连着出事，云英也确实可怜。就算自家男人和她没有那回事，志仁的心却是多半个都拴在了她身上，她已经忍了几十年。更让她气不过的是云英和茂顺竟挑唆着青桃放弃了大学毕业分配，回来和她一起办厂，这安的是哪门子心？辛辛苦苦还花这么多钱，三年的大学不是白上了吗？青桃也是让茂顺给吃了迷魂药，还住到人家家里去了……唉，自己当初不也是赖在文家不走的吗？真是鬼迷心窍，报应啊。见秀珍不想说话，杏妮就宽慰道：“谁家没有家务事？别整天郁闷自己。”二大娘也说：“你针线好，有空纳纳鞋垫绣绣花，云英那厂子敞开收呢。”秀珍在心里哼了一声。二大娘又说：“那天志仁还唱戏了哩。你家青桃嗓子也不错，跟你秀花妹妹年轻时一样。”一提起秀花，二大娘心就痛了起来，她忙掩饰着自己，岔开话题，问杏妮：“大牛不常回来看你？”

杏妮也叹了口气，见三丫在秀珍怀里就要睡着了，忙起身抱起孩子，到隔壁卧室里去了。

大牛其实也是杏妮心中的痛。才十八岁就出了门子，闺女也是可怜，一开始死活不愿意，后来不知道她爹使了啥法儿，竟自个愿意了。桑园子人都知道何家的大闺女嫁到城里就是掉进了福囤里，可谁都没见过姑爷来桑园子走过亲戚，每次都是新媳妇一个人回来。于是就有了各种猜测。有的说，大牛是给人家做小了；还有的说她自己守空房，男人出国了。只有杏妮知道，她的大丫是被何金生当成摇钱树和上马石了。

何金生开着铁牛奔小康，一路上都有贵人相助。通过公长俭与岔河公社建筑队拉上了关系，又通过岔河公社建筑队认识了欢城县建筑公司副总经理夏四海。请客送礼的事何金生一学就会，很快和夏四海成了朋友，夏四海在建筑工地材料供应上对何金生大开绿灯。几年前，夏四海因经济问题和作风问题被撤销职务，开除公职。他并没有沉沦下去，自己另起炉灶搞起了一家建安公司，凭借多年的关系网干了一些工程，也发了财。何金生对夏四海不离不弃，检察院找他调查问题的时候，他硬是没有承认自己送给夏四海一万块钱的事，即使夏四海失去公职赋闲在家的那段日子，别人避之唯恐不及，何金生却照样时常登门看望，这让夏四海十分感动。随着公司渐渐做大，夏四海终于对何金生说：“金生，光靠运输你也挣不了大钱。到我公司来吧，你给我当副总！”

何金生自然感激涕零。凭着自己的机灵和聪明，何金生很快熟悉了业务，成为夏四海的一员干将。

夏四海因祸得福，常常暗自得意。如果当年不被开除，充其量我只是个年薪几万的企业副手，现在成了腰缠万贯自己说了算的大老板。但是，夏四海不愿提及被开除的事，那毕竟是他人生的一个污点。后来全国涌起下海潮的时候，何金生讨好地对他说：“当年您辞职下海，真是有先见之明。这一下海，造就了一个‘四海建工’，造就了一个优秀的企业家啊。”

“辞职下海，对，辞职下海。”夏四海很受用，“真是神了，老爷子当初给我起名时，就料到我要走这一步了。金生，你知道这‘下海’一说是怎么来的吗？”

何金生说：“下海就是有本事的人到商海里淘金捞钱呗。”

“老爷子经常给我讲一出戏”，夏四海神秘地说，“《洛阳桥》说的是清朝有个姓蔡的状元做了泉州太守，他要为家乡建一座桥，在建桥过程中，桥墩突然打不下去了，当地老百姓说这是海龙王不同意所以卡了壳。于是太守便贴出一则布告：兹为我乡建造洛阳桥，拟委派一位能下得海去的人与龙王面洽架桥事宜，举贤自荐者赏。两个衙役在酒馆里找到一个名叫‘夏德海’的醉汉，谎称找到了‘下得海’的人。几天后，夏德海被带到海边，灌醉后扔到了大海里……后来，人们就把稀里糊涂地或冒险地去干某种事概称为‘下海’——我可不是被人灌醉了扔进大海里的，哈哈哈。”

“您是下（夏）四海，可上九天揽月，可下四海捉鳖。”何金生逢迎说，“老爷子还知道好多戏文？”

“那敢情是，他可是老戏迷，尤迷豫剧。他卧床这几年，所有的豫剧唱片、录像带我都给他找遍了，他还闹着非要听真人唱不可呢。”夏四海说，“唉，人老糊涂了，真是可怜。”

“俺们桑园子的人也都是些戏迷，九德叔，噢，我老婆的亲叔唱了一辈子戏，他儿三斤唱戏都差点儿唱疯了。”何金生说，“有机会我带三斤来给老爷子唱几段。”

“该有的我都有了，钱几辈子也够花了。”夏四海长叹一声，“可瞧我家里，这老爷俩儿都瘫在床上，真是报应啊。尤其是你侄儿长河，快三十了，却躺在床上八年了。当年工地上塔吊垮了，没砸别人，却砸到了他这当施工员的……唉，怎么也得给他糊弄个媳妇呀！金生，他叔，他亲叔，你就帮帮忙，从山里给物色一个，丑俊都行，只要对长河好，以后这家业就都是她的……”

夏四海竟老泪纵横。

“行，我帮侄儿找。”何金生安慰道，“找个好的，找个年轻漂亮的……”

何金生虽然一心再想生个“铁牛”，但大丫头依然是他的心肝宝贝。何金生脑子中了邪，不知想了多少天，他终于和杏妮摊了牌。

“何金生，你他娘还算是个人吗？！”常杏妮怒不可遏，一巴掌掴在何金生脸上……

25

远远望见桑园子村头的柿子树，文志义知道自己终于回家了。

二十二年前那个夜晚，十八岁的文志义一时冲动，大胆地把秀珍压在了身下，这是他深埋心底的爱情之火第一次迸发。那个夜晚，秀珍差点儿上了吊，自己也平生头一回挨了爹的打，那个叫文富昌的爹突然变得狰狞可怕。自责、后悔、疼痛、仇恨吞噬着文志义的身心，毁灭着他的灵魂。他觉得这个家里已经没有他的自尊，也没有他的位置了，他觉得自己必须要在这个家里消失。他想到了死，他不惧怕死亡，他只是为自己惋惜，惋惜一朵十八岁的生命之花还没盛开就要凋零。他瞪大眼睛，望着窗外的星空，他不知道哪颗星星属于自己，也许属于自己的那颗本来明亮的星星已经暗淡陨落了，所以他找不到自己了。直到听见第一声鸡叫的时候，文志义才挣扎着起身，给哥哥志仁留下一张纸条，朝着爹娘住的正屋磕了一个响头，然后擦干眼泪，推开柴门，一瘸一拐地走出了他生活十八年的小院。

天还没有亮，桑园子在东山和西山的怀抱里安详地睡着。一弯下弦月冷清地挂在东山顶上，探头探脑地窥视着早行人的秘密。不知谁家的狗警醒起来，汪汪地狂吠一阵，又无聊地缩回到窝里，趁着凌晨的凉爽睡它的回笼觉去了。文志义蹒跚着走下西山，沿着大街往北走到村口。村口的柿子树或许一夜没睡，或许刚刚睁开眼睛，它轻轻摇动枝丫，像是舒展着双臂，文志义好像听到它深情的问候："小伙子，这么早你要去哪儿？"

文志义在柿子树下伫立许久，才喃喃地说："桑园子，老柿王，我……走了！"

……

桑园子村口的柿王树年年岁岁，历经风雨，在发芽、开花、结果、落叶的周而复始中增长着年轮。二十多年的时光只是让它长得更加粗壮挺拔，更加容光焕发，而对人到中年的文志义来说却是饱经沧桑了。

"小凤，这就是我常常和你说起的柿子树。"站在柿王树下，文志义激动地对身边的女人说。

伴夫回乡的秦小凤看着眼前的柿子树惊叹不已。这是一个略显娇小单薄的女人，素花的毛衣外面套了一件黑色的外套，看上去干练利落。她近前抚摸着柿子树粗壮的树干，抬眼望着前方的山村，对文志义说："桑园子，挺好听的名字。"

文志义也深情地注视着自己久别的家乡。他发现，进村的大路上，有两个人正匆匆地向这儿跑来。

是的，当文志仁与田茂顺气喘吁吁来到柿子树下时，四个人对视着，一时都愣在那里。许久，文志仁朝着文志义的肩膀狠狠打了一拳："志义！"

"哥！"文志义一下扑到哥哥怀里，眼泪夺眶而出。

田茂顺看着两个不再年轻的汉子抱头痛哭，心里酸酸的；秦小凤也在一旁揉着眼睛。

“回来就好，不哭，不哭。”文志仁转身对田茂顺说，“茂顺，这就是二舅。”

“二舅！”田茂顺叫道。

“这是外甥，云英妹子家的。”文志仁介绍说，“你走的时候，云英还没嫁呢。现在外甥都是退伍军人啦。”

“这么壮实的小伙子啊。”文志义仔细端详着茂顺，努力寻找着云英的影子。

田茂顺被看得不好意思，他红着脸，朝秦小凤点点头：“是二妗子吧？”

“对，你二妗子。”文志义说。田茂顺恭敬地冲秦小凤喊了一声：“二妗子。”

“大哥好，外甥好。”秦小凤大方地和他们打过招呼。

文志仁答应着，有些不好意思地看着弟媳，他发现弟媳身上有一种特殊的气质和韵味，朴实中尽显高雅。

田茂顺说：“大舅，二舅，我们快回家吧，姥爷和姥姥一直盼着呢。”

文志仁也说：“走，咱回家，回家！”

“回来就好，回来就好。”当文志义一头跪在文富昌、吴成芳和吴大用面前的时候，文富昌觉得有眼泪要掉下来，他把眼泪挤回去，长长地舒了一口气。

文志义眼含热泪，哽咽道：“爹，娘，大舅，原谅志义不孝，你们……打我吧。”

端坐在八仙桌旁的吴大用也揉揉眼角，说：“起来吧，二外甥。你爹说了，回来就好。”

田茂顺赶忙搀起文志义，扶他坐在一旁。

“早就听说你们要回来”，吴大用欠欠屁股，问道，“一家人打年前就盼着你们，咋耽误了恁长时间才回？”

文志义解释说："唉，小凤她娘年前犯了病，正月里没了，这不，才料理完那摊子事。"

"你看看，真是的，俺还没捞着跟亲家见上面哩。"坐在炕沿儿上的吴成芳拉着身边秦小凤的手，惋惜地说，"你娘咋……"

"俺爹死得早，俺娘也是老症候了。"小凤懂事地说，"那边爹娘没了，这不，俺又有了爹和娘呀。爹，娘，你们说是不是？"

这孩子真会说话，文富昌心里觉得热乎起来，他看看志义，又瞟了几眼小凤，忽然想起什么，悄声问志义说："就你们俩回来？"

文志义说："爹，您还有个孙子，十八岁了，本来要一块儿回来认祖归宗的，可他去年才考上大学，不能缺了课。等放了暑假，他会来的。"

吴成芳忙问："给俺孙子起了个啥大号？"

"青龙，文青龙。"秦小凤说，"青字辈的。"

"文青龙？对，青字辈。"吴成芳放心地笑了，"好，青龙好，青龙好。"

正在灶间忙活的秀珍有些慌乱，她正在收拾一条鲜鱼，刮鱼鳞的剪刀差点儿划破了她的手。文志义他们走进院子的时候，她在灶间就远远地看到了，等一行人进了堂屋，她的心还是怦怦直跳。二十多年了，这个因为自己背井离乡的人终于回来了，她应该怎样去面对他呢？二十多年前的那个夜晚，两个十八九岁的山里孩子自导自演了一出悲壮的爱情大戏。真的是出大戏，秀珍所能知道的旧戏文远远没有如此悲壮。不必涂脂抹粉，不用锣鼓家什，不需拉启幕布，那场演出真是出了神入了化动了情，秀珍越来越觉得人生就是一场本真的大戏，无论你愿不愿意，你都会自觉不自觉地扮演着属于自己的角色。这些年来，这出戏在她脑海里不知又演了多少遍，她仔细回忆和梳理着每一个场景，每一句对白，去咀嚼那种懵懂青涩的味道。她发现，爱恨情仇，生死恩怨，其实很难分得清角色的是非对错，生活中的戏就是这样原汁原味，戏台上的戏则加上了人们的喜恶褒贬。同所有人一样，自己的戏还没有散场，只要人还在，戏就会一幕一幕地演下去。如今，幕布又一次拉开，那个角色又登台了，她不能总藏在幕后，可她不知道自己应该如何出场。秀珍一边忙活，一边支起耳朵听屋子里的人说话，她突然好笑起来，都是头发花白的老婆子了，怎么还像小姑娘一样羞羞怯怯的。这有什么？他要是看看就走，咱像待客一样待他；他要是长住下来，咱就各过各的日子。秀珍的心很快就平静下来。

灶上的水壶烧开了，水溢到炉火上“滋”的一声激起一缕白色的雾气。秀珍先将水壶提下来，擦擦手，又捋了捋头发，然后提起水壶，朝堂屋走去。

“这就是秀珍大嫂吧？”见到秀珍提壶进屋，秦小凤忙从炕沿儿上起身迎了上来。

“烫，小心烫……你坐着，俺来。”秀珍将小凤伸过来的手挡回去，径直来到八仙桌前，先给桌上的茶壶里续了水，又将剩下的热水倒进桌子下的暖水瓶里，然后放下水壶，端起茶壶，依次给吴大用、文富昌、文志仁面前的茶碗里斟了茶，又端着茶壶来到文志义面前。

“大嫂！”文志义慌忙站起，双手捧起茶碗，样子有些窘迫。

秀珍小心地给文志义的茶碗里添着水，可志义的手有些抖，还是有茶水溢了出来。秀珍忙说：“别烫着，二弟！”

“嗯，嗯。”志义尴尬地答应着，不知道再说什么。

秀珍大方地来到炕边，要给吴成芳和秦小凤倒水，田茂顺懂事地接过了茶壶。

“您坐，大嫂。”秦小凤礼貌地说。

“灶间还忙着呢，待会儿再陪你说话。”秀珍说着，转身走出屋子。

“让你受累了。”秦小凤客气一下，又问吴成芳说，“娘，咋没见云英妹子？”

“俺娘和青桃在厂里忙着，待会儿吃饭的时候赶过来。”田茂顺回答说，“服装厂刚刚开业，正忙呢。”

“服装厂？”秦小凤感兴趣地问，“你们有服装厂？做什么服装？”

田茂顺说：“刚开始，还没有定型产品，主要是服装加工，先给县矿做了一批工作服，正准备开发一些刺绣一类的民间工艺品，青桃正在考察市场呢。”

“噢。”秦小凤点头说，“哪天我去看看。”

“欢迎二婶子指导工作。”田茂顺调皮地说。

秦小凤笑了：“指导可谈不上，只不过我也能算半个裁缝罢了。”

听到这话，吴大用又仔细地将秦小凤端详一番，轻声对文富昌说：“我看二外甥媳妇不像个裁缝，举手投足看着……有戏。”

文富昌不动声色地点点头。从见到这个儿媳，他就有这种感觉。会唱戏的人身上总有一些特别的韵味，这是一般人嗅不到的。

文志义狡黠地笑笑，说：“她真的是个裁缝，不过她是做戏衣的。”

“戏衣？”文志仁疑惑地看着弟媳。

秦小凤被看得不好意思起来，她微笑着点点头，说：“听志义说，咱们家里的人都会唱戏，真是巧了，俺家祖上就是做戏衣的。”

文富昌和吴大用也不约而同地把目光转向秦小凤。

文志仁急切地对志义说：“二弟，你快讲讲啥情况。”

“小凤的老家是苏州的，从她老爷爷辈上家里就开了家刺绣厂，专门做戏衣，在当地很有名气。后来被同行欺负，干不下去了，爷爷就带着一家人投亲到了河南。见河南戏班子多，他们便重操旧业，开了戏装铺子，很快立住了脚。后来爷爷死了，她爹就继续经营着那家铺子。秦爹就一个宝贝闺女，把所有的技艺传给了小凤……”说到这里，文志义停顿许久，叹口气，回忆道，“记得小时候爹曾经说过，当年奶奶领着爹和大伯是从河南逃难来的，我就想咱们老家一定在河南。那年离开家，我就想去河南找老家去，可到处打听文家班，一点消息也没有。唉，也许这就是缘分，在我走投无路的时候，秦老爹收留了我。我在他家铺子里干了几年杂活，后来就和小凤成了亲。”

“这得要吃多少苦啊。”吴成芳眼睛又一阵酸涩，对小凤说，“这些年也多亏你家照顾志义了。”

秦小凤说：“志义说的文家班俺爹知道，他说他还给文家班做过戏服呢。他也帮志义四处打听过，都说文家班被灭了门，没有一点儿消息了。”

文富昌听得目瞪口呆。他突然对志仁说：“志仁，把你奶奶的戏衣拿出来。”

文志仁赶紧到他和秀珍住的东屋里，从柜底找出那个装着奶奶戏衣的木匣，又匆匆返回堂屋，把木匣双手递到文富昌手里。

文富昌接过来，庄重地抚摸了一会儿，对秦小凤说：“你来看看。”

秦小凤近前小心地接过木匣，然后又回到炕边，从木匣里小心翼翼地取出了那件戏装。

一见戏装，秦小凤就有些激动。她双手捧起，急切地观看着。看了一会儿，她又轻轻地将它展开，平整地铺放在炕上。这是一件秋香色软绉蟒，周边波线式地镶着黑色的宽边，胸前绣着丹凤朝阳，配以日月星辰的图案。仔细看凤头之处，有一个小小的弹孔，周边洇染着早已干枯的血迹，像是一朵暗红的花朵。或许秦小凤已经知道这件戏装身上曾经发生过的故事，也或许只是凭了一种冥冥中的感动，秦小凤的手有些抖，她努力平静着自己，用自己的掌心感知着绸缎经纬与刺绣针脚间讲述着的神秘与传奇。许久，她把戏装翻过来，仔细地看着绣片反面的针脚，惊愕地抬起头，怔怔地看着文富昌说："这件老旦蟒是我奶奶做的！"

文富昌和吴大用几乎同时站起身来。

"爹，大舅，你们看，这凤身上的洒花和蟠金，是典型的苏绣风格。"秦小凤一边指点着一边介绍道，"你看这叠鳞的针法，事先并不画出鳞片，完全由刺绣人自己空手蟠叠，这是蟠金工艺中最难的一种针法，我奶奶当年就擅长这个，还有，看到没有？衣领下方这个蟠金的符号吗？是，太小了，这是篆书的'秦'字，以前我们家做的每件戏衣都要绣上这个标志，就像现在的商标一样。"

"这是奶奶带来的，也是她留下的唯一遗物。"文志仁对秦小凤说。

"真是想不到，想不到啊！"文富昌连声说道。一件戏装竟牵出这么多情缘。娘走得早，关于戏装，她到底还留下了多少秘密啊。

"想不到，文家班还在，这真是太巧了！"秦小凤把戏装贴在胸前，"原来，从上几辈子我们就结了缘啊。"

"世界之大无奇不有，就和戏文里一样。"吴大用也禁不住感慨一番，"可惜前些年好多戏衣都一把火给烧了……这件旦蟒还真是有些来历哩，好好收着，传家宝啊。"

"是啊，俺家的铺子也给毁了，多少年没做了。"秦小凤感叹着，把戏装精心地收好，放回木匣之中。

老姥娘花姑在田茂顺心里只是一个传奇故事的主人公，这是他第一次见到她留下的戏装，他觉得这戏装本身就是一段传奇。打小他就知道桑园子人爱戏，台上也好台下也罢，几辈子人乐此不疲。他明白，唱戏或许不能为桑园子带来财富，但唱戏一定能让桑园子人乐和起来，人活着靠的就是精气神，没有精气神人就蔫了。要改变桑园子的面貌，就要先找回桑园子的精气神，田茂顺决心帮助姥爷和大舅实现重振戏班的心愿。

田茂顺好奇地问文志义："二妗子会做戏装，肯定也会唱戏了？"

文志义看看秦小凤，笑着说："你二妗子啊，虽没正式登过台，可嗓子好，悟性好，也得过名师指点呢。"

"别班门弄斧啦，我又没正经学过戏。"秦小凤说，"只是和戏班子的人打交道多了，有些角儿来做戏服，顺带着教了我一些段子。"

吴大用和文富昌对视一下，会心地笑了笑。

田茂顺忙说："欢迎二妗子唱一段！"

秦小凤瞅瞅大家，有些不好意思。

文志仁对茂顺说："晚上吧，你大妗子准备了一桌子好菜呢，让你姥姥、你娘和青桃都过来，你也给青山打个电话，咱们一家人好好聚聚，热闹热闹。"

26

爱戏如命的常三斤终于厌倦了唱戏。他觉得自己和侄女大牛都被关到了这座笼子里来了。

这是欢城城边一座二层半的别墅式小楼，是"四海建工"大老板夏四海买了地皮自建的，内部装修十分豪华，常三斤刚刚来到这里的时候觉得就像进了宫殿一样。一楼有大大的客厅，还有一间大卧室，是夏四海和他老婆郭英惠住的地方。二楼也有一个客厅，东西两边各是卧室，以前分别住着两个瘫在床上的男人。东边是夏四海的老爹，夏老爷子中风好几年了，有人搀着还能起得来，蹒跚着挪到客厅坐一会儿；西边住的是夏四海的儿子夏长河，高位截瘫，翻不了身。如今，西边卧室成了新房，年轻漂亮的新媳妇就是何金生的大丫头何大牛。

常三斤本来是被姐夫何金生请来到公司管账的，可他并没有去公司上班，这座小楼却成了他上班的地方。

“公司财务科里都是些大学生，你在生产队记记工分还行”，何金生说，“这摊子账你记不了。”入赘常家二十多年，何金生对常家并不对眼。常九林常九德老兄弟除会唱戏会喂养牲口没别的本事，一辈子啥也没过下；常三斤更是让人瞧不起的主儿，唱戏就要唱傻了。除了常杏妮和三间草房，他没从常家得到其他什么。本来给人家当养老女婿，孩子要随人家姓的，可他非要把三个丫头都姓了何。孩子们按说也应管常三斤叫大叔的，可他非让孩子叫舅。常三斤管不了这些，但他坚持让孩子喊自己叔，自己也称呼孩子侄女。常三斤知道大侄女小小的年纪就嫁人，而且还是嫁给大她十岁的一个瘫子，曾找何金生理论，骂他猪狗不如。何金生却说，你懂个啥，何大牛是掉进福囤里去了，你知道将来她能称多少钱吗？

“你说让我来帮你管管账的，不行我还是回桑园子，干点啥也饿不死我。”常三斤赌气说。

“弟啊，你还是发挥特长吧。”何金生笑嘻嘻地说，“你不是喜欢唱戏吗？下步你的工作就是天天唱戏。”

“天天唱戏？”常三斤眼睛一亮。

“是这样的，”何金生说，“大老板家的老爷子喜欢听戏，是个铁杆戏迷，听录音和唱片都不过瘾了，非要听真人唱。大老板又是个孝子……”

常三斤来了兴致：“那把他送到戏院子里得了。”

“可他进不了戏院，瘫了。”何金生说，“你的任务呢，就是天天唱戏给他听，把老头子打发欢喜就行。和在公司上班一样，给你发工资。”

“给他一个人唱？”

“是，他一个人。”何金生说，“当然，大老板的老婆也就是亲家母，她要是喜欢，也可以听嘛。再就是大牛和姑爷，天天在身边，你得照应着。”

常三斤明白了，他的任务就是给大牛的老公公唱戏。能唱戏，还能天天见到大侄女，这倒是他求之不得的。

大老板的老婆也就是何金生的亲家母是个矮胖的女人，她很健谈，待人也热情。一见到三斤，她就笑呵呵地说：“是牛子舅公吧？噢，就叫叔吧，你别见外，就像在自个儿家一样。你来了，就好了，俺家老爷子就有个伴了。牛子、牛子，你叔来了，快下来呀……”她朝楼上喊道。

不一会儿，大牛从楼上跑了下来，见到常三斤，高兴地叫道：“叔！”

看到大牛兴冲冲的样子，常三斤就放了心，大侄女并不像掉进了火坑里。

大牛将常三斤领到二楼，先打开自己的房间，对躺在床上的人说：“长河，我叔来了。”

“叔……”夏长河脑袋转了一下，伸出手来指指沙发，算是打过招呼。

常三斤没有坐，他环顾一下室内，墙上的拉花和大红的囍字依然新鲜艳丽，躺在婚床上的夏长河看上去有一张挺英俊的面庞，可真的不能坐起来。大牛为他掖掖被子，吃力地把他的腿往里挪动了一下。看到这些，常三斤不禁又为大侄女惋惜起来。

“是那个唱戏的来了吧？”对面房间一阵响动，一个老人已经拄着双拐吃力地倚在门口。

大牛说：“他就是爷爷，可爱听戏啦。”

常三斤赶紧迎上去，和大牛一起把他扶到客厅的沙发上坐下。

“你……也坐。”老爷子吃力地喘过一口气，说，“听四海说他为我请了个唱戏的，就是你吧？来了好，来了好，往后咱爷俩好好切磋切磋。”

“不敢，不敢。”常三斤客气着，“老爷子，一看就知道，您装了一肚子的戏。”

“一肚子戏不敢说，老戏迷却是真的。”夏老爷子有些得意，“打年轻我就喜欢听戏，只要听说有唱戏的，跑多远我都去听，大小班子可听过不少。你是桑园子庄的？当年我在岔河听过文富昌和常九德的戏……”

“常九德是俺爹。”常三斤一下子和夏老爷子拉近了距离。

“噢？”夏老爷子点点头，“要是得过他们真传，想必也是不错了。你是唱什么的？”

“啥都唱，只是更喜欢花旦、青衣。”常三斤回答。

“那你来一段吧。”夏老爷子闭上眼睛。

常三斤觉得老爷子是在面试自己，他定定神，不慌不忙地说：“唱段《断桥》吧。”

夏老爷子不言语，只是轻轻点了点头。

常三斤清清嗓子，在心里找了找板眼，开始唱道：

恨上来骂法海不如禽兽
你害得俺一无有亲哪
二还无有故
无亲无故孤苦伶仃哪里奔投
忍悲痛来在了断桥亭口
想起了当年的事触目生愁
……

“好！”夏老爷子边听边用手掌敲击着沙发的扶手，连声叫好，“还是真人在跟前唱好，听着亲啊。四海倒是从广州给我买了不少录影带，我都看腻了。”

大牛小声对常三斤说：“老爷子哪里是在听戏，他是找个人陪他解闷罢了。”

老爷子其实挺好伺候，上午扶他到客厅里来，陪他说说话，然后给他唱上几个段子；下午是他睡觉的时间，到了晚上还要扶他到客厅来，一边陪他看录像，一边和他聊戏文。录像带里录的都是全本大戏，有常香玉的《花木兰》、王素君的《王金豆借粮》、崔兰田的《桃花庵》等等，这让常三斤十分吃惊，真的是大老板呀，能有本事搞得到这些宝贝。夏老爷子常常听着听着就打起了呼噜，有涎水顺着他歪斜的嘴角流出；常三斤却如获至宝，将那些名家名段细听于耳，熟记于心。他悟性高，入戏快，现学现卖，第二天便能原原本本地唱给老爷子听。

常三斤唱戏的时候，大牛就会打开新房的房门，坐在床边陪躺在床上的长河听。下午老爷子睡觉的时候，大牛就会拿几本书，在客厅里陪常三斤说话。

常三斤有时候就忍不住悄声问大牛：“大侄女，你在这儿还住得惯吗？”

“一开始不习惯，现在好多了。”大牛天真地说，“本来我也不想这么早就嫁人，可长河是个好人，俺爹说，他是个英雄，当年吊车塌下来，是他推开自己的工友，把生的机会给了别人，自己却光荣负了伤。他的腿不能走路了，能当他的腿，这是八十年代新青年的光荣。我要好好照顾他，我相信，他迟早会有站起来的那一天，到时候，我领他回桑园子，让桑园子的乡亲们知道，我嫁给的是一位英雄，不是贪图他家的财富。”

好一个美女爱英雄的故事，常三斤一怔，仔细看着大牛，他好像不认识面前这个高中刚刚毕业曾一心想考大学的丫头了。傻孩子，你亲生的爹把你的青春都给卖了，你还欢欢喜喜地帮他数钱呢。

大牛好像也感觉到常三斤的疑惑，说：“叔放心，他们一家待我可好了。长河还让我复习功课，准备今年参加高考呢。”

常三斤还是觉得不靠谱，心里说，大丫啊，你还小，你还不懂生活的苦。一只好不容易才进笼子的鸟儿，他们怎么会轻易放你飞出去呢？

常三斤决定和夏长河单独谈一谈。

“我不是什么英雄,我的伤残只是一次责任事故。”夏长河下身不能动弹，大脑却很灵活，他真诚地对常三斤说，“我知道，让牛子嫁给我，一定是我爸和牛子她爸做的一场交易，他们欺骗了她。叔，我的身体不可能会好起来，牛子是个好姑娘，我不能耽误了她。”

常三斤被夏长河的真诚打动了,不解地问:“那你怎么还是娶了大牛呢？”

“一切都是他们安排的。”夏长河说,“牛子一心想上大学，等她考上了，我肯定放她走，她年龄小，我和她……还没有领证。”

“你爸他会答应？”

夏长河从鼻孔里哼了一声,“他啊,什么事都能做得出来,我早看出来了,他早晚不会放过牛子的，我天天嘱咐牛子要躲着那只老馋猫。”

常三斤不由后背一阵发凉。住进夏家这些日子，常三斤发现，夏四海几乎不大在家里吃饭，每次晚上回来总是醉醺醺的，先在楼下洗了澡，穿一件大裤衩，打着酒嗝儿走上二楼来，陪着老爷子看一会儿录像，听三斤说会儿戏。每每这时候，他就会喊大牛出来冲茶倒水，那眼神在大牛身上扫来扫去，有时还不深不浅地开几句玩笑。当时以为城里人开放，公公和儿媳妇说说笑笑都不当啥，可听他儿子这样一说，常三斤觉得还真是有些不对劲儿。

老爷子听三斤唱戏听上了瘾，这些日子还非要三斤穿上戏服涂了脸唱。常三斤特地回了趟桑园子，将自己珍藏的戏装带了回来。这天上午，常三斤将自己装扮一番，一个眉清目秀的白娘子便飘然而至，让夏老爷子眼前一亮，直惊得本来歪斜的嘴不住地哆嗦。

常三斤水袖一舞入了戏：

哭啼啼把官人急忙搀起
把为妻
把为妻的屈情事啊细听来由
悔不该你听信那法海禽呢兽
逼为妻饮雄黄将恩作仇
奴官人吓死在了罗帏帐口
丢不掉咱的恩爱情一日三秋
为救你盗灵芝我蓬莱山走
白鹤童他挡去路我把剑抽
眼看看战不过我败到山口
多亏了南极仙站立在云头
我把咱恩爱情说明前后
他赐我灵芝草转回故州
治好病你不念咱情深意厚啊
谁叫你上金山哪又把那贼投
自从你背为妻暗暗出走
哪一夜我不等你到月上高楼
……

好久没唱这个段子了，常三斤这次唱得异常投入。这是小修最爱听的一段。那一年的大年初一，在桑园子的西山，以光滑的青石板为舞台，以蓝天白云为幕布，以西山群峰为背景，常三斤为他心爱的女人动情地唱着这个段子。那时刻，他们刚刚完成了第一次也是唯一一次灵与肉的交融，播下了一颗注定要夭折的爱情种子。常三斤似乎又回到了当年，就像小修又在他的耳边轻声呢喃："三斤哥，你就为俺先唱一出吧……俺还是爱看《断桥》，看你演的白娘子，《断桥》里面有爱情呢。"

一曲唱罢，常三斤潸然泪下。夏老爷子无声地拍着巴掌，大牛和她矮胖的婆婆大声地叫着好。

从那，这个矮胖的女人几乎天天上来和老爷子一起听常三斤唱戏了。这个女人有些大大咧咧，心儿却很细。每次上来，她总是在常三斤用的玻璃杯里放上一枚胖大海，并亲自倒水泡上，说："大兄弟，这是败火的，润嗓子可管用了。"

"谢谢表嫂。"常三斤客气地说。

"咱也是亲家，别客气。"女人说，"往后啊，你叫我惠姐吧，听着亲切。"

"行，惠姐。"常三斤答应着。

"你的扮相真俊。我要是个男人，也会忍不住看上你的。"惠姐大胆地盯着三斤的脸，说，"男人还是秀气一些好，知道对女人温柔，不像俺家那口子……唉！"说到这里，惠姐沉重地叹了口气。

一个女人守着两个瘫子，男人不着家，想来也够凄惶的。常三斤想。

聊天渐渐多了起来，惠姐开始在常三斤面前说话便无遮拦。尤其是晚上与男人吵了架，第二天准会找三斤诉诉苦："你说这钱该是什么好东西？男人有钱就变坏。他是造孽呀，找个老娘儿们玩玩也就得了，还非要吃嫩草，叫人家姑娘日后怎么嫁人……"

这天中午，惠姐比平时多炒了几个菜。夏四海照例没有回家，惠姐和大牛伺候完两个病人吃了饭，三个人坐到桌前，惠姐取出一瓶酒，对常三斤说："今儿想喝酒，陪我喝一杯吧。"

常三斤推辞说："我不会喝酒。"

"哪个爷们不喝酒？你也爷们一回！"惠姐不容分说，把两只杯子都倒满酒，自己先喝了一大口。三斤只好端起杯来，也抿了一下。

大牛看看婆婆，又看看三斤，不知说什么好。

惠姐把杯子中的酒一气喝干，脸儿就红扑扑的。她说："牛子是个懂事的孩子，放心，进了这家门，就不能亏待了你。长河中不中的，你别心急，不行咱去医院人工授精。"

"妈，说啥哩。"大牛红了脸。

"还有啊，牛子，你得提防着你爸，这个老不正经，啥事也能做得出来。"见常三斤有些惊慌，她又说，"亲家，你别怕，有我罩着，我像亲闺女一样护着牛子，你放心就是！"

惠姐说着说着，眼里掉下泪来："今儿是我生日，他早就给忘了，不知和哪个嫩鸡喝花酒去了！"

一听是惠姐过生日，大牛便给她又斟上了酒："妈，你慢慢喝。长河要解手了，我上去看看。"

"好孩子啊，才这么小，她爹也是舍得。"望着大牛上楼的背影，惠姐长长地叹了口气，"钱他妈根本不是什么好东西！"

"生日快乐。"常三斤端起杯，"高兴些吧。"

"高兴，高兴，今儿……高兴。"惠姐将杯中酒一饮而尽。

惠姐喝醉了。她摇摇晃晃地站起身去抓常三斤的胳膊："大兄弟，你唱戏……真好，你也教我唱戏，不就是唱戏吗，人人都在唱戏，我为啥不唱……"

常三斤本能地想要躲开，不料惠姐却顺势靠在了他的胸前。自从失去了小修，尤其是在西山坳度过了那些非人的日子，常三斤觉得自己早已失去了作为一个男人的本能和欲望，这些年来他从没有对任何女人产生过兴趣。他轻轻地推开惠姐，冲楼上喊道："大侄女，快来照看你妈……"

隔了几天的一个晚上，夏四海和何金生还有两个包工头忽然要回家吃饭。惠姐懒得去做，便让附近的馆子送来了一桌饭菜。常三斤帮着收拾好桌子，知趣地退到楼上去陪夏老爷子。给老爷子唱戏说戏，常三斤已经失去了最初的兴致，老爷子这几天情况也不好，坐在沙发上不一会儿就睡着了。常三斤将电视的音量调低，自个儿听着闫立品的《秦雪梅》：

秦雪梅在绣楼自思自忖

想起来婚姻事扰乱我心

自幼儿与商郎两小亲近
弄青梅戏竹马烂漫天真
为爱好结亲眷纳彩定聘
果算得好姻缘天愿遂人
至如今他家道落身受贫困
无奈何来俺府借馆习文
……

楼下推杯换盏的声音不时传来，常三斤突然感到莫名的烦躁。他本不想听，可他们叽叽喳喳的声音还是清晰地传上楼来。

夏四海说：“这欢城广场可是个大项目，隐蔽工程多，利润空间大，一定要想办法拿下来。听说侯县长就要退了，这也许是他在任的最后的形象工程了。金生，侯县长对桑园子可是有感情的，听说他和桑园子的公主任有生死之交，你可得抓住机遇哦。”

何金生说：“我肯定还得让公长俭跟我去跑，他那边好说，万儿八千的就打发了。可那侯县长……”

“像他这样的老革命，想的是政绩，是名垂青史，不会为几个钱不守晚节的。”一个包工头说。

“你是送得少，几十万上百万，你试试，有钱能使鬼推磨，现在的鬼小钱都看不上了。”

“那我们还有啥赚头？”

“拿到工程不成问题，关键是让他高兴了，工程款也好结清。还能放长线钓大鱼，就算他真的退下来，以后余威也在啊。”是何金生的声音，“我早就想好了，这回呢，咱给他建一座纪念碑，不，不，你们听我说，就是广场上一个小景点而已，柿柿如意！俺桑园子有棵柿子树，侯县长当年在柿子树下负过伤，他对那棵树可有感情啦……”

什么纪念碑，什么柿子树，常三斤听得有些迷糊，心里说，这何金生鬼着呢，什么钱也敢挣。

把夏老爷子拖到床上安顿好，常三斤便上阁楼早早睡了。

第二天上午，又到了例行给老爷子唱戏的时间，常三斤却烦躁得要命。听到楼下有人在敲大门，从窗子望下去，只见惠姐开了门，一个背着包袱、戴着墨镜的男人闪了进来。

惠姐慌忙往外推他：“我们家不算命，你别进来！”

那人说：“我找桑园子庄的常三斤。”

常三斤有些纳闷，是谁找到这里来了？他急忙下楼，来到院子里。

“钱串儿！怎么是你？”常三斤有些惊喜，自从钱串儿走南闯北说书算命，他们已经几年没有见面了。

钱串儿摘下墨镜，说：“在外边不好混，天天像流窜犯一样被撵来撵去的。好不容易打听到你，你小子在这儿享福啊。”

惠姐把他们让进屋里。钱串儿从包袱里取出渔鼓，对惠姐说：“来一段《林宗英告状》？啊啊，不收钱，讨口水喝就行。”

惠姐好奇地看着他。

常三斤介绍说：“钱串儿，听名字就够有钱吧？桑园子的活宝一个，唱渔鼓呢。”

惠姐笑笑，为他俩泡上茶。

从当年排那些节目到马秀花未婚先孕到自己出去游荡，钱串儿和常三斤有一肚子话要说。可他们最想说的还是他们的戏和老家桑园子。

钱串儿高兴地说：“外边好多剧团又在演古装戏了。”

“是啊，我也听说了。”常三斤也兴奋地说，“还有一个好消息，听说欢城豫剧团也要重新组建了，你知道团长是谁？王月环！”

“月环姐当团长了？太好了，以后可就有好戏看啦。”钱串儿说，“唉，什么时候，咱桑园子的戏也该唱起来了。”

“是啊，桑园子的戏是该唱起来了。”

“在家千日好，出门一晌难。”钱串儿说，“我这次回来就不走了，回家待在桑园子，哪儿也不去了。”

“我也想回桑园子了。”常三斤说，“对，回家，找富昌叔，找志仁哥，把咱桑园子的戏班子再弄起来！”

27

几天工夫，秦小凤就和大嫂秀珍与妹妹云英混熟了。

显然，对早年志义离家出走的原因，秦小凤知道的版本与实际情况是有出入的。志义告诉她是因为不愿意在戏班子学戏，父亲毒打了他，所以才逃离的，小凤还笑话他吃不下苦就做不成大事。可细心的她发现，秀珍与志义叔嫂之间有种说不清的感觉，每当二人目光相遇，总是相互躲闪着不敢正视的样子。她很想知道他们之间到底有着什么隔阂或者瓜葛，可一想到他们二十多年从没有交集，哪来的什么隔阂和瓜葛呢？或许是因为大嫂性情使然。大嫂秀珍看上去有些抑郁，即使笑起来，也不是那种从心底发出来的笑，只是脸上的肌肉硬挤出的一种表情。秦小凤感觉到秀珍一定是有什么心事，她和大哥志仁妹妹云英之间并不是那么融洽和愉快。那晚一家人相聚，秀珍一直沉默寡言，就连自己的亲闺女青桃，她也很少搭理。青桃和云英走得近，大学毕业放弃分配的机会，回家来和姑姑办服装厂，当娘的想不通也是自然的事。可孩子大了有自己的想法了，也应该尊重孩子的意见，犯不上互相怄气，搞得亲人之间亲戚之间好像生分了一样，秦小凤打算找机会好好和大嫂谈一谈。

秦小凤倒是很敬佩云英的坚强，听说了她这些年的经历，觉得她真是不容易。她到服装厂去看过，老实说，几台缝纫机，做些服装加工的活儿，慢慢干起来也是不错的。还有那些割花的鞋垫、虎头帽、绣花鞋……做工绣工都很讲究，也很有地方特色，如果形成规模，销到城里去肯定受欢迎。知道秦小凤是做戏装的，云英和青桃便将她当成了专家，缠着她问这问那。

秦小凤打心眼儿里喜欢青桃，她漂亮聪慧，对什么事都充满热情，有一股敢闯敢干的野劲儿。她忽然又对戏装发生了浓厚的兴趣，问秦小凤：“婶子，我在大学学过民族服装设计，和民族服装比起来，戏装有什么特别的讲究？”

“我没读几年书，也没到过多少地方，只知道不同的民族都有不同的服装服饰，那是他们自己的民族特色。”秦小凤想了想，说，“其实这戏装，俗称行头，是唱戏少不了的专用服装，穿上它，能美化舞台、烘托剧情，还能表明角色的身份。豫剧有五百多年历史，京剧也唱了二百多年了，这么些年来，戏本里的故事从皇亲国戚到才子佳人，从义士侠女到草寇平民，不同的角色归纳成生旦净末丑，他们都有不同的服装。咱文家就有戏班子，这些你爹和你爷爷都知道。一个像样些的戏班，光‘大衣箱’里就必备富贵衣、蟒、官衣、帔、开氅、褶子等十几种若干件；‘二衣箱’里则是靠铠甲、箭衣马褂、短打衣等武服，这戏装名堂可多了去了。”

青桃和云英真不知道戏装还这么复杂，有些戏装看着好看，还真叫不出名字呢。

秦小凤又说：“这戏装讲究也多。就说蟒吧，它是模仿明代蟒衣制成。在

明代，蟒衣是皇帝的特赐品，其样式为圆领大襟，阔袖，袖根下有摆衩子，绣有各种蟒纹。单蟒面都斜向，坐蟒则面正向，更显华贵。颜色上有红、绿、黑、黄、白‘上五色’和紫、粉、宝蓝、湖蓝、香色‘下五色’，合称‘箱中十色’，也叫‘双堂蟒’。皇帝的龙袍就是五爪明黄蟒，明黄蟒为帝王专用。男蟒有十团龙老生蟒、散团龙小生蟒、打龙净角蟒；女蟒有旦角蟒、老旦蟒和花衫蟒。对了，咱家祖传的那件，就是秋香色软绉老旦蟒。

云英有些惊讶，说：“这做戏装原来有这么多学问，二嫂真是了不起。”

青桃也问：“婶子，你快说说这戏装是怎么做出来的？”

“其实，和做什么都一样，难了不会，会了就不难了。”秦小凤说，“就说这大龙蟒吧，一般得四道工序。先是开料，按照具体制作要求造型、尺寸等内容在面料上画出轮廓，为下道工序绘画提供依据，开料只画样不裁剪，等刺绣上棚时丝缕就端正了，开完料的衣片叫素片；接下来要画料，就是在素片上画上需要的图案，原来都是直接手工画上去的，后来有了印版，印上就省劲多了，但单件套的戏服还得靠手工去画，画好的衣片就是画片了；第三步就是刺绣，根据原料和针法绣技的不同，分为线绣和金绣，关键是按角色和身份配好色，戏衣刺绣的好坏，首先是看色彩的搭配，其次才是绣艺的高低。绣好的衣片就是绣片；最后一步成合，又细分为别浆、劈剪、缝合和辅工四道工序，工艺繁杂，需要一手到底。难就难在这里，光成合这道工序

三年才能出师呢。”

“我的天哪，我还想给咱戏班子做几件戏装呢，原来这么难。”云英有些泄气的样子。

青桃眨巴着眼睛，说：“怪不得一件戏装那么贵呢。婶子，你和二叔就别走了，在这里教我们也做戏装吧。”

“就是啊。还有，你的戏也唱得那么好，咱爹，咱舅，还有志仁哥可都夸你唱得好呢。”云英也说，“听志仁哥说，他想把戏班子重新搞起来，正愁着缺角呢。秀花嫁出去了，除了三斤，正儿八经能唱旦角的没人了。”

“我就是瞎唱几句，我可登不了台。”秦小凤笑笑，轻轻摇了摇头。

……

海岛冰轮初转腾

见玉兔玉兔又早东升

那冰轮离海岛

乾坤分外明

皓月当空

恰便似嫦娥离月宫

……

秦小凤的一段豫剧《贵妃醉酒》，这几天一直在文家余音绕梁。文富昌没有想到，老二带回的这个媳妇不仅能做戏衣，还会唱戏，这让他和吴大用对重振戏班增强了信心。他让老大志仁和老二谈一谈，看他们到底是个啥打算，是回来省亲待几天就走还是叶落归根迁户返乡。志义说：“那边老人都走了，孩子也在外地上学，倒无啥牵挂。只是原来筹划着将秦氏戏衣重新干起来，原来戏班子的戏衣大多都烧掉了，看这形势，古装戏一开禁，这戏装怕是不愁卖了。”

“能把戏衣铺子开在这里吗？”志仁急切地问。

“这一行讲究个字号，大多有固定的主户，再说，没有几个叫得响的师傅也是办不了的。”志义说，“爹娘年纪也大了，这些年我也没能尽孝，我倒是愿意迁回来，和你一起给爹娘养老送终，你弟妹也有这个意思。可在老家，我不知道自己还适合干点什么。”

“虽说咱这边还穷，可守着东山西山，在桑园子也饿不死人。”志仁有些失望，“你和弟妹先住一阵子，再好好打打谱吧。爹说了，从大娘搬到云英妹子那里去，大伯家那宅子闲了多年，先拾掇出来，你们暂时住着。”

“也行，哥。”志义答应道。

文志仁让志义去约田茂顺过来帮忙收拾房子，自己就先去了老屋。

老屋还是当年奶奶领着大伯和爹刚到桑园子的时候建起来的，一家人最先在这里安身立命。大伯和爹分别成家后，大伯一家住在这里；后来大伯死了，大娘和云英母女在这里相依为命；云英嫁到田家后，大娘一个人住在这里，直到田家接连出事，大娘只好搬到那边与云英相伴。老屋像一个疲惫的老人承受了太多的悲欢离合，最后佝偻了腰背，在那里孤独地守望着什么。这些年来，文志仁小心地看护着老屋，换换坏掉的瓦，拔拔院里的草，经常开开门窗透透气，屋子要是没有人气，老得会更快。

这几年无戏可唱，忙完地里的活空闲下来，文志仁便常常一个人来到老院，有时自己一个人活动活动腰身腿脚，练练功夫，害怕等有一天能唱戏了到了台上却亮不开架势；更多的时间，他会来到老屋，鼓捣着自己喜欢的玩意儿。他无师自通，学会了不少小手艺，木匠活、扎彩活、装裱活都能伸得上手。文志仁甚至多了一些怪异的癖好：上山见到一根合适的树枝他会砍了回来；村里谁家闺女出嫁剪了辫子他会千方百计收过来……他把老屋的东厢房做了自己的小作坊。一根根本不起眼的树枝让他做成了一把把刀枪剑戟；一根根头发辫子和一把把苘纰麻纰儿或者塑料绳头儿都让他做成了一件件式样不同的髯口；还有那些硬纸壳到了他手里就变成了纸浆，纸浆里掺了胶水和花椒水，这样既结实又不会生虫，将纸浆一层层糊在早先用泥胎做成的模具上，等干透了拆下来，涂上颜色，贴上金银箔，插上绒线球、配上玻璃珠、挂上穗形结儿，一件精美的盔帽就做成了。

在老屋的日子，文志仁是快乐的。他认真地做着自己喜欢做的事情，构筑着自己的梦想王国。这些戏具虽然粗糙了些，简陋了些，但都付出了他的心血。在他眼里，它们一件件都是活的，那髯口，那盔帽，那枪戟，配了不同的角色在他面前粉墨登场。他在心里自编自导着一出出大戏并与戏中的角色进行着最直接的交流，尽情享受着戏给自己带来的欢愉。他想象着当年奶奶唱戏的样子，他回忆着当年九德伯和爹在戏台上的风采，还有与常三斤、秀花和钱串儿他们同台演出的场景。桑园子多年不唱戏了，爹不唱戏，好像老得更快了。志仁看得出爹的心事，他与爹其实想的都是同一件事，唱戏。

在老屋的日子，文志仁可以静下心来思考很多的事情。文家虽说是外来户，又是单门独户，可他们早已融入了桑园子。爹当了多年的三队队长，为乡亲们也算尽了心出了力。生在桑园子长在桑园子的文志仁很少出过远门，可他坚持听广播，对山外的世界也算有所了解。改革开放的大道理他说不上多少，可他知道国家想让农民尽快富起来。桑园子还很穷，乡亲们土里刨食也只能温饱而已。他还年轻，他想为桑园子做些事情。唱戏能让乡亲们穷乐和一番，可戏也唱不成了；除了唱戏，他还能做些什么？文志仁觉得自己太无能了。

让他烦心的还有自家的家务事。这些年，云英家接连出事，日子过得不顺当。作为哥哥，志仁总是千方百计想帮扶她一下，让她渡过难关。志仁觉得，从当年自己娶了秀珍，云英赌气嫁到田家，志义离家出走，这么多年，总有一种说不清的东西纠结在那里。如果秀珍不出现在他的生活里，他或许会娶了云英，日子可能会以另外一种方式去过。他并不后悔娶了秀珍，因为她就是在那样一个关口以那样的一种方式出现在了自己的面前，这是他绕不过的一道坎儿。其实自己对云英一直都是以兄长的感情相处的，从小他喜欢她，她依赖他，这种纯真并不掺杂任何邪念。云英毕竟只是一个脆弱的女人，无论她表现得多么坚强，她总需要有一个坚强的臂膀去依靠，但是她没有，所以她对哥哥的依赖就成了她某种意义上的寄托。要命的是秀珍的多疑与妒忌，让三个人之间的关系变得愈发微妙。

田大柱出事后不久，大娘已经搬到了云英那里。有一天，云英回老屋给娘找东西，她并没有发现在东厢房里忙活的文志仁。云英在老屋呆坐了许久，在人前她能够逞强，把眼泪咽到肚子里，可当一个人独处的时候，这些年深埋心底的苦水一下子就翻腾起来，她禁不住放声大哭。哭声惊动了志仁，志仁慌忙过来，他竟不知道如何来安慰这个苦命的女人。

云英一下子扑到志仁怀里，紧紧地抱住他："哥！我……我不想活了呀！"

"云英！"文志仁的泪水也顺着眼角淌了下来，他拍拍云英的肩膀，试着将她推开，"妹子，挺住，有茂顺长着，日子会好起来的……"

云英抽泣着，把志仁搂得更紧："哥，你抱抱我，抱抱我，我真的撑不下去了……"

文志仁无声地点点头，把云英紧紧地抱在怀里。

秀珍就是在这个时候来到了老屋。她咬着嘴唇，静静地看着他们。

文志仁发现了秀珍，他急忙松开了手。

云英也收回胳膊，她擦着眼泪，叫了声："大嫂！"

秀珍铁青了脸："哼，丧门星！"

"大嫂，我……回来给娘拿东西……"云英不知道应该如何解释眼前的一切。

"你不要想不开，也多劝劝大娘。"志仁对云英说，"你先回去吧，我跟你大嫂说清楚。"

"大嫂，你不要多心。俺不会做啥丢脸的事。"云英拿了东西，走出门去。

志仁对秀珍说："云英心里苦，又没人去诉说……"

"没人说，就跑到这闲宅子里和你说啊，"秀珍冷笑一声，说，"怎么连大门也不关？我晚进来一会儿，就到炕上说了吧？"

"你说啥呢？她是我妹！你咋一点儿同情心都没有呢？"文志仁生气地瞪了她一眼。

秀珍不依不饶："我知道她命苦，克死了田小柱，又克死了田大柱，你就不怕也克你呀！"

"混账！"文志仁怒不可遏，挥手给了秀珍一巴掌。

这是文志仁第一次也是最后一次打老婆。虽说是在气头上，下手也不重，但文志仁还是有些后悔。秀珍和云英都是女人，女人的心都是敏感和脆弱的，面对两个女人，他拿着戏文里的故事和自己比对，什么叫同情，什么叫亲情，什么叫私情，什么叫夫妻情，这些感情交织在一起真够闹心的，他恨不得把自己的心捧出来让太阳晒给秀珍看。

虽说以后的日子，作为亲戚，秀珍与云英大面上也过得去，但一旦有一个心结挽了扣儿，想解开它也不是那么简单的事。秀珍越来越忧郁了。

为帮云英翻修老屋，爹做主将自家房前屋后能够做檩条的树都砍了，秀珍心里不高兴倒也说不出啥。可就因为砍了这些树，文志仁竟然被公社护林站抓了典型，不仅赔了钱，还差点儿被抓了。秀珍为此与志仁吵了个天翻地覆，还跑到云英家大闹一场。

如今，青桃毕业后又甘愿回乡与姑姑一起创业，还住到了她家里，秀珍怎么能不生气呢？还有，虽说几十年前的旧事不可重提，但志义两口子回来之后，嫂叔之间那份尴尬还是有的，以后如何冰释前嫌和睦相处呢？唉，真是家家都有一本难念的经啊，文志仁为此焦头烂额……

打开东厢房，墙上挂的，梁上悬的，地上摆的，满满一屋子都是唱戏用的，文志义和田茂顺都惊呆了。

田茂顺好奇地摸摸这个又摸摸那个，最后将一件髯口挂在耳朵上，得意地用手捋着长长的胡须，扮着鬼脸。

文志义告诉他："唱戏戴的胡子叫髯口。这是件满髯，是净角戴的，壮年戴黑色，老人戴白色，性情暴烈的戴紫色，《铡美案》中包拯戴的就是紫色的……"

二弟也挺在行的，文志仁在心里赞许着。

"大哥呀，你这些宝贝能武装好几个小剧团哩。"文志义赞叹说，"你的手艺还真是不错。"

"闲着没事，瞎鼓捣呗。"文志仁说，"说不定哪天就能用得上。"

"我就知道，你和爹一样离不开戏。"文志义说，"哥啊，其实这些年，我也在和戏打交道，虽然唱不了戏，可对这个行当也多少懂得了一些。唱戏离不开戏装戏具，我和小凤是做戏装的，干的是行头业；这些盔帽、鞋靴、刀枪靶子，戏台上摆的，演员手里拿的，统称戏具。哈哈，这下好了，我们家，不仅能唱戏，还能做戏装戏具，这可天下少有喽。"

田茂顺高兴地说：“大舅，二舅，咱们干脆就把剧团再建起来，同时建一个戏装戏具厂，有戏唱戏，没戏生产，这剧团不就养活起来了吗？”

文志义说：“你别说，外甥这主意还真不错呢。”

文志仁若有所思地点点头，对志义说：“恐怕没那么容易吧。这样吧，把房子收拾好，你们先安顿下来，你也和他婶子好好合计合计，以后再做打算吧。”

28

欢城县豫剧团新任团长王月环下乡调研的第一站选择了岔河乡。当年的县剧团改成文宣队后没几年就散了摊子，主要演职人员大都停薪留职，四处流失，只有几个管理人员留守空城。前不久，县里决定按原建制重组县豫剧团。几个月来，王月环四处奔波，收复旧部，招兵买马，总算有了一些眉目。为广泛听取基层群众对剧团今后发展的意见和建议，王月环开始了她的乡镇之行。岔河乡对此十分重视，副乡长侯冬梅专门召集了一次座谈会，中午还在乡机关食堂设宴款待了她。

王月环对岔河乡有着一份特殊的感情，前些年，她被安排在桑园子“深入生活”，接受贫下中农再教育，在这里度过一段难忘的时光。重回旧地，王月环想到了桑园子的于大脚，想起了文家父子，想起了秀花，想起了桑园子的乡亲们。在自己最落魄的时候，桑园子收留了她，给了她那么多的关爱和活下去的信念；在得知自己嗓子毁掉以后，文志仁从公德贵那里求得秘方，几次进城送药，让她终于能够重返舞台，给了她第二次艺术生命……这些爱戏的桑园子人，戏里戏外，都是响当当的角色啊。王月环急着要去桑园子。饭后，侯冬梅安排乡里唯一的一辆吉普车送她去，并让文化站干事文青山全程陪同。

文青山早就从父亲文志仁那里听说过关于王月环的许多故事，作为一名著名豫剧演员，王月环在欢城是很有些名气的，这让爱好文艺的文青山非常崇拜。从第一眼看到王月环，文青山就有些肃然起敬的感觉。也许是经过特殊岁月风雨历练的缘故，面前的王月环显得有些羸弱，脸上也爬满了细密的皱纹，但看上去依然眉目清秀，回眸流盼和举手投足间无不流露着一种超凡脱俗的风韵。坐在吉普车上，与心中的艺术家如此近距离地相处，文青山有些诚惶诚恐。

王月环知道面前的小青年是桑园子文志仁的儿子，感觉上就多了一份亲近，主动向他询问桑园子的近况，这让文青山的心情放松了不少。尤其是王月环主动谈到文家珍藏的戏装，在这个文青山早已耳熟能详的故事里，王月环虽然没有出场，但她何尝不是故事的主人公之一呢？这千丝万缕缠绕着的戏魂，让几代人命脉传承、息息相通。文青山觉得，自己和王月环情感的距离一下子拉近了。

文青山鼓足勇气，将自己一摞厚厚的书稿交给王月环，说："王老师，这是我以我们家戏装和戏班子的故事为素材写的一个剧本，名字就叫《戏装》，抽空儿您给看看，指点一下。"

王月环接过书稿，有些惊讶地看了看文青山："你能写剧本？不简单，不简单啊。"

文青山不好意思起来："学着写，本来想写成小说呢，可后来觉着还是写戏过瘾。"

"咱们家几辈子的戏可算没白唱，出剧作家啦。"王月环赞赏道，"回头我让团里的编导给看看。"

文青山忙说："嗯。谢谢王老师。"

车近桑园子，王月环心情更加激动起来。她不时朝车窗外望去，右侧是东山，左侧是西山，东山和西山都笼罩在一片新绿之中，葳蕤葱郁，似云若雾，好像张开了神秘而又温暖的怀抱，将桑园子整个儿拥抱起来。

临到村口，文青山问："王老师，要不要先和村里接上头？"

王月环说："我到桑园子是寻戏来的，又不是视察，别麻烦村干部了。到村口，就让车回去，我们直接去你家吧。"

文青山说："也好，听说村里要翻建大队部呢，不知动工了没有，估计也是乱七八糟的了，是村里的何金生出钱赞助的呢。"

王月环说："先富起来的人，都是靠了政策好，他们多做些公益也是应该的。"

重建县豫剧团的消息文富昌、文志仁父子早有耳闻，现在团长就出现在面前，二人十分高兴，一家人也是欢天喜地。马秀珍赶紧洗壶泡茶，吴成芳拉着王月环的手问长问短。

文志仁对王月环说："听姐说话还是那么甜润，你的嗓子恢复得真好，这些年没再犯吧？"

"当时有半年多发不了声，我还真以为这辈子再也唱不了戏呢。"王月环笑笑，又说，"多亏你给讨的偏方。嗓子恢复后，我坚持锻炼，现在觉得比以前还好使了呢，就盼着登台试试了。"

"也得谢谢药铺的公老爷子，那么严重的声带撕裂，都结节增生了，他这偏方还真是神。"文志仁说，"这方子活血化瘀、益气养阴、化痰散结，主治声带小结。我都记熟了：桃仁、红花、丹皮、枳壳、诃子、牛蒡子、乌梅、蝉衣、桔梗，还有鱼腥草，水煎服，每天两次，十天为一个疗程，五个疗程包好——以后说不准用得着。"

文富昌白了志仁一眼，对王月环说，"能有副唱戏的好嗓子，那是老天爷给的，可不许糟践自己了。"

"二叔说的是。"王月环说，"现在想来，当时我可真是傻，真要是哑了，不能唱戏了，活着还有什么意思？让戏迷也看不起我了。"

"就是啊。"文志仁说，"现在好了，月环姐当团长了，以后保准有好戏看了。"

文富昌叹气说，"散摊子这么多年了，再组起来也真是不易。"

"可不是嘛，原来那些演员虽然都还在名册上，县里不拨款，戏又演不成，没人发工资，就各奔东西了。"王月环说，"我找他们找得好苦啊。'小金牙'老张和'结巴丑'小张这爷俩回了老家，在林场当了护林员，大山里几天见不到一个人影儿，爷儿俩除了干活，就是喊山，都快成野人了；艺名'戏篓子'的王美丽在城里摆了个烧烤摊儿，整天烟熏火燎，呛得满眼是泪……

这些人都是团里的宝贝呀！一听说又能演戏，他们那个高兴啊，盼了多少年啦……”王月环越说越激动，眼里竟噙了泪。

文富昌深有同感：“谁说不是呢？桑园子也多年没戏了，憋得慌啊。”

文志仁急不可待地说：“就是啊，县上都恢复了，咱乡下还怕什么。钱串儿和三斤也都回来了，俺们商量了几回，正盘算着把班子恢复起来呢。”

“我也正关心这事呢。”王月环说，“县剧团虽说也有下乡演出任务，可欢城那么大，几年才能转上一圈？庄户剧团才是老百姓自己的剧团，想演就演，想看就看。”

“听说老戏解禁了，剧团复演，你想排哪出？”文富昌问。

“是啊，解禁了。”王月环说，“现在正排着现代戏《朝阳沟》，这个现成，好上手。老戏呢，《花木兰》和《杨家将》我都想排，只是……还有些难处。”

“缺行头？”文富昌看出了王月环的意思。

“是，缺行头。”王月环直截了当地说，“戏装当年都被烧了，演员们冒死藏了一些，这远远不够。在苏州定做了一部分，可半年也来不了货。”

“俺就知道，你是借戏装来了。”文富昌干脆地说，“桑园子也藏了不少，哪天让志仁归拢起来，你能用的，先借给你用，等桑园子的戏班子开张了，你一准儿还我就是。”

文志仁也说：“行。还有刀枪靶子、盔帽髯口，我自个儿做了不少，凑合着也能用，相中哪件拿哪件。”

“我就知道，来桑园子我不会空手回去的。”王月环惊喜地看着文富昌和文志仁，高兴地说。

“这戏班子间用了急，借行头，借角儿，也是常有的事儿。”文富昌说，“救场如救火嘛。”

“二叔，还真得借我个角儿呢。”王月环不好意思地说，“《杨家将》还缺个烧火的丫头，我想请马秀花试试杨排风，她唱腔好，戏路子也宽……”

“刀马旦，她也在行。”文富昌长叹一口气，说，“可惜啊，当年宣传队那个耿队长毁了她，却让钱串儿背了黑锅。钱串儿倒是真的喜欢秀花，可事情让秀花娘一闹腾，后来就不好收场了。唉，秀花无奈嫁到穆家店，孩子都长大了，可她从没回桑园子娘家来，现在是个啥样，也没个准信儿了。”

“可不，这么多年过去了，就算能找到她，怕是也唱不动了。”文志仁也惋惜地说。

几个人正在说话，文青山领着文志义、秦小凤和田茂顺、文青桃进了院子……

29

文志义、秦小凤是第一次走进王月环的目光，尤其是秦小凤，虽说初次相见，二人却一见如故。秦小凤不仅会做戏装，而且还能唱豫剧，这让王月环喜出望外；文家祖传的戏装更是拉近了这些本来素昧平生的人之间的距离，一件戏装丝丝缕缕竟然牵绊出这么多的传奇故事，王月环觉得这世事真是不可思议。

王月环坚定地支持文志仁和文志义在桑园子创办戏装戏具厂的想法。她说：“随着改革和文化的开放，大小剧团肯定都会发展起来，戏装需求量肯定少不了，我定做了一批半年也交不了货呢。”

秦小凤犹豫片刻，也表示同意：“月环姐说得对，这戏装以后的销路肯定没问题。秀珍嫂子还有村里的好多姐妹绣花的手艺也不错，培训一下很快也能上手，我再从那边请几个师傅过来，只是……云英妹子有了一家服装厂，她会不会觉得……”

田茂顺打断她，说：“我娘不会这么小心眼儿，再说产品也不一样，要是以后能联合起来，不是更好吗？就是厂房是个问题，可以在家里先干起来，以后批块地皮，再像模像样地建厂房。”

大家都赞许地点头。

“说干就干，有些手续我去跑。”田茂顺说。

“等这边筹备得差不多了，我和志义回去一趟，把以前的设备收拢起来，和以前的客户也联系联系。”秦小凤也是个干脆的人，“最好让志仁哥也过去考察一下。”

“行，到时我跟大舅一起去。”田茂顺看了文志仁一眼。

文志仁笑笑说：“这孩子，当兵当成急性子了。”

王月环也笑笑，她有些喜欢面前这个阳光帅气的小伙子了。当年在桑园子接受改造的时候，田茂顺和文青山才只有四五岁的样子，现在都长成男子汉了。表兄弟二人一文一武，青山秀气斯文，多少有些书卷气；茂顺风风火火，有一种说干就干雷厉风行的闯劲。想干事的年轻人又赶上了好时候，只要肯干，还有什么事干不成呢？

一代人长起来了，另一代人就会老去。面前的文富昌也是六十多岁的人了，当生产队长，在田间干活耕耧锄耙是把好手；涂上脸谱，在舞台演戏唱念做打也都在行。可岁月不饶人，他的头发已经白了不少，背也明显有些驼了。王月环又想到了于大脚，这个孤老太太过得还好吗？她心里不禁涌上一丝酸楚。

王月环说：“今晚，我去陪大脚姑奶住一宿儿。”

文富昌点头说：“去吧，她可是常常念叨你哩。”

桑园子东西两面靠山，太阳才落下西山头不一会儿，天就傍黑了。立夏时节，天气渐渐暖和起来，夜风在桑园子习习吹过，让村庄四处都弥漫着一种山野里独有的清香。

于大脚家的院子里，一棵高大的香椿树又长出一树紫红鲜嫩的新芽，满院里飘散着一种香椿特有的香气。虽说桑园子多数人家都有几棵香椿树，但于大脚家这棵最香，无论椿芽拌豆腐、椿芽炒鸡蛋、油炸椿芽鱼儿，还是腌椿芽咸菜，味道都特别好。头两茬掰了，于大脚都分送给了乡邻，这是第三茬，香气依然扑鼻。

于大脚喜欢干净，人又闲不住，她家的小院子虽显老旧，但看上去绝不破败。除了香椿树，她还在院子里种了菜，一畦韭菜、一畦菠菜已经绿油油的；东墙边点种的几墩丝瓜已经出苗就要开始拖秧，小院到处都充满了生机。

于大脚喜欢在傍晚的时候，搬个小马扎静静地坐在院子里。她和老宅就这样静默无声地对视着，在越来越深的夜幕中渐渐融为一体，化作一幅朦胧的水墨画。

王月环就这样陪着于大脚在院子里坐着，诉说着这些年来的别愁与思念。

“大姑奶，听志仁说，您的眼睛做了个小手术，现在看得清吗？”王月环关切地问。

“就是从眼里拔出了个萝卜花儿，现在好了，就连老花眼也轻多了。”于大脚说，“公家外甥黄岐医道真不赖，能在眼珠子上动刀子。他还给我查了体，说我还有肺心病，什么器官老化，得注意，还给我开了不少药。人老了，哪能不老化？吓唬俺哩。”

“那您老真得注意了，记得按时吃药。”王月环叮嘱道。

“我倒不怕死。阎王爷哪天看上你了，不想去也得去。”于大脚爽朗地笑笑，“再说了，今年我七十三了，‘和善堂’的公先生八十四，唉，七十三，八十四，阎王不请自己去。”

王月环宽慰她说：“瞧大姑奶说的，不说长命百岁，您老怎么也熬得过八十四那道坎呀。”

“桑园子的男人数公先生最长寿了，女的八十多的倒有几个，那我也好好活，看看以后的好光景。”于大脚停了停，好像突然想起了什么，又说，“黄岐那孩子有出息，还当了院长呢。他怎么就和当年治你的那个疯丫头成了两口子呢？黄岐文文弱弱的，能降得住她？还不受一辈子气？”

王月环说：“此一时彼一时，人总会变的。我在乡里见过她了，她在食堂卖饭票，唉。”

于大脚说：“你可没少吃苦，从桑园子回去后你还毁了嗓子，唱戏的指着嗓子吃饭，这不是砸了饭碗吗？给姑奶说说，他们是怎么欺负你的？”

“事情过去这么多年了，我嗓子恢复得可好了，您老放心吧，我还能唱，还能唱好……”

“你受苦了。”于大脚长叹一声，说，“为了你的嗓子，志仁可是没少跑腿。好了就好，大家伙儿都喜欢听你的戏，你怎能作践自己呢？要记住：心小了，所有的小事都大了；心大了，所有的大事都小了。还有，你都当团长了，以后多唱几出戏，把以前耽误了的都给补回来。”

“心小了，所有的小事都大了；心大了，所有的大事都小了。”王月环认真琢磨着老人的话。

“有副好嗓子，是老天造化你。你的嗓子不光是你自己的，懂吗？”于大脚又说。

“姑奶，我明白。我的嗓子真的好了。”王月环习惯地干咳了两声，说，“要不我现在给你唱一段？”

“俺一个人听，岂不瞎了你的戏？”于大脚说，“等桑园子的班子再鼓捣起来，你得多帮帮他们。志仁答应到七月初四唱出大戏给俺过生日呢。唉，唱吧，过了这个生日还不知道有没有下一个呢。”

“到那天，我也专门来给你唱。”王月环望着夜色里于大脚苍老的身影，心里有些悲凉。

今天是个晴天，桑园子的夜空靛青一片，星星也出得格外齐全，一颗一颗眨着眼睛，抢占着自己的位置，像是满天都撒满了晶莹璀璨的宝石。望着天上的星星，她们许久没有再说话。

天色渐晚，夜风有些凉了。王月环搀起于大脚说：“进屋吧，千万别感冒了。”

拉开炕边的灯绳，一个瓦数不高的电灯泡把屋子照得有些昏黄。靠墙的八仙桌，占了半间屋子的大炕，炕上老旧的纺车……一切都还是王月环当年住在这里时的样子，简单但干净。

于大脚坐到炕沿儿上，说：“好几年不再纺线了，现在没人织土布了，都穿料子喽。”

王月环的目光停留在八仙桌上一个不大的相框上。她近前捧在手里仔细地看着。这是一张演出剧照，一个头缠白毛巾、手拿旱烟袋的老汉，一个身穿大襟褂、手捧语录本的老婆婆，两人的头正凑在一起，夸张地做出看书的样子……虽然都化了妆，但王月环一眼就能认出，照片上的两个演员一个是于大脚，一个是公德贵。

于大脚从王月环手里接过相框，将它郑重地放到枕边，然后把铺盖卷儿铺开，说：“环啊，躺炕上去，咱娘俩儿拉拉呱儿。把灯也关了吧，费电。”

王月环有些纳闷地答应着，脱下外套，伸手去关了灯。乍一熄灯，屋子里漆黑一片，什么也看不见了，她摸索着在于大脚身边躺下。适应了一会儿，才看到星星透过窗棂洒在屋子里的微弱光线，屋子里更显静谧，冷清。

王月环听到于大脚的呼吸有些急促，忙问：“姑奶没事儿吧？”

“我没事儿。”于大脚侧过身，突兀地说：“……环啊，早先有人就对我说，只要我能守得下去，等我死了，会给我立块节孝碑，现在不兴了，碑是立不成了，再说这也是戏文里才有的事儿。其实，说起这节这孝……你能听听我的故事吗？”

王月环在黑暗里睁大眼睛，无声地点点头。

于大脚深深呼出一口气，并不在意王月环听不听，自个儿已经陷入往事的回忆：“俺是二十岁那年嫁到桑园子邱家的，男人是个又傻又呆的废人，这都是命，俺认了。二十五岁的时候，他人没了，俺就寡了。你说这日子还有什么过头？那时候，药铺公先生的老婆得急症死了好几年，一直没再找，就托媒人来撮合，可俺公婆死活不愿意。公先生能托人来说媒，这是俺不敢想的，在桑园子，公家是有名望的，虽然家业败了，但瘦死的骆驼比马大；俺并不贪图富贵，公先生在桑园子是受人尊敬的，俺也敬重他。虽然大了俺十来岁，要是能和他搁堆过日子，也是前世修来的福……唉，俺守寡的第二年，花姑娘仨在桑园子安了家，花姑也挺关心俺的事，侯排长他们来桑园子养伤那年，花姑倒是想再给撮合撮合，那时公公走了婆婆还在，婆婆还是要死要活不愿意，后来鬼子来了，花姑死了……俺不忌恨公婆，俺是他们惟一的依靠啊，要是俺走了，他们还指望谁？俺有泪往肚里咽，里里外外操持这个不像家的家，整整十年，俺像亲爹娘一样孝顺公婆，一前一后把二老打发走了。这期间，公先生也没少帮衬俺，那个死鬼欠下的药费，还有公婆吃药的钱，他都给免了。婆婆临咽气的时候说了句良心话，孩子啊，对不住了，邱家误了你。唉，什么误不误的？这就是命啊，那年俺都三十六岁了。后来？……后来，在桑园子，在岔河，俺也算出了名，说俺守妇道，说俺是孝妇，高帽子戴俺头上了。人不就是图个名节吗？你说我还能想么？……只是公先生不知为啥也一直没续弦。唉，日子就这样过下来了。”

于大脚像是自言自语，说得轻松自然，一个女人半个多世纪的人生与爱情就这样被平平淡淡的一段话给总结了。

王月环没想到于大脚一生会如此坎坷，心想，如果她能勇敢地迈出那一步，如果她在年轻的时候就嫁给了公德贵，生活会是一种什么样子呢？王月环无法去找寻一个答案。

“环啊，你在听吗？”于大脚歇息一会儿，又说下去，“俺这一辈子，自个儿就满意两件事。一个呢，俺接生了几百个孩子，亲手把他们迎到这个世上，享福受罪那是他们自己的造化；同时呢，俺还说成了上百门亲，成全了不少姻缘，也错牵了不少红线，日子过孬过好也怪不得媒人……再一个呢，俺平时也热戏，只要桑园子唱戏，俺回回不落地去听。不光听，俺还登过台，有一回志仁还让俺上台当过一回老丫鬟呢，俺才不怯场呢。”说到这里，于大脚竟轻声唱了出来：“老头子，哎老婆子，咱们两个……”

于大脚许久不再作声，黑暗里王月环感觉得到她正用那双干瘦的手揉着自己浑浊的眼睛。王月环心里一阵震颤，她终于明白了，表演那个节目，对于大脚来说，在某种意义上实现了她深埋心底的一个最美好的愿望！她和他在“戏”里彼此给予了那种最圣洁又最浪漫的称谓，不为人知的一生暗恋竟然在短暂几分钟的表演里痛快淋漓地得到了宣泄！我的姑奶，既然这样，你们就应该唱一出大戏，像《西厢记》，唱一出有情人终成眷属的大戏啊。

于大脚终于哭出了声：“环啊……笑话姑奶了不？你说我是不是很可悲，很可笑……”

“姑奶。”王月环不知道怎样去安慰她。

于大脚止住哭，仍然自说自话：“从二十多岁的小媳妇到七十多的老太太，俺就装着这么一个念想，俺知道和他成不了，可俺就当个念想，压在心里，要是没有这个念想，俺怕是撑不到现在。你说谁心里能没有个念想？特别是年轻的时候，觉得孤单了，哪个女人不想有个坚强的男人臂膀去依靠？夜深人静的时候，这个念想会让你难受得烧心把子。于是，俺就起来纺线，把这种念想纺成一个个线穗子，你说它会有多长？后来，不纺线了……唉，没线纺，夜就更长了，睡不着的时候，俺就隔着窗棂数星星，窗户外面只能看到那三百多颗，俺数了它们好多年，它们也都认识俺了……”

王月环的目光也隔着窗棂望出去，窗外的夜空星星点点，原来它们有三百多颗？它们真的会认识姑奶吗？

“姑奶！”王月环忍不住翻过身，一把抱住于大脚，将她紧紧地抱在怀里。

于大脚轻轻地拍了拍王月环的后背：“环啊，说了这些，你会不会觉得姑奶不是以前的姑奶了？就跟你们演戏似的……你的戏在台上，俺的戏在心里罢了。”

“姑奶，把您心里的戏拿到台上唱吧。”王月环多么希望两位风烛残年的老人能够实现心中的念想啊。

“老喽，阎王爷那儿快排到俺的号喽。”于大脚似乎微笑了一下，“等下辈子吧，下辈子俺再把自己的戏唱好……”

30

“和善堂”的匾额被砸了以后，“为民诊所”叫了几年又改成了“桑园子大队卫生室”。后来，赵黄岐调到公社卫生院当了院长，上级又没有医生派下来，公德贵就一个人坐诊看中医，诊疗费医药费交公，大队给公德贵记工分。这几年，听说又允许个人开诊所了，尚道兰就撺掇公爹重新再挂起“和善堂”的牌子，自己干，好多赚些钱。

“那不是复辟嘛。”公德贵说，“悬壶济世，医者仁心，钱财乃是身外之物。这样挺好，反正都是给病人看病，名号不名号的就罢了。”

其实，公德贵对苦心经营了大半辈子的“和善堂”还是很有感情的，他一直将“和善”二字作为治家修身的座右铭。在他看来，善者，与人为善，行好积德；和者，与世无争，得过且过。一切要顺应时世，顺其自然。说起当年自毁“和善堂”匾额，他依然认为，一块牌额砸掉无妨，心有和善胜似门悬圣匾，何况还能躲过一劫。唉，那年月，人都疯了。宣传队的耿队长异想天开，非让他和于大脚搭伙演节目，这却成了他一生中值得回味的事情，那次参加汇演的剧照，作为纪念品，他和于大脚一人一张，他这一张镶嵌在一个精致的相框里一直放在诊案的一角，随时就能看上一眼。桑园子人爱戏，在台上老爷孙女扮夫妻也是常有的事，他和于大脚在桑园子都算是德高望重，台上做回老两口儿也决不会有人说三道四，反而会更增添几许敬重。他等了她十几年，不，一直等到现在都老了，他知道再也等不到她了。

公德贵老了，看上去发须如银，但依然精神矍铄。他和他的诊所一直就在公家老宅的前院。老宅已经很老了，比公德贵还要老，前院头些年进行了一些修葺，换了房瓦，修了门窗；而作为大队部的后院却年久失修，显得破败萧条了。每每从前院的后窗望过去，公德贵心里就涌上一阵悲凉。儿子公长俭前些天告诉他，后院要拆了，拆了盖楼。

公德贵知道大队里穷得叮当响，欠下老会计钱守元和老妇女主任春花的工资都还不了，三天两头来要账，哪里有钱翻修大队部？别说盖楼，就是换几搭瓦也拿不出现钱来。

“上头拨款了？”公德贵有一搭没一搭地问。

公长俭说：“自筹。不过，乡里有块配套资金，以奖代补改善村级办公条件，花多少乡里差不多能补一半。”

“有这么好的事？”公德贵问，“可是你到哪里去摸另一半？”

“我有办法。”公长俭说，“让何金生那小子出点血，他娘的有了钱，猴子手里倒不出枣来，还没给桑园子办半点好事呢。当年那拖拉机不让他开，说不准他到现在还在喂牛呢。”

“杀富济贫？”公德贵嘟囔着，“还是知恩图报？……”

“他答应了。他的公司包工包料，上下各七间，两层的，也就是十来万块钱，补一半，他才花五万呢。”

“那孩子还真有点仁义。”公德贵赞道。

“因为他们的工程，我陪他找侯县长多少次了。”公长俭哼了一声，“他可不是盏省油的灯，这一回，他还有两个条件呢。”

“唔？”公德贵纳闷。

“他说这回选村委，想给我当个助手，要我只当书记，把主任让给他。帮我？明摆着要夺权嘛，好在他不是党员，要不就想一步到位了，敢情这办公楼是给他自己建的了。”公长俭气呼呼地说。

“我说你呀，别占着茅坑不拉屎了，这官儿哪有当一辈子的，让出来吧，你也就这能耐，年纪也不小了。”公德贵劝儿子说。

“想撵我下台的人可不少呢，前几年文志仁闹腾了一回没闹成，他外甥田茂顺这回也想出头呢，他是复员军人，又是党员，除了太年轻，还真是个威胁哩。”公长俭叹气说，“唉，乡里书记，还有冬梅，都给我透过话，让我培养个接班人，意思明摆着是让我退居二线嘛。说起来，这何金生倒是能人，外边请能人回村任职也有先例了。这回桑园子庄选举怕是热闹了。”

“你可不敢私下答应金生那娃啊。”公德贵叮嘱。

“这个我不能答应他。我告诉他，这事乡里说了算，再说还得选举，你得在村里好好补补人缘，好让大伙儿给你投票——我得糊弄着他把大队部给翻建了，就算我下了台，也算一件功德，也了了一桩心愿，是不是爹？我还想看看咱老宅底下到底有什么秘密呢。”

“敢情你还惦记这事啊。”公德贵摇摇头。

“他的第二个条件，我答应了。”公长俭又说，“他想从桑园子挪一棵树。”

“挪树？”

“对，挪一棵柿子树。”

“他挪树干什么？”

“说是要栽到城里，新建的欢城广场。”

“不就是一棵树嘛，满山随他挪去！”

“他要的这棵，是……村头那棵柿王树！”

“啥？你说啥？”公德贵一惊，“那可不行！那可是桑园子多少人的干爹呢，大伙儿不会答应的。”

“什么干爹，那都是老一套，是封建迷信。”公长俭不以为然地说，“再说了，长在乱石堆里，风吹雨打这么多年，那树活得也不易，挪到城里专门有人照顾，让干爹到城里去享福，也算是孝敬。”

“你这叫什么话？那是祖宗树啊。”公德贵生气地说，“这么老的一棵树，你也挪不活啊！”

“金生说了，过几天下场透地雨，用大铲车连根端出来运走，到了城里栽下后，再给它打吊瓶，输营养液，栽活没问题。”

“这事啊，你得开会问问大伙的意见，在桑园子这可不是件小事。”

“我的老爹呀，不就是一棵树吗？合同我已经和他的公司签了，你先别声张，我让他悄悄挪了就行了。”公长俭说，“一棵老树换幢小楼也值得啊。”

“这可不是揣在怀里就拿走的物件……”公德贵叹口气，摇摇头。

这几天，公长俭已经找人过来帮着搬家了。钱串儿和常三斤回桑园子后，暂时没事做，也被叫来帮忙。其实，大队部也没啥搬的，几张破桌子，几个旧橱柜，还有一堆老账本废报纸什么的。这些东西被临时堆放在前院的大门底下。公长俭还扯了线，把那台扩音机还有一部摇把子电话机都接到了公德贵的诊案上。在桑园子，这两件宝贝是最高权力的象征。

公德贵说：“我可不要这个，别误了你们公事儿。”

公长俭笑笑说：“这大喇叭，也就是我来咋呼咋呼。这电话呢，它平时一天响不了几次，有急事的时候才用得上，您老临时给当个值班员吧。误不了事，我炕头上还有一个，和它连着线呢。”

常三斤听说办公楼是由何金生出资来盖，心里就想这小子是皮笊篱不露汤的主儿，不知又打什么鬼算盘。

钱串儿问公长俭：“盖了新楼，戏班子还能在这里排戏吗？”

公长俭夸口说：“你告诉志仁，这新办公楼的二楼，整整一起儿，就当文化活动中心，不光让戏班子排节目，还能来看电视、看书、下棋、打牌……”

钱串儿说：“那可真是好事儿。”

常三斤说：“志仁哥不是说了吗？以后戏班子不仅学戏唱戏，还要搞项目，办戏装厂，这样才能养得住。恐怕这小楼……”

“噢？这想法听起来不错。”公长俭随口说着，他的心思不在这里，他正为自己创作的宏伟蓝图而陶醉。他有些留恋地望着搬空了的老屋，这座百年老屋过几天就要拆掉了，用不了多久，这里就会矗立起一幢崭新的小楼。公长俭突然有了一种莫名的期待，甚至有了一种成就感，他长叹道：“旧的不去，新的不来……真是不破不立啊！”

一大早，田茂顺就约着大舅文志仁上了山。从小在山里长大，见惯了山，爬烦了山，可今天围着西山、东山转了一圈，田茂顺和文志仁却是另外一种心境。

西山坡势较缓，山脚下的麦子已经黄了梢儿，山腰里是大片大片的果园。桑园子盛产山楂、核桃、苹果，果园承包以后，家家户户都加强了管理，现在枝头上都结满了密密麻麻的果子。这本来是件好事，可许多承包户已经开始发愁了。桑园子果树多，可发不了果树财，因为山里不通路，每年收获季节，许多鲜果都运不出去，烂在山上，再加上这些果树品种老化，也卖不出价钱。去年，文志仁引进了一些核桃山楂新品种栽到爹的果园里先试种一下，看看在桑园子能不能适应。

文志仁对田茂顺说："要是试种成功了，桑园子的果树就应该更新换代了。"

"关键还是路，要是环山修上条生产路，有来收购果品的，车就能直接开上来。"田茂顺思考着，说。

再往山上走，柿子树就多起来了。这些柿子树哪一棵也长了不下五十年，每年都结很多的柿子。这种磨盘柿最适合做柿饼，每年秋天，桑园子家家都做很多柿饼，一个个挂着白色的柿霜，柔软透明，又好看又好吃。摘不净的柿子被留在枝头，到了冬天，一棵棵都红透了，成了冬日里山鸟们的最爱。

"柿子是个好东西啊，它可以补虚健脾胃、清热润肺、生津止渴、去痰镇咳、降低血压、增加心脏冠状动脉的血流量，还有抗菌、消炎、解热等作用呢。"文志仁说给茂顺听，"柿子树还是有名的长寿树，一般条件下，能结一百年果；要是好好管理，树龄可长达三百年以上……"

"怪不得呀，村口那棵柿王树越长越茂盛呢。它得一百多岁了吧？"

"公老先生说，那棵柿王树少说也得二百岁了。"

"我的天！"田茂顺惊叹道，"这可真是宝贝了。"

山顶上，有几间小石屋十分别致，茂顺小时候曾进去玩过，还在里边避过雨。石屋的四面墙都是用小石块垒起来的，在一人多高的地方开始收顶，一块块石板你压我我压它地拼凑起来，渐渐形成圆锥形，像一顶尖草帽一样把屋子遮盖起来。这么大一间屋子，没有梁柱，不用泥沙，完全是干插缝垒筑。走进屋子，房顶上石缝里能透进阳光，可无论下多大的雨都不会漏水进来。

“这些可都是稀罕物，不知出自哪位能工巧匠之手。”田茂顺赞叹。

文志仁说：“不知是哪辈子看山人垒的，真有些年头了。茂顺，你看，站在这里，视野有多宽阔……”

从这里向东看，东山一片葱茏，与西山默默相望，共同形成了一条开阔的走廊，桑园子的村落错落有致地分布在走廊两侧的山坡上，显得静谧、温情，如同仙境。穿过走廊，天地一下子变得那么宽广，天空洁净得像一块蓝色的绸缎，几朵白云悠闲地躺在这绸缎上卖萌。向南看，近处是大片开始泛黄的麦田，远处隐隐约约还能看到岔河这几年新建的几幢大楼，再远处又是绵延的群山。掠过东山的后背向东北看去，阡陌、河流、村庄……更远处，应该就是欢城了。

“真美啊！”田茂顺兴奋地说。

“从东山看西山更美。”文志仁也孩子似的充满激情，“春天看花，桃李苹果，核桃山楂，各种花儿次第开放，一片粉红，一片雪白，西山就是一片花海；夏天看绿，秋天看果，一到秋后，满山的柿树叶子经霜变红，可好看了！”

“大舅，从小在桑园子长大，我从来没有发现桑园子原来这么美！”田茂顺动情地说。

“是啊，桑园子很美……可桑园子还不富裕。老祖宗选了这个地方繁衍生息，后辈人坐吃山空怎么行？一代人应该有一代人的作为，日子才能越过越好。”文志仁说，“就算大事干不了，在山里修条路，建几个水库塘坝，山里的林果这一块就能稳赚了。每年都干成几件事，还愁日子过不好？……可这些事儿，一家一户干不了，得有人领头，有个好当家人才行。”

田茂顺问：“公长俭这么多年不作为，你们这一辈人就没个能担当的？为什么不早让他下台？”

茂顺一句话戳到了志仁的痛处，他叹口气，说：“唉，别提了。他就是只千年的狐狸，和他谈不来《聊斋》……还是从侯县长那儿说起吧。侯县长当年落难时怪可怜的。你姥爷对公长俭说，侯排长对桑园子有感情，桑园子人该去看看他。可公长俭当时也被撤了职，心里正憋屈，说，这年头谁还顾得了谁，可别再引火烧身了。公长俭不去，你姥爷就有些伤心，对我说，咱不怕，他不去，咱爷儿俩去。我和你姥爷带上你姥娘专门为他摊的五斤小米煎饼，去了欢城。侯排长已经瘦弱得不成样子，见到俺俩竟哭了……后来侯排长官复原职，再后来又当了县长，你姥爷给咱家立下规矩，人家是管大事的人，咱家啥事也不许给人家添麻烦。公长俭却和他又套上了近乎，不仅自己重新当了村主任，几年后还给桑园子争取了水利项目，在南井和北井老地方新打了深井，桑园子吃水问题总算是解决了……”

“这是好事啊。”田茂顺说。

“事是好事，桑园子头一回见这么多钱，大伙儿都盯着呢。打了井，花了多少，剩了多少，大队账目也不公开，有人就怀疑公长俭贪污了。公长俭居功自傲，还赌气撂了挑子。”文志仁回忆说，“戏班子里许多人都看不惯，说，他公长俭能和县长挂上钩，你文志仁和县长也熟啊。他不干，你干！当时我也年轻，还真想试一把……这就得罪了公长俭。正好那年你家翻盖房子，我和你姥爷把咱家房前屋后能做檩条的树都砍了，他们抓住了把柄，小题大做，说是自己的树也不管用，没有采伐证就是破坏山林，还差点儿抓了我……呵呵，我斗不过他。”

文志仁自嘲地笑笑，又说：“茂顺啊，以后就看你们这一辈喽。青山回来说，这回选村委，乡里的意思是想让公长俭退居二线，正在物色几个候选人。近来广播上说了好多请能人回村任职的事儿，何金生又出钱给村里建办公楼，我琢磨着，何金生八成也想参加竞选。虽然他不党不团的，要想培养他，入个党还不快？……你得有准备啊。”

“只要真心实意为桑园子人谋利益，老百姓信得过，选谁都是一样的。”田茂顺好像肩负了一种责任，他有些激动地说，“我现在盘算的是，要是大伙儿选了我，我能为桑园子做些什么。大舅，我现在还真有些亮堂了呢。就像刚才咱商量的，我要先修路，先把东山后柿王树那边进村的主路给硬化了，再把环山路通起来，然后招商引资，在桑园子建一个果品加工厂，加工柿饼、山楂糕、水果罐头，有了路，我们还可以开饭店，搞乡村游，让城里人也都来看看咱那柿王树，到咱西山和东山转转，看看风景，摘摘果子，来给我们送钱。等村里有了钱，再给家家户户接上自来水……”

文志仁认真地听着，不时点点头：“想得是不错，就是缺钱啊。这样吧，你把这些想法先搞个规划，我陪你去找侯县长，他怎么也得支持支持啊。对了，把咱的戏装戏具厂的事也给写上啊。”

“支持肯定要争取，可光指着上边拨钱办事，还创什么业！”田茂顺说，“咱得走出去，自己想办法。啥叫招商引资？就是用你的诚意，用你的资源，吸引外地的客商来投资，合作共赢。我有几个转业的首长和战友都在大公司工作，我想请他们过来考察考察……”

文志仁赞许地看着田茂顺，他突然觉得，外甥真的是长大了……

31

钱串儿和常三斤分头通知了一遍，老戏班的人还有几个爱戏的小青年很快就在文富昌的果园里凑齐了。果园里搭起的凉棚下，大家随便找个马扎、蒲团儿或者搬块石头坐下，吴成芳泡上了一壶酽酽的“老干烘”，青桃抢过茶壶给大家面前的茶碗里倒茶；田茂顺还从老果树上摘来半筐早熟的“五月白”苹果，把筐放在中间让大家拿着吃。李银行、李家羊、钱守良围着文志义和秦小凤问长问短，弄得秦小凤有些不好意思。

秦小凤和大家还不熟，田茂顺就郑重介绍她：“我二妗子，是做戏装的，也会唱豫剧。”

钱串儿说：“怪不得呢，看着就有戏，人也长得俊。”

吴大用用草帽挡着山风费了好大劲才把旱烟袋点着，他使劲抽了几口，说道：“大伙儿一边吃着喝着，先静一静，咱哪，开个小会商量一下戏班子的事儿。这些年，桑园子没戏，大家都憋闷久了。现在呢，改革开放嘛，县剧团恢复了，别的地方大小班子也都开锣了，老少爷们也都盼着桑园子的戏。

咱的戏以后咋个唱法，下边呢，让富昌和志仁把意思说说，大家再合计合计。来，都呱唧呱唧吧。”

大家齐刷刷地拍起巴掌。

“呱唧不呱唧的，都不是外人。”文富昌摆摆手，慢慢地说，“这唱戏啊，就是图个乐和，乐和完了，想想戏文，还能悟出些道理。穷也乐和，富也乐和，这就是个精神头，人没有个精神头可不行。以前日子穷的时候，咱唱戏心里觉得敞亮些；现在日子好过了，咱更得唱，唱起来，人才心清气爽，日子才有滋有味儿……噢，扯远了，既然大家都乐意，咱这戏班子呢，就算重新开张了，我和大用哥盘算过了，我俩年纪都大了，还是让志仁挑个头儿，三斤和钱串儿辅佐着，咱还是老班底儿，要紧的是把这些小青年早点儿调教出来。我让各家藏起来的戏装从明儿起再集中起来，箱上的事还是归家羊兼管。至于规矩嘛，虽说是自娱自乐，来去自由，也得有个章法；台上、后台那些老行规还得守……”

“那是，三百六十行，无祖不立。咱梨园行的祖师爷唐明皇，相传既能打鼓，还能唱小花脸。咱们呢人手少，都得听老板支应……”钱守良接上说。

“这倒没得说，”李家羊担心地说，“只是咱上来先排哪一出？咱这行头怕也凑不齐全。”

文富昌说：“这都不是事儿，咱一步一步地来。还是叫志仁说说吧。”

“咱先商量大事。”文志仁把马扎往前靠靠，坐到中央，说：“虽说咱这班子是我奶奶那时建起来的，这名字呢，以后不能叫‘文家班’……叫啥呢？咱就叫‘桑园子庄户剧团’，庄户人唱庄户戏。”

“这个名字好。”吴大用赞许道。大家拍手通过。

“咱这个庄户剧团咋个办法呢？说到家就是怎么养得起。”文志仁继续说，“以前咱唱戏经费都是靠了打赏和赞助，以戏养戏这也没错。将来唱好了，咱也完全可以走出去唱，不光要有社会效益，也得要点经济效益。这一分地，各家各户都忙自己的了，大家也都拖家带口，指着唱戏发不了财，没有经费，剧团也维持不长。这个事呢，我琢磨了好久，正好，俺家老二也回来了，弟妹又是做戏装的，有些刀枪棍棒啥的咱也都能做，咱呢，就办个戏装戏具厂，平时做工，有戏排戏，经费有了，人也就稳住了。”

“这个主意好。”

“好是好，办厂子得花钱，得有场地……”

“是啊，大队部就要拆了，咱排戏也没个地方了。”

“公长俭说，盖了楼要给戏班子留一层呢。”

“盖楼？”

大家纷纷议论起来。

文志仁对大家摆摆手，说：“能上楼当然好，现在还指不上。这场地呢，咱先因陋就简，干起来再慢慢发展。我和三斤、钱串儿商量过了，他俩呢，还都是单身，老宅子虽然破旧些，咱拾掇拾掇先用着。钱的事呢，只能大伙儿先凑一凑了，当然是自愿，多少都行，出借也行，入股也行……”

“这个没说的，自己的事嘛。”大家纷纷响应。

田茂顺没有想到大家如此齐心，觉得很受鼓舞。他说：“手续的事儿，我和青山正在办，上边对群众文化事业也很支持。你们可都算是桑园子的艺术家了，大家一起努力，咱庄户剧团一定能办好。”

“茂顺啊，桑园子的后生算你见多识广了，今年村里选举你可得出头，大伙儿保准投你一票。”吴大用这么一说，大家又都应和起来。

这时候，村里的大喇叭突然响了起来。声音从村里飘到山上，依然听得清楚，是公长俭在下通知：“大家注意了，通知个事情啊……这不端午节快到了嘛，何金生呢，从南方进了一批糯米和大米，分给大家包粽子用，每家十斤糯米、二十斤大米，还有一桶花生油……不要钱，是送的。金生这小子这几年发财了，他没忘记乡亲们……都到大队院里来领啊，不要可是白不要……”

“太阳从西边出来了？何金生也出血了。”

“咱这儿不出产糯米和大米，倒是稀罕东西。”

“家家都有，也要花不少钱呢。”

“人家有这份心，说明还没忘了乡亲。”

“这小子鬼着呢，不知他又玩啥心眼儿。”

……

大家嘀咕着，见常三斤在场，有人就问三斤："你这个姐夫可真是个大能人，你不是去给他管账了吗？咋又回来了？"

常三斤说："他有钱是他的，我还不沾他的光呢。"

文志仁说："有东西领是好事，咱完了事，愿意领的就去领吧。这样啊，咱庄户剧团和戏装厂就算拍板了。这两天，大伙儿受受累，先把三斤和钱串儿家的宅子拾掇出来当厂房用，同时呢，咱也开始排戏。我答应过大脚姑奶，她也是桑园子的老人了，七月初四是她七十三岁大寿，咱要给她唱出大戏。"

文富昌接上说："我琢磨着，咱就先排《五世请缨》吧，图个喜庆。佘太君让秀花演才好，咱去找找她，看她能不能回来演，月环还想让她串场演杨排风呢。唉，去找找看吧。

"这样吧，明儿，让三斤和银行老弟去趟穆家店吧。"吴大用说。

距桑园子三十里地的穆家店是个大村子，逢二、八还有个大集。今儿五月初二，临近穆家店的路上赶集的人就多了起来。再有几天就是芒种了，人们忙着采购杈耙、扫帚、扬场锨准备过麦。常三斤和李银行一人骑了一辆自行车，老早就到了穆家店。按照二大娘提供的线索，他们开始打听穆老六的家，穆老六是秀花男人的外号，已经死了好几年。

穆老六的家就在集场子后边的一条胡同里。大门很破旧，上了锁。常三斤想，可能他们一家人去赶集了，两人就支下自行车，蹲在门口等。直到快晌午了，一个小脚的老太太和一个十多岁的小姑娘才提着菜篮子回来。

"你们找谁？"老太太警惕地看着李银行和三斤。

李银行迎上前，说："俺俩是桑园子庄的。这是穆……穆家吗？"

"桑园子庄？"老太太疑惑地看了看两人，"你们找谁？有事儿？"

"桑园子庄嫁过来的马秀花是这家吗？"常三斤问。

小姑娘对老太太说："奶奶，他们找俺娘哩。"

李银行说："大娘啊，俺们桑园子的剧团又要唱戏了，俺是来请秀花回去唱戏的。"

老太太的脸色有些难看起来:“唱戏？年轻的时候还没风流够？她现在还是穆家的人，不能再回去丢人现眼啦。”

李银行有些不悦：“大娘，您老咋这样说话呢？”

“俺怎样说话？不中听吗？”老太太较了劲,“桑园子庄唱戏，大闺女唱大了肚子，我没瞎说吧？”

李银行觉得受了污辱，生气地说：“这么大把年纪了，咋不讲理呢。”

老太太也怒了:“哟？桑园子庄的人来这里耍横呀！你们走，再不走，我可喊人啦。”

常三斤上前劝道:“大娘，您老别生气，俺们班子唱戏缺角儿，想让秀花妹子回去帮个忙，没啥别的意思。你要是不愿意，也就罢了。你看……大老远来了，让我们见见秀花吧。”

“她不在家。你们回吧!”老太太气呼呼地说着，拉着小姑娘的手进了门。小姑娘回头看了看常三斤，小声说：“俺娘哭丧去了，今儿回不来。”

大门“哐”的一声关上了。

常三斤无奈地摇摇头，对李银行说;“回吧。”

本来两个人想到集上转一圈的，吃了闭门羹，都有些垂头丧气，就闷闷不乐地往回赶。

李银行说:“这老太太真够凶的……秀花在她家里肯定没有好日子过。看看吧，人说啥也不要犯错，有了缺儿，一辈子都抬不起头来。这个钱串儿呀，真是把秀花害苦了。”

常三斤说:“可不兴乱说呀，钱串儿空背了个黑锅，事情是那个耿队长干的。”

“到现在大家都以为是钱串儿和秀花搞恋爱呢，原来有这一出。”李银行说,“钱串儿当时是想和秀花好来着，秀花一定是叫姓耿的那小子给骗了。”

“事情的真相只有几个人知道，钱串儿说他认了，事情过去这么多年，姓耿的也死了，就别再翻腾这事了。”常三斤说，“也真是难为钱串儿了。”

回到桑园子，两人将情况和文富昌、文志仁、吴大用如实说了，文富昌叹气说：“名声不好害死人啊，苦了秀花这孩子啦。”

吴大用说："所以咱得挽救她呀，过几天，让三斤领路，我去一趟试试。"

吴大用和常三斤敲了半天门，穆家大门才"吱呀"一声打开。穆老太太挡在门口，对常三斤说："你怎么又来了？"说着就要关门。

吴大用手里拎了一大包点心和挂面，他走上前，笑嘻嘻地说："是亲家母吧？来客了，哪有不让进门之理？"说着抬脚迈进门槛。

老太太问："你是谁？"

"我是桑园子干吹鼓手的老吴头啊，我以前还来过穆家店伺候过丧局呢，你没听说过我？可是四乡有名呢。"吴大用胡乱和她说着，就势进了大门，不容分说，把那包点心和挂面递到老太太手里。

老太太接过东西，还没愣过神来："那就……屋里坐吧。"

吴大用进屋就坐到了八仙桌的上首椅子上，又示意三斤坐在一旁。

没容老太太说话，吴大用就先开了口："论庄乡呢，你儿媳妇秀花是我表侄女，咱们正儿八经是亲家。这些年，亲戚虽然走动少了，他姐夫也过去两年了，可亲戚还是亲戚，往后咱勤走动，亲戚就亲了。前几天，秀花娘让三斤他两个来看您，年轻人不会说话，惹你生气了，你也别怪着，我来呢，就是给你赔个不是。"

老太太揣摩着吴大用的意思，皱起眉头说："你们是不是非想叫秀花回桑园子唱戏不可？俺说了，不行就是不行，年轻时候唱戏唱出丢人的事了，咋还有脸回去唱？再说了，她现在寡着，还不到两年，唱什么唱！"

吴大用自己点起烟袋，使劲抽了一口，说："亲家说这话，我就不宾服你了。那都多少年的事了，陈谷子烂芝麻的，不该天天挂在嘴上。再说，人家那也是谈恋爱，人年轻哪有不犯错的？要是谈成了，也嫁不到你家了，自家孩子自家知道，秀花在桑园子可是百里挑一的女子，本来就是本分人，要不是失了那回恋，她才不会赌气嫁一个……"

"俺儿哪里不好，不就是腿脚有点小毛病吗？要不，说啥也得娶个黄花闺女。"老太太嘛嘴道。

吴大用又说："这不就得了，一张纸掀过去不就完了，这么些年了还提做啥？我打听了一下，穆家店还没有不夸你这个儿媳妇的呢，俺不是来给孩子撑腰的，你得知足才是。”

老太太沉默一会儿，突然哭了起来：“儿啊，俺那苦命的儿啊……”

常三斤有些手足无措，吴大用对他眨眨眼，示意不要管她。果然，哭过之后，老太太悲戚地说：“要是唱戏再唱出事儿来，让俺孤老婆子咋活呢？”

吴大用就势说：“你担心的没有道理。你还指着谁？秀花想走你也挡不住。再说了，回桑园子帮忙演几场戏，就当是回去过娘家。县剧团还想请她去唱呢，要是唱好了，说不准还能转了正，吃了国库粮，你和孩子还能跟着她享福呢。”

“怕到时候就把俺给甩了……”老太太委屈地说。

“这个你放心，桑园子人重情重义，秀花是俺看着长大的，她使不出来，真要是有什么好事，她也不能把你抛下不管。”

老太太终于擦擦眼，冲着里屋叫道：“秀花，你出来吧，你娘家来人了！”

这时候，里屋的门帘掀开，马秀花眼睛红红地走了出来：“表叔！三斤哥！”

常三斤说：“妹子！跟我们回桑园子吧。”

“刚才你们说的话我都听到了。”马秀花说，“你们回去吧，我认命了。”

吴大用和常三斤一怔。吴大用说：“花啊，你……真的不想唱戏了？”

马秀花咬住嘴唇，摇头说：“我睡里梦里都想唱。可我，唉，我对不住桑园子的戏班子，对不住钱哥。他为我受苦了……我没脸再回桑园子了……你们走吧！”

说完，马秀花回头进了里屋，把门重重地关上，常三斤怎样叫她，她都不再答应。

“唉！”吴大用深深地叹了口气。

……

“我倒觉得，要是秀花回来，她和钱串儿倒是蛮般配的。”吴大用把情况跟文富昌和文志仁说过之后，又这样说。

文富昌说：“钱串儿还真是有情有义之人。这样吧，志仁，改天你和钱串儿再去趟穆家店，秀花舍不下戏，她会回来的。”

文志仁点头道："嗯。"

文志仁和钱串儿是在离穆家店八里外的小尚庄找到马秀花的，她正在那里跟着一帮吹鼓手给人家哭丧。

丧主家大门外用苇席搭起一个大大的灵棚，围坐在一张桌子旁边的吹鼓手们正各自执了自己的响器卖力地演奏着熟悉的梆子调。一旁一个披麻戴孝的女子正跟着伴奏悲戚地演唱哭孝歌《十想爹娘》：

……

二想爹娘把儿养

满口未把牙齿长

口口吃的娘身浆

白天把儿背身上

夜晚把儿放身旁

喂儿抱断一双膀

喂儿未睡干净床

喂儿熬坏眼一双

三年哺育想一想

看你悲伤不悲伤

……

声音虽然有些过度渲染和夸张了悲戚，但唱得很投入，且字正腔圆，文志仁和钱串儿只听了一句就认定这个哭丧女就是马秀花。他们太熟悉她的声音和用嗓了。仔细看去，马秀花身穿孝衣，头裹麻布，大热的天竟把自己包装得严严实实，唱到动情处，真有眼泪混着脸上的汗珠一颗颗滚落下来。胡同里和灵棚四周都挤满了看热闹的人，有人已经听得流泪唏嘘。挤在人群里的文志仁和钱串儿也受到感染，钱串儿眼里竟汪了泪。在这一带，体面一些的丧局是要请吹鼓手，请人来哭丧的，除了唱这首哭丧歌，来吊孝的亲戚们还要分别为逝者点戏，一般五块钱点一个段子，这样热闹一天，吹鼓手和哭丧女每人能赚到三五十块钱。钱串儿轻声对志仁说："苦了秀花了。"

文志仁说："她的嗓子还好，就还有奔头，这我就放心了。"

……

九想爹娘把命亡
恩重如山分别长
喊不答应空思想
哭不转来断肝肠
堂前不再见爹娘
三间瓦房断中梁
今晚还把灵魂望
明日独自上山冈
生离死别想一想
看你悲伤不悲伤

……

马秀花唱完《十想爹娘》，点戏的就接上了，文志仁和钱串儿不便打扰，只好躲在一边静静地听。马秀花接连唱了两个段子，先是一段《大祭桩》，然后一段《秦雪梅吊孝》。等接下来有一个男哭丧的开始唱了，马秀花才脱下孝衣，到灵棚外面的树荫下凉快一会儿。趁着这空儿，文志仁和钱串儿赶紧凑过去和她打招呼。

马秀花吓了一跳，好久才缓过神来："姐夫！钱哥！怎么是你们？你们咋找到这儿来了？"

文志仁说："秀花，你没把戏丢了，这就好啊。"

钱串儿也说："我们来接你回桑园子唱戏去！"

马秀花再次见到娘家人，竟憋屈地哭了。许久，她抹抹泪："没有戏，我怕是挺不到现在……桑园子，啊，我还能回得了桑园子吗？"

"桑园子的戏台一直没拆过，桑园子的戏可以接着唱了，乡亲们都等着你再登台呢。"文志仁说，"以前的事都过去了，好戏还在后头呢。"

钱串儿看着马秀花，说："就是啊，再不好好唱就老了，瞧你也有白头发了。"

马秀花又掉了泪：“钱哥，都是俺害了你，也怪俺娘当年把事儿搅和大了。唉，你说你何苦去背这黑锅，一背就是十多年……”

钱串儿憨厚地说：“俺不苦，能为你分担一些，俺乐意。”

见周围看丧局的人纳闷地看着他们，文志仁忙说：“不说了，回桑园子再说吧，日子还长着呢。”

32

五月端午就要到了，这几天，许多人家都开始包粽子，桑园子到处弥漫着一种糯米和箬叶混合的清新粽香。桑园子山地多，除了山脚下的洼地种些小麦，坡岭地大多种植玉米和地瓜，也零星种点杂粮，大米和糯米在这里是稀罕物。

差不多家家户户都领了何金生发给大家的糯米、大米和花生油，另外还有一把晒干了的箬叶。这小子想得真是周到。包粽子的时候，大家便都开始数说何金生，说他有本事，说他没忘本，当然还希望他给桑园子办更多的好事。没有去领的几家，常杏妮还用小铁车推着，亲自送了过去。

常杏妮给文家送米的时候，天都傍晚了。二牛在前面拉车，小铁车上，是几袋子米和几桶油，还坐着小三牛。这让吴成芳十分感动，忙说：“金生想着就不错了，你看，还让你和孩子送过来，让你志仁哥忙完了去领就行了，多不好意思。”

杏妮擦着汗，说：“金生平时不会为人，就多担待他些好了。这是俺的一点心意，就算报答乡亲们了。”

“赶紧进屋里歇一会儿，真是的。”吴成芳帮着杏妮卸下自家那份，不好意思地说。

“不了，婶，俺再给云英姐和大脚姑奶送去。”杏妮说，“东西不多，过节嘛，图个稀罕。”

送走常杏妮，吴成芳有些纳闷，唉，太阳从西边出来了，金生这回出血了。

文富昌这几天也一直在揣摩何金生的心思，这小子反正有事，要不哪会破天荒出手这么大方。还不是在收买人心，村里要选主任了，他是在拉选票了。文志仁想，茂顺又遇到对手了。他不动声色地对吴成芳说：“娘，送来了，就吃呗。”

“你不怕吃了人家的嘴短，拿了人家的手软？”吴成芳说着，还是找出几个面盆，吩咐秀珍准备包粽子。

秀珍没有包过粽子，求助地看着秦小凤。

秦小凤指导着秀珍把糯米、箬叶还有一把红枣都洗净了，然后用温水泡上，说：“这糯米得泡上半天才行，明早儿包正合适。”

文志仁对秦小凤说：“他婶，我看咱们厂房也收拾得差不多了，你那边的设备还有师傅们联系得怎么样了？”

“那边我都联系好了，只等咱们过去定下来。”

“那行，过完麦咱就去一趟。”文志仁说，“虽说三秋不如一麦忙，咱这儿麦地少，要是天好，有个七八天连收带晒就完事了。”

“嗯，那我抓紧和那边再联系。”

文志仁正要出门，吴成芳喊住了他：“志仁啊，你大脚姑奶这几天身子不利索，前天我去看她，我看出她的心思，她想先把送老的衣裳准备下。”

“有这么严重？”文志仁一惊，想了想，又说，“早备下也好，毕竟上了年纪。这事儿咱得管，云英那边现成，让她做就成。”

“花钱咱也花得着，这没说的。”吴成芳说，“你大脚姑奶的意思呢，是让秀珍、小凤妯娌俩，再加上云英，她们几个针线好，抽空到她家里去做，她要看着……”

“老太太还不放心呢，这有啥难的？让她们过去不就是了。”文志仁说着，拿眼看着秀珍。

秀珍点点头。

秦小凤说：“这样吧，明儿我们就过去，正好给姑奶捎几个热粽子，她一个人肯定懒得做。”

第二天一大早，秦小凤和马秀珍就开始包粽子了。小凤一看就是包粽子的行家，她拿起两片箬叶，在手中熟练地叠成漏斗状，先放入一汤匙泡好的糯米，又塞进一粒红枣，再加入一汤匙糯米，在手中一捏，又飞快地将箬叶折叠回去，包成一个饱满的三角体，然后用粽绳将它扎好，一个粽子便做成了。小凤边做边向秀珍讲解道："这粽子呢，各地有不同的做法。咱做的是纯米粽，保持了糯米和红枣特有的清香味儿；到南方呢，有水果和豆沙的甜粽，有猪肉和香菇的咸粽，还有加了红绿丝和各种豆类的八宝粽。这形状也不一，角、锥、茭、筒、秤锤等都有……端午吃粽子，是为了纪念屈原的。"

"他婶知道得真多。"秀珍接不上话，有些尴尬地说，"咱这儿都说，吃了端午粽，一夏不生病。可很少能吃到。"

将包好的粽子放进锅里煮了大约一个时辰，热腾腾的粽子便出锅了。秦小凤先给吴成芳递过一个，说："娘先尝尝。"

粽子太热，吴成芳接过来，在两只手里倒来倒去，吹着气儿："闻着就香，保准儿好吃。多给你大脚姑奶带几个去。"

"好嘞。"秦小凤答应着，用一条干净毛巾包了七八只粽子，交给秀珍拎着，"大嫂，你趁热先给姑奶送去，我过去约了云英妹子，一会儿就到。"

秀珍犹豫了一下，还是接过了粽子。

秀珍来家的时候，于大脚才刚刚起床不久。这几天天热，于大脚觉得心口发闷，打不起精神。一辈子她很少睡懒觉，常常天不亮就起床，连她自己都觉得，人一赖床就有毛病了。

"姑奶，刚煮的粽子，您趁热吃一个。"秀珍剥好一只粽子，递给于大脚。

于大脚接过粽子，指着墙角的米袋子说："呶，杏妮也给我送米来了。"她咬了一口粽子，连声说："好吃，好吃……听杏妮意思，吃了人家的米，要给人家多说好话啊。"

"庄里庄乡的，咱不背后说人闲话，人家也是花钱买个人缘呗。"秀珍说，"再说了，人家也没啥事求咱呀。"

"俺寻思反正得有点事儿。"于大脚说，"俺老了，没工夫再管这些闲事喽。"

“姑奶，您觉得不舒服吗？您别担心，您老身体硬朗着呢。”秀珍宽慰她说。

“你娘跟你说了？俺想让你几个帮忙给俺做几件衣裳。”

“姑奶，其实俺早就想着给您先做下寿衣了，早点备下压着箱底，还能驱邪呢。老二家的和云英一会儿也过来，咱今儿就做。”

“俺呢，也不是特别在意这个。这几年，又不兴埋大棺了，穿得再好，一把火也都烧成灰了。俺只是……你和云英都是俺看着长大的，想借这个事儿，和你们拉拉呱，平时都忙，也坐不到一块儿来。”

“噢……”秀珍纳罕地看了一眼于大脚，起身倒了一杯水递给她。

于大脚喝口水，自言自语地说：“二十多年前，你娘让俺给你说亲，给你哥秀明换个媳妇，那年你才十七八岁，你掉进了老南井边上的池塘，志仁救了你，你哥却没了……”

“姑奶。”秀珍不明白于大脚为什么忽然又提起这些陈年旧事。唉，其实不用于大脚提起，这些往事她几乎天天在脑海里过电影。她怎么会忘呢？当时自己为什么就缠上志仁了呢？后来又怎么会出了志义那档子事呢？云英又怎么会嫁到田家去了呢？

“秀珍啊，人活一辈子不易，吃苦享福都是命，你该知足，你的日子比云英过得好多了。”于大脚并不正眼看秀珍，自个儿说下去，“这些年，你和志仁没少帮衬她，村里人都夸你们呢。只是……有些事呢，俺老早就想和你拉拉，再不拉，恐怕俺以后的日子也不多了……”

“姑奶，您……”秀珍吃惊地盯着于大脚。

“你啥也别说，光听就行，听完了，回去自己多寻思寻思，看俺说的在不在理儿。”于大脚说，“俺看得出，你和志仁疙疙瘩瘩好多年了，你心里有个扣儿解不开。秀珍啊，你将心比心想想，云英遭了那么多罪，没个依靠她怎么能挺得过来？志仁是她哥，她把哥当成依靠也是人之常情。虽说不是亲兄妹，虽说早先两个人也有意，可俺不信他俩会做出不干净的事，志仁也不是那种吃着碗里看着盆里的人，你得信他，两口子过日子得凭个‘信’字，天天疑忌，就有了心病，有了心病，挺好的日子就觉着腻味了……唉，你们也都不是小年纪了，云英的苦日子也熬出头了，孩子也都大了……说到孩子，我也劝你几句，孩子大了，有了自己的主见，当爹娘的就不要管得太多了，你看青桃和茂顺多般配的一对，年轻人互相稀罕着，多好啊！说啥咱也得成全他俩……”

“姑奶，我……”秀珍刚要张口解释，于大脚一边摆手止住她，一边继续说下去，“你家老二志义娶了个好媳妇啊，她来看过我几回，她也看出这些事儿了，说想办法让你振作起来，帮着她把戏装厂办好。捏针使线这些活，桑园子就数你和云英手巧了，你们心往一处想，劲往一处使，肯定能成事儿。一会儿，云英也过来，别再面和心不和了，你是当大嫂的，你得有个风格，今儿你们几个联手给俺做几件老衣裳，哪一天穿上的时候，俺也就放下心来了。”

马秀珍终于明白了于大脚的良苦用心。她还能说什么呢？其实，对云英，她是既怜惜又敬佩的。云英吃的这些苦，换了自己能承受得住吗？人家硬是咬着牙关挺了过来，这得有多大的信念和毅力支撑着啊。一旦放弃，这个家就毁了；坚持下来，才能够苦尽甘来，好日子就在前面。而自己呢，总以为没有把男人的心拴住，总害怕人家会把自己男人从身边夺走，就像看一样东西不顺眼，你越看它就觉得它越不顺眼。每个人的心里总有一个角落隐藏着属于自己的秘密，这个秘密在阳光下是个天使，在黑暗里就是一个妖魔。她知道，志仁和云英心里一定也藏有属于他们自己的秘密，无论是天使还是妖魔，志仁在自己和云英两个女人之间一定活得很累。唉，转眼间世事变迁，孩子大了，人也老了，还有什么放不下的呢？马秀珍有些释然了。

这时候，秦小凤、文云英和青桃说笑着走进院子。

“大嫂，你先来了？”云英主动和秀珍打着招呼。

秀珍忙点头应道：“嗯，嗯。”

青桃抱着一卷青蓝、古铜还有大红色的面料走近前，对秀珍说：“娘，你看看姑姑和二婶给老姑奶选的布料，好看吗？”

秀珍白了一眼女儿，说：“得让你老姑奶自己相中才行。”

于大脚接过布料说：“这寿衣嘛，其实也没大讲究，料子一般不用皮毛和绸缎，怕下辈子变成兽类，怕断子绝孙；要用绢棉，图个缅怀眷恋的意思。俺是个老绝户，更不讲究这个了，反正都是一把火，能遮体就行了。”

“瞧姑奶说的，您老虽然无后，俺们可都是您的儿女，说啥咱也得体体面面的。”秦小凤手里还有一些绣片，分别绣着“五蝠捧寿”和“祥云仙鹤”等图案，她也把这些绣片递给于大脚看。

“就是哩。”云英指着布料说，“做送老衣裳忌双喜单，咱往好里办，给姑奶‘五领三腰’，大嫂，你说行不？”

青桃问：“啥叫‘五领三腰’？”

秀珍回答说：“就是五件上衣，三件裙裤，在桑园子，这是最好的了。行，姑奶一辈子也不容易，老了就得体面些。”

“好，好看。”于大脚有些不好意思，她喘息一会儿，说，“这……难为你们有这片孝心，还是从简吧。”

“您老放心吧。”云英说着，进屋找出一领苇席，铺展在当院里，“大嫂，二嫂，我们开始吧。”

秀珍和小凤将各色布料摊放在苇席上，准备裁剪，于大脚从屋里抱出一包袱棉絮，放在一旁，说：“呶，这些年不纺线，棉花攒了不少，看着使吧。”

几个人开始忙活起来，秀珍平时也帮人家做过寿衣，小凤更是轻车熟路，各色布料被裁剪开来。青桃在一旁也搭着手，她好奇地问秦小凤：“这死人穿的衣服和戏装差不多，这里面有什么说法？”

“你这学服装设计的大学生没研究过吗？”秦小凤说，“现在的寿衣，其实就是明代一般人平时穿用的衣裤。据说到了清朝，朝廷不让汉人穿明代的服装了，当时人们还不习惯，有人就向朝廷提出了‘生变死不变’的要求。也就是活着时穿清朝的衣服，死时穿明代的衣服。朝廷见民众要求强烈，只好答应下来，于是明代服装便成了死人的寿衣了，后来虽然清朝被推翻了，以明代衣服为寿衣的习俗却一直传下来。”

“原来这样呀。”青桃点头。

秀珍也说：“做寿衣还有许多讲究呢，外衣里子用红布做，子孙后辈会红火；帽子上边缀红顶子，象征后辈儿孙红火；寿衣甭管内衣外衣，一律不钉纽扣，系布条带子代替纽扣，说是会带来儿子，后继有人……”

青桃说：“这可都是封建迷信的东西了。”

于大脚并不忌讳这些，她乐呵呵地说：“行，行，多缝几根布条带子，俺这辈子没生养，可俺接生了那么多孩子，把福气都匀给大家吧。”

秦小凤一边飞针走线，一边对姐妹们说：“姑奶心态真好……是啊，我们每个人都应该保持一个好的心态。有段话说得真好：心里温暖，所见都是晴天；心里寒凉，夏天冰冷刺骨；心地善良，听到的都是天籁；心地正直，看到的都是阳光。你是慈悲的，世界到处都是好人；你是大度的，生活就报以善果；你是快乐的，未来就充满希望！”

于大脚接上说：“谁说不是呢？青春都是一样的，滋味却是不同的，就看你怎么去过了。同样一块石头，你要是把它高高举起，它就会压得你喘不过气；你要是把它铺在地上，它就成了你登高的台阶；命里你有一块田，你懒得耕种它就会长满野草，你撒上种子它就能长出庄稼。俺不怕死，可想想活着是真好……你们都还年轻，要过好每一天啊。”

青桃吃惊地盯着于大脚，想不到这位风烛残年的老人竟有如此深刻的人生体味……

33

麦熟一晌。桑园子麦田少，过麦其实也就那么几天工夫。收完麦，打完场，种秋还要等一场透地雨，秦小凤便和文富昌、文志仁、田茂顺一行四人去苏州、河南为戏装厂考察设备、聘请师傅、采购原料去了。

趁着天好，桑园子家家都在场院或家里平房顶上晾晒新打的麦子。性急的人家已经用新麦烙下第一张葱花油饼，满街飘着诱人的香味儿。

于大脚却再次病倒了。

青桃给她送油饼的时候，发现她晕倒在院子里，急忙跑去找二叔文志义。文志义正在平房顶上弯着腰拽着绳子，等下面的马秀珍把绳扣拴在装满新麦的布袋上，好吊上房顶去摊开晾晒。青桃急匆匆进得院来，把马秀珍吓了一跳。

马秀珍忙对文志义说：“二弟，我先过去看一下，你赶紧去请公老先生。”说完，马秀珍便和青桃急忙向于大脚家跑去。文志义也三步并作两步从台阶上下来，去卫生所请公德贵去了。

青桃和娘返回于大脚家时，二大娘先她们一步赶了过来。于大脚已经醒了过来，坐在院子里大口喘着粗气，二大娘正拿着蒲扇给她扇着风。

马秀珍、二大娘和青桃将她搀起来，扶她进屋，让她躺到炕上去。于大脚还是喘，闭着眼睛不说话。马秀珍捋着她的胸口说：“姑奶，睁睁眼，你别吓俺们呀。”青桃急得不行，跑到大门外去等公老先生。不一会儿，文志义和公德贵匆匆赶了过来。

公德贵毕竟老了，有些气喘吁吁。他坐到炕边，稍微平静了一下自己，才伸出手去拉过大脚的胳膊给她把脉。于大脚睁开了眼睛。

“怎么样？姑奶不要紧吧？”志义焦急地问。

公德贵收回手，叹气说：“脉象很乱，人上了年纪，全身的零件就都不好好转了……还是去医院输几天水吧，打点营养针，身子会舒坦些。”

于大脚有气无力地说：“俺不去医院……还是吃你几服中药吧，死马当作活马医，能挨几天算几天吧。”

文志义宽慰她说：“姑奶你别怕，你是热着了，这几天天天热得像在蒸笼里一样，年轻人都受不了，何况您呢。”

二大娘也说：“可不，这天热的！赶紧下场大雨凉快凉快吧。”

于大脚摇摇头，慢慢地说：“俺不怕，见过那么多生，也见过那么多死，俺知道人的寿限是有数的，人就是一盏灯，不知哪阵风就把它吹灭了，熬干了油哪有不灭的理儿？公先生，你给人瞧了一辈子病，你说是不？”

“怎么会想到死呢？好死不如赖活着啊。”公德贵说，“话又说回来了，其实，咱们每个人的归宿都是坟墓，大家全都在去往坟墓的路上排队等着，这路上挤着呢。医生的作用就是防止有人插队，时不时地把人从队伍里拎出来往后面排排，当然，实在拎不动的也只能随他加塞儿先去一步了……”

“俺怕是也要加塞儿了。”于大脚抬起头，盯着公德贵说。

公德贵再次伸出手，轻轻拍一下于大脚的额头，慢慢地说：“那我再拎你一把，要是我也拎不动你了，你就替我先占个位子，挨得近一些彼此还能有个照应。”

“嗯呢。”于大脚满意地点点头，清瘦的两颊机械地抖了几下，想笑却没有笑出声来。

公德贵揉了揉昏花的眼睛，打量着屋子里的一切。就是在这间空旷的屋子里，于大脚一个人孤单地度过了几乎一生的时光。当他的目光看到八仙桌上那个相框的时候，公德贵心头一热，他起身过去拿起相框。这是和他放在自己诊案上一模一样的相框，里边镶嵌着他和于大脚演出的剧照。

“你也还收着呢。”公德贵唏嘘着，故作平淡地对于大脚说，“这是演戏呢，演戏……”

于大脚喃喃地说：“可不，演戏……”她眼里分明又有泪水要流出来。

公德贵叹口气，对志义说：“走吧，随我抓药去吧。”

文志义随公德贵走出门去。他发现，公德贵掏出手绢在拭着眼睛。

文志义问道：“姑奶她？”

公德贵说：“她……怕是熬不过这个夏天。”

回到诊所，公德贵开了药方。尚道兰照方儿配了药，总共七服，用纸绳儿扎好，交到文志义手里。公德贵嘱咐说：“药能治病，可治不了命，只是理气平喘，调理一下罢了。生姜引子，一天一服，看她的造化吧。”

文志义接过药，心里有些难过，嘴上也不知再说些什么，便道谢告辞。

这时候，后院大队部里已经热闹起来。从后窗望去，一些建筑工人正在正房顶上拆卸房瓦，院子里烟尘弥漫。公德贵长叹一声，自言自语地说：“拆吧，拆了好，旧的不去，新的不来……”

这座百年老屋终于要寿终正寝、脱胎换骨了。说实话，公德贵对老屋还是有着深厚感情的。他出生的时候，公家大院已经翻修扩建好多年了，前后两个大院十分气派。公家在桑园子发迹应该是在公德贵爷爷辈上。据说爷爷很精明，读过不少书，也结交过不少朋友。后来他和朋友合伙做起了生意，把岔河和欢城一带的粮食、棉花和山货贩到济南府，干了几年就攒下了一笔财富。爷爷见好就收，回到桑园子置地建房，想安安稳稳地过个小地主的日子。本来跟爷爷学做生意的爹却不成器，还沾上了大烟，这让爷爷好生失望。爷爷死后，公家就开始败落，地是越来越少，爹也早早去世了。直到土改，公德贵将后院献给了政府做了村公所，公家就成了地地道道的下中农了。

儿子公长俭一直惦记着老屋会有什么秘密，六十多岁的人了，他还是念念不忘，或许祖辈真的会在老屋下给后人埋藏一笔财富呢。公德贵不相信这些，也多次劝过儿子。哪有这样的好事，当年置地建房恐怕先人也是倾其所有了吧，不会轻易把银两埋藏地下的。

如今，终于有机会让后院揭开神秘的面纱了。怪不得公长俭对在原址建办公楼这么上心，刚收完麦，就催着何金生抓紧开工。

公德贵坐在诊案前，透过后窗看着后院发生的一切。他双目微睁，不动声色，心静如水……

公长俭和何金生就坐在窗下的阴凉里，盯着施工现场。

公长俭对何金生说："叫大家小心些，留意着点儿"

何金生明白他的意思："我都嘱咐过了，这百年老屋怕是真的藏着宝呢，也许你一夜之间就成了富翁呢。"

"谁知道老祖宗疼不疼咱？"公长俭故作平静地说，"哪会有这样的好事儿。"

何金生小声说："公书记呀，这办公楼也算开工了，那树……"

公长俭抬抬头，指指敞开着的窗子，压低声音说："唉，挪那么大棵树，得要多大动静，我担心不会那么顺当……"

"只要下过一场透地雨，土石松了，给我俩钟头，我就能搞定……用电锯抹了树头，用铲车连根掘出来就拉走了。"何金生说，"你是担心有人会挡着？"

"其实我也舍不得，虽说不是什么文物，可毕竟……唉，既然咱们做了交易，我以后再和乡亲们慢慢解释吧。"公长俭说，"挪树的时候，别出什么乱子就好……我最担心文家爷们会出头，正好这几天，志仁和他爹都不在家……"

“要是现在下场雨就好了。”何金生点头说。

屋架子已经拆卸完了，门窗也都卸了下来，四面墙壁孤零零地立在那里。公长俭拿了一把锤子，在墙上敲击着，想听听墙壁上有没有夹层，结果让他失望，他悻悻地扔下锤子，蹲到一边。

何金生指挥大家开始拆墙：“眼都好使点儿，每块砖头都过过目，别把金砖给落下喽。”

大家哄笑一阵开始干活。

直到第二天，墙拆完了，除了屋门腰枕石和门槛石下面有几枚垫缝用的铜钱，再没有别的发现。

何金生告诉公长俭，这是光绪通宝，一个也值好几百呢。

公长俭反复抚弄着那七八个铜钱，眼睛里流露出一种失望而又不甘心的神情，样子看上去有些怕人：“你看，垒墙都用铜钱垫缝，地下还不知埋着几罐子呢，快挖地基！”

何金生安排人清理出现场，在原地基往下挖，没有发现什么。公长俭亲自指挥：“来，从屋当门的地面往下挖！挖地三尺！”

后院的旧屋拆了，前院的正房亮堂了不少。公德贵还是坐在自己的诊案前，平静地看着窗外的一切……

终于，人们一阵惊呼：“快看，大元宝！两个大元宝！”

公长俭狂喜至极，几步冲上前去，将两个大元宝紧紧地抱在怀里。他冲着前院叫道：“爹！快来看，大元宝！”

尚道兰几步便从前院跑了过来。

公德贵轻轻摇了摇头，从容起身，缓缓来到了后院。

公德贵从公长俭的手里接过元宝，这真是两块少见的大元宝，个头像个小猪食槽子，分量却并不很重，拂去泥土，外表呈现紫红的颜色，上面有凸起的文字，一个是“招财进宝”，另一个是“黄金万两”。公德贵在手里掂了掂，然后将元宝肚子里硬硬的泥土一样的东西小心抠出，元宝便成了一个空心的盆钵。拿起石块轻轻敲击一下，发出陶器的声响。公德贵平静地对儿子说：“留着吧，也算是个稀罕物件。”

公长俭惊诧地看着爹。

公德贵说："这是清代元宝样式的香炉，是陶制的。怕是当年建房奠基时祭宅神用的，埋在屋里是想招财入宝。"

从狂喜到失望，公长俭脸色越来越难看。他接过香炉看了又看，突然一阵狂笑，一扬手将其中一只重重地摔在地上："我操你个先人！"

香炉"嘭"的一声碎了。

公长俭也一个趔趄摔倒在地。

人们急忙围拢上去，不知所措。

公德贵蹲下身子，使劲掐住他的人中，让尚道兰赶紧去打120。

尚道兰跑到前院拨打了电话。不多时，乡卫生院的救护车就赶到了。赵黄岐和小护士跳下车，人们赶忙给他们让开道儿。赵黄岐解开公长俭的短褂，用听诊器听了听，然后又翻开他的眼皮看了看他的瞳孔，对公德贵说："大舅怕是脑出血，去医院吧。"他和护士一起，小心地将公长俭抬上了救护车。

救护车一路鸣笛开走了……

雨是下半夜开始下的。先是一声炸雷响过，明亮的闪电将东山和西山照得雪亮，随即又隐入无边的黑暗里。闪电像赌了气一般，非要撕开这沉重的夜幕，一次接着一次地扑过来，雷声便愈加响亮，轰隆隆此起彼伏，大山和桑园子的村落在明明灭灭中若隐若现；风也不甘示弱，呼呼作响，让山上山下的树木如同荡起秋千；受了鼓舞的大雨痛快淋漓地倾泻着，肆意敲打着人家的门窗。

热了这么多天，终于下了场大雨。桑园子许多人家先是被雷声惊醒，然后关好门窗，趁着雨凉，又安然睡去。连日来收麦的疲乏和酷热的烦躁都在这场好梦中消散了。

雨应该是早上才停的。常三斤被夜尿憋醒，看一眼墙上的挂钟，已经是八点半了。他趿上鞋，准备出去撒尿，却发现雨虽然停了，可院子里积了很深的水。前些天，为了戏装厂的临时车间，剧团的人在这里收拾院子，可能在打扫卫生的时候把阴沟给堵了。

常三斤找根木棍，把淤在阴沟口的柴草捅开，积水哗哗地开始往外流。常三斤就势把一泡热尿撒在阴沟口，漾起一串淡黄的泡沫，旋即打着漩儿，随着积水从阴沟里流淌出去。

常三斤痛快惬意，刚刚提上裤子，却分明听见村口柿王树那儿有一种别样的声音。他耳朵灵，曾自诩为“顺风耳”，和他爹常九德一样，不仅戏音听得准，几里外的风吹草动，也能辨得清楚。刚才这声音让他一惊，很快他就辨出是电锯刺耳的尖叫声。在夏四海家的时候，有一次他曾无意间听到何金生和夏四海及几个包工头儿说起欢城广场工程的时候，提到过桑园子的柿王树，当时他并没在意，他不明白县城的欢城广场会和桑园子的柿王树有什么瓜葛，可他总觉得这里边一定有什么事儿，何金生一定是在打这棵树的什么主意。可他不明就里，就没有和任何人说起这事。后来见也没有什么动静，就把这事搁一边去了。

常三斤有一种不祥的预感，他赶紧回屋穿好衣服，准备过去看看。走到胡同口，见钱串儿拿了把铁锨正在街上疏通着水流，就跑过去说：“快，钱串儿，快随我看看柿王树去！”

钱串儿不以为然：“这点风雨算什么，柿王树倒不了。”

“不是！你听，你听。”常三斤急切地说，“你听到了吗？是电锯，电锯！快去！”

常三斤不容分说，拉起钱串儿就往村口跑去。远远就看到一辆卡车和一台挖掘机停在那里。等来到近前，他们惊呆了。

眼前一片狼藉。柿王树偌大的树冠已经被削掉，只留了几根光秃秃的枝桠，倔强地挺立在树干之上，大量的树枝树叶被堆放在一旁，许多青涩的柿果还在地上打着滚儿；柿王树粗壮的树干也被套上了好几条绳索，分别被好多人拽着固定着方向。何金生和夏四海正指挥着挖掘机扬起长长的铁臂，伸出魔爪，在树根处挖出一个很大的坑，然后魔爪又伸到树根的底部，随着一阵轰鸣，挖掘机冒出一股浓烟，树干被连根拔起。那长长的铁臂拖举着树干转了一个圈，稳稳地把它放到了旁边的卡车上。

任凭常三斤和钱串儿大喊大叫，在震耳的机器声里，这喊叫声显得那么微弱，没有人注意到他们。

树干被装上了车，所有的人都松了一口气。常三斤踩着泥泞，几步冲到何金生和夏四海面前，急得话都说不清了："你们！谁让你们把柿王树拉走的？还有没有王法了？"

钱串儿帮腔道："这柿王树可是桑园子的镇村之宝，你们怎么能随便就挪走呢？乡亲们能答应吗？"

夏四海掏出香烟，抽出一支递给钱串儿。钱串儿不接，他便自己点上，转身对常三斤说："三斤兄弟啊，这棵树可是侯县长指名要的，要挪到县城的欢城广场供人们瞻仰呢。"

"县长要也得问一问乡亲们愿意不愿意呀，你们这不是偷，不是抢吗？"常三斤理直气壮。

何金生走上前来，说："三斤兄弟啊，你不要多管闲事了，这事儿，我们是和桑园子村两委签了合约的，是公书记批准了的。"

"他凭什么就给批准了？这柿王树还有那么多干儿子，他们能答应吗？"钱串儿也是不依不饶。

何金生说："钱哥呀，公书记用一棵树给村里换一座办公楼，你说划不划算？你说的那些都是封建迷信，这都改革开放多少年了，你怎么还不开窍呢？"

钱串儿气呼呼地说："最少也得村里开会给大家说一声，这是件小事吗？这是破桑园子的风水啊！你也是桑园子庄的人，你怎么也这么糊涂哪？"

夏四海给何金生递个眼色，准备不和他们两个纠缠，让卡车司机赶紧发动车子。

常三斤急了："你们说啥也不能走，得和乡亲们有个交代！钱哥，你快回村叫志仁哥！他不在，那就约上乡亲们都来吧！我在这儿守着，他们跑不了！"

钱串儿答应一声，拔腿往村里跑去。

常三斤跑到卡车车头前面，蹲在地上。

夏四海和何金生面面相觑。何金生过去，拉着常三斤的胳膊，说："三斤，你不能坏了公事，快闪开！"

常三斤赖在那里不动，气愤地说："何金生，你这样做，对得起桑园子庄的父老乡亲吗？杏妮姐找了你，真是瞎了眼。"

何金生担心钱串儿把乡亲们招呼来了更不好收场，便示意身边的几个人将常三斤连拖带拽弄到一边，卡车迅速发动起来，车轮溅着泥水顺着土路缓缓驶去……

常三斤跪在泥地里，望着卡车上的柿王树摇摇晃晃地被拖走，悲哀而无助地恸哭起来……

34

雨，又断断续续地下了两天。桑园子大小的河沟里开始淌着清水，到处都能听得到青蛙的叫声。可这几天，整个桑园子像丢了魂一样，显得无精打采，没有了从前的生机。

等雨停了，人们三三两两地冒雨来到村口。破败的小土地庙和老戏台还在，小广场被车辆碾压得乱七八糟，深深的车辙里汪着浑浊的泥水，到处都散落着柿王树的枝叶和还不成熟的柿子。柿王树不在了，它的根基处是一个大大的深坑，也灌满了水，附近则是被锯下的横七竖八的树枝……面对眼前的一切，惊愕、愤慨、绝望，这些纯朴善良老实巴交的农民，显得那么无助，那么束手无策。他们当中有许多人是行过大礼拜过柿王树为干爹的，好像一种信仰突然间被剥夺，好像一个偶像瞬间坍塌，一下子让他们缓不过神来。他们只有在柿王树曾经昂首挺立的地方，燃起香烛，焚烧火纸，将头虔诚地磕在泥泞的土地上，祈愿干爹到城里大难不死，好好享福。

常三斤和钱串儿现场和人们讲述着他们看到的一切。人们便联合起来，去找公长俭问个明白。可公长俭中了风，还在乡卫生院住院，好几天了还不清醒。钱串儿还和几个人到派出所和乡政府报了案，派出所说，那棵柿子树不属于文物，所以就不是破坏文物；桑园子村和四海建工签订了为欢城广场捐赠一棵柿子树的协议，所以挪树就不是盗窃和盗伐，这是正常的经济活动，我们管不着。人们无言以对，只有把怨恨记在公长俭头上，等他好了再和他理论。还有人想到刚刚吃了何金生的米，就念叨起他的好来，他牵个头用一棵树给村里换座楼，也算做了件好事。

趁着这场雨，也该点种秋玉米了，人们又开始忙活起来。没有了柿王树，桑园子的日子还得过下去。

几天后，文富昌和文志义、田茂顺、秦小凤他们满载而归。一到村口，他们都惊呆了。

常三斤和钱串儿把事情的经过原原本本地说给他们听，把几个人气得牙根疼。文富昌说："真是伤天害理，辱没祖宗啊！"

钱串儿说："这事儿反正不能就这样完了，得讨要个说法。"

常三斤说："他们说是侯县长相中了柿王树，是他让挪进县城的。"

"他要那棵树干什么？"文志仁不解地问。

"侯东江对桑园子有感情，对那棵柿王树也有感情，那棵树为他挡过子弹，也算救过他的命。"文富昌说，"可他……是不是老糊涂了？咋会办出这样的事？得找他问个明白。"

田茂顺义愤填膺地说："对，我们去找侯县长！"

第二天一大早，文富昌、文志仁和田茂顺就匆匆赶到了欢城。在县政府办公室里，一个戴着眼镜的工作人员询问他们的来由并让他们登记。

田茂顺在登记表上填写了姓名单位，说："我们是岔河乡桑园子村的，来找侯县长。"

田茂顺认出了眼镜："您不是孙主任吗？我叫田茂顺，前些日子我们来给侯县长送了一份《桑园子村近期发展规划与建议》，是您收下的。不知您转给侯县长没？"

孙主任想了许久，说："对，对，好像有这回事。县长忙，恐怕还没看吧。全县八百多个行政村呢，他哪能都管到？还是和乡里联系吧，不要再来催了。"

田茂顺说："我们这回来是有别的事……"

文富昌皱眉说："这县大老爷还真是难见呢。"

孙主任看着文富昌，说："这老同志怎么这样说话呢？领导忙……"

田茂顺忙介绍说："他叫文富昌，是侯县长多年的老朋友。"

“哦？文……是不是会唱戏的？县长经常说起桑园子的戏呢。”孙主任变得亲切起来，“你们这次找侯县长有什么事？”。

文富昌气呼呼地说：“俺就是来问问他，为什么让人偷了俺桑园子的柿王树！”

孙主任一惊：“老大爷，你说什么？县长偷你家树？”

田茂顺和文志仁把事情大体说了一遍。孙主任说：“这里边一定有什么误会。侯县长不在，他今天出席欢城广场落成典礼去了。”

“那我们就去那儿找他。”文富昌说。

孙主任小声叮嘱道：“侯县长已经退下来了，这是他最后一次以县长身份出席活动。希望你们要注意影响，不要给领导……”

田茂顺点头说：“您放心，谢谢了。”

三个人走出县府大院，直奔欢城广场。

欢城广场原来叫欢城公园，当年四面围墙圈起来一个大院子，里面一个很空旷的广场，广场一侧有一个高高的主席台，广场四周有一些篮球场、乒乓球台子，有假山、人工湖，还有一个小动物园，养着一群红屁股的小猴子和一些山鸡、鹦鹉之类的鸟儿，是城里人尤其是城里孩子的乐园。这几年，欢城公园已经影响了府前大道的延伸和城市的扩展，所以要把院墙拆掉，让府前大道直通过去。同时在道路两侧建设开放式广场，进行大规模的绿化美化。

这是县城中难得的一个大广场，看上去那么开阔。沿着宽阔的府前路，两侧或是草坪，或是假山，或是小桥游水，看上去很美。路东有一片铺了彩砖的广场，中心位置是一个人工喷泉，正扬起高大的水柱在半空悬成一朵蘑菇云，阳光照过去，现出一道漂亮的彩虹。喷泉附近，有许多彩旗，一群人在那里围在一起，好像开会的样子。田茂顺带着文富昌和文志仁赶了过去，挤在人群后面想看个究竟。

透过人缝，文富昌一眼就看到了县长侯东江。侯县长被人群簇拥着，他身旁一个手拿小喇叭的年轻女孩正用甜甜的声音为他讲解：“……这座喷泉，是欢城广场的标志性景观，名字叫‘欢乐颂’，它会用优美的音乐和水柱的多彩变幻，歌颂改革开放以来，在县委、县政府的坚强领导下，八十万欢城人民锐意进取，励精图治，艰苦创业所取得的辉煌成就！各位领导请继续往前走，下一个景观叫‘柿（事）柿（事）如意’”

喷泉一旁不远处，是一个用大理石围砌起来的圆形大花坛，花坛里种着鲜绿的草儿，像地毯一样平整，花坛中央是一棵没有树冠但极粗壮的树桩，用几根竹竿固定着。在那女孩的引导下，人们都围拢过来。

文富昌挤在人群里往前看。他有些不相信自己的眼睛，但他真真切切看到了桑园子庄的柿王树！他怎么能不认识自己的干爹呢？虽然它已经失去了苍劲有力的枝桠和郁郁葱葱的绿叶，那历经沧桑的树干被几根竹竿搀扶着，显得那么孤单和痛苦，但它宁死不屈，依然昂首挺立。你看那一搂多粗的树干，最底部鼓出来的一圈儿树瘤，像加了一道箍子，又像一个大大的蒲团儿，看上去根基是那么牢固。往上看去，树干周身披了一层坚硬的盔甲，鳞状的，表皮薄薄地绽开，显现出里面金属的光泽。在一人高的地方，环环地又突出无数的树瘤，那是当年的弹孔结下的疤痕，像黑蘑菇，又像灵芝，鬼斧神工般雕了上去；树干顶端那三根粗壮的杈桠曾经支撑起一片绿色的天空，如今却只剩下半截，可它们仍然倔强地刺向天空，如同发出怒吼……

文富昌正要冲上前去抱一抱搂一搂柿王树，却听见那年轻女孩动听而又感人的声音：“……这不是一棵普通的柿子树，它来自岔河乡桑园子村，这棵树见证了三十九年前发生在那里的著名的桑园子保卫战，这是一棵英雄树！我们敬爱的县长侯东江同志当年曾经带领他的战士们在这棵树下英勇战斗，保卫了桑园子庄的乡亲们，侯县长还身负重伤……各位领导请看，树身上的疤痕就是当年的弹孔所致。欢城广场承建方四海建工集团将这棵英雄树移栽到欢城广场，就是要让市民牢记今天的幸福生活来之不易，祝愿今后的生活事事如意……下面让我们为英雄树致敬！”

人群不约而同地肃立着。县长侯东江愣了半晌，终于回过神来。在人们的注视下，他缓缓地迈开步子，有些吃力地登上花坛的大理石墙堰，然后踏着花坛里绿色的草坪，一步步向那树桩走去。

文富昌、文志仁和田茂顺远远地看着他。虽然看不到他的脸，但从背影他们就发现侯东江真的是老了，本来就清瘦单薄的身子看上去有些佝偻，扎在他腰间的那件白色衬衣更显得宽松肥大，每走一步，他左臂空荡荡的袖子就在风中摆动一下。侯东江的脚步是那么沉重，就像去赴一个神圣的约会，他极力地用一个军人的庄严，缓慢而有力地走向前去。在柿王树前，他立定良久，突然伸出右手行了一军礼，然后疾步向前，张开仅有的右臂和残缺的左臂将树干极力地搂抱在自己怀里。

所有的人都愣住了，许久才响起热烈的掌声。

文富昌揉揉眼睛，对儿子和外甥说："志仁、茂顺，咱们……回吧，记住，回去不要再提这事儿了。"

于大脚吃了几服中药仍不见好，咳喘得更厉害了，精神不了多久就会昏睡过去，不久又会被憋醒。文富昌和文志仁忙着戏装戏具厂准备开工的事，得空就过来看她。

听说柿王树被偷，于大脚心里堵，嘴上骂了好几天："你说好端端一棵树，守了多少辈子啦，招谁惹谁了？不怕报应吗？桑园子庄爷们都是怂包，连自己的干爹都护不了……"

文富昌压下自己的火气，宽慰着她："大姑，干爹到城里享福去了，以后咱不提这事儿了，啊？"

于大脚伤心地说："俺……再也见不到它了。"

秀花终于带着孩子回到了桑园子，文富昌告诉她王月环邀她去县剧团帮忙的事，秀花说，你看我现在这个样子，还拖拉着孩子，不是给桑园子丢人吗？捎信儿给月环姐，俺不去了，桑园子有戏倒是可以唱的。

文富昌想了想，也就不再说什么。

秀花能回来，二大娘满心欢喜，对钱串儿的成见也算是一笔勾销了。文富昌正在撮合着秀花和钱串儿的事。秀花担心自己不回去了，丢下婆婆一个人说不过去。文富昌说："只要她愿意，把你婆婆也接来桑园子就是了，现在兴了，没人笑话。"

秀花说："过阵子再说吧。你们都忙着，我先伺候姑奶几天。"

于大脚吃力地说："俺没几天活头了，别耽误你们的正事儿，钱串儿那孩子不孬，别转葫芦了……"

秀花点点头，打起笑脸说："姑奶，俺还要给您唱大戏听呢。"

"听戏，听大戏……"于大脚再一次昏睡过去。

从于大脚家出来，文富昌和文志仁来到常三斤家。新请来的师傅和文志义、秦小凤、马秀珍他们正在这里忙活着收拾车间。

文志义迎上前，问："爹、哥，戏装厂就要正式开工了，咱还搞点什么仪式不？"

文志仁问："他婶啥想法？"

秦小凤也走上前来，看着文富昌，说："还是听爹的吧。"

文富昌想了想，说："叫我说呀，甭搞虚头巴脑那些事儿了，正好也快到六月六了，晒箱的日子，咱把以前的戏衣都晾一晾，把你奶奶那件戏装好好祭拜一下，就当咱戏装厂的镇厂之宝吧。"

"这是个好主意。"秦小凤说。

"晾箱，按说该唱出戏的。"文志仁说，"不知还能排得出不。"

常三斤说："你说排哪出吧，戏都在心里头憋着呢，一唤就出来。"

"要唱，那也得用心去唱，这又算是一个开头呢。"文富昌说，"原来打算七月初四你们大脚姑奶过寿时开锣的，我看恐怕她……志仁，你梳拢一下角儿，看看排什么好，早做准备吧。"

文志仁答应着。

文富昌叹了口气，又说："除了给姑奶唱出戏，我还有个想法，柿王树没了，可村里人都还记挂着，往年六月六都在那儿唱……"

"是啊，咱得给柿王树也唱出戏。"文志仁早就猜出了爹的心思。

"就是唱三天三夜也不为过！"常三斤也说。

"头些年，柿王树陪着乡亲们听了咱多少戏啊，今年咱头出戏还得在那儿唱，也算给它送送行……"文富昌不禁又伤感起来。

"行！"文志仁说，"明儿我就和茂顺带几个人把土地庙前的戏台重新修好，搭起台子，想啥时唱就啥时唱！”

35

公长俭出院回家了，但是还不能工作。乡里派来了工作组，临时主持桑园子村党支部的工作并为提前进行村民委员会选举做准备。工作组有三个人，副乡长侯冬梅任组长，另外两个是组织委员老褚和乡团委书记小徐。文青山也随工作组回到桑园子，因为他是本村人，需要回避，就专门负责桑园子庄户剧团成立之事。

村办公楼并没有因为公长俭病倒而影响施工，已经开始浇筑底圈梁了。几台农用三轮车“突突”地冒着黑烟将石子和沙子运到工地上，这些石子、沙子按比例掺上水泥被填进一旁的搅拌机里，搅拌机呼隆隆地转动着；一会儿便吐出一大堆搅拌好的混凝土。几个工人推着小车，将它们运送到模板搭成的沟槽里，再有人拿了铁锨和木棍将它们捣实铺平。

工地上乱哄哄的，村里暂时没有办公的地方了。侯冬梅说，咱们就把各家各户当成办公室吧，多下去跑跑，听听群众的意见。另外，在卫生室这儿设个意见箱，群众有什么意见也可以投到意见箱里。有事，我们也可以在这里碰碰头。

按说工作组应该先听一听公长俭对村里工作的汇报，可公长俭躺在前院的偏房里，嘴巴歪斜着，话也说不清楚，半边身子还不能动弹。公德贵刚刚给他做完针灸；尚道兰守在那里，不时给他按摩着。

公德贵收拾着针灸包，对侯冬梅他们说：“你看看，那么壮一个人成了啥样，唉，报应啊。”

公长俭看着侯冬梅，嘴唇哆嗦着，说不出话，倒是流出不少口水。侯冬梅上前握住他的手，一副公事公办的样子，安慰他说：“公书记，你别急，先好好养病。”公长俭伸出手，指着衣橱，示意尚道兰从里面拿出什么东西。

尚道兰打开橱门，从抽屉里拿出一个大大的信封。公长俭嘴里“喔喔”着，要尚道兰把它交给侯冬梅。

侯冬梅接过来打开，里面是两份合同，是桑园子大队与四海建工签的，一份是桑园子大队办公楼施工协议，一份是桑园子大队捐赠柿子树的协议。除了双方公章，分别都有公长俭和何金生的签名。

公长俭使劲扬起手指着后院。尚道兰先给大家翻译道：“他是记挂着盖楼的事呢。”然后大声对公长俭说：“正盖着呢！你病了不要紧，不是有合同吗？何金生没有反悔，正打着圈梁呢。”

公长俭放心地点了头。

接下来几天，工作组分别组织村里的党员和大小队干部开始进行选民登记和酝酿推举候选人等工作。按照乡里掌握的情况和群众推举意见，田茂顺和何金生被初步列为桑园子村民委员会主任候选人提名人选。

何金生和柿王树是这些日子桑园子村的焦点。虽然许多乡亲为失去柿王树伤心生气，钱串儿几个人也去乡里上访过，但也构不成什么案件，就是公长俭独断专行，事先没有做好群众的工作才造成了这样的被动。人们普遍承认何金生是桑园子的“能人”，也算是一步步干出来的，人勤快，脑瓜儿也好使。以前虽说没有给桑园子办多少事，可也周济过不少乡亲。这回能给家乡建办公楼，也算是一件大好事。只是为了一棵柿王树，得罪了村里很多人。不就是一棵树吗，这样的老树山上有的是，你为什么非要挖这一棵呢？许多人都搞不明白，何金生一个“精豆子”却办了这样一件傻事。想想才吃过人家的大米，那些人也就不再说什么了。

对何金生，侯冬梅并不熟悉。对于群众这些议论，侯冬梅也进行了一些分析。不管何金生称不称得上农民企业家，也不管他投机也好，钻营也罢，反正在桑园子是有点小本事的人，这些本事要是用对了地方，也许真能带动村里的经济发展。乡上也考虑鼓励农民企业家回村任职，何金生应该算是一个鼓励的对象。至于他曾经为各家各户发米发油，因为事情发生在选举之前，是一项善举还是有意贿选，侯冬梅还在调查分析。

侯冬梅、老褚和小徐正面接触了何金生。何金生头戴安全帽，正在桑园子办公楼工地上指挥施工，热得满身都是汗。

何金生先从柿王树说起：“我知道，因为这棵树得罪了乡亲们，可桑园子和四海建工有合同的，这也是四海建工援建办公楼的一个条件呀。我知道，这棵树在桑园子确实是一棵特殊的树，据说侯县长当年在这棵树下负过伤，四海建工把它挪到县城的欢城广场，一方面扩大了它的教育意义，另一方面，对它也有个更好的保护……”

侯冬梅有些吃惊，她还不知道这棵树的去向，没想到是因为爸爸的原因，才让柿王树遭了殃！她急切地问：“侯县长知道这事吗？”

何金生说：“以前他不知道，可广场建成那天，他去参加庆典了。”

侯冬梅心里有些急了，老爸已经退下来了，他怎么能最后做出这样的荒唐事呢？不可能，老爸向来讨厌别人拍马溜须，更不可能让桑园子的柿王树去做他的纪念碑的。自己好久没回城了，老爸也从没提起过这件事，到底发生了什么，侯冬梅心里没底。

谈起桑园子，谈起选举，何金生直言不讳地说：“……不错，这些年我个人不多不少是挣了些钱，算是先小康一步了吧，可我也不能忘了乡亲们哪。在四海建工，虽然我也是个打工的，但我看准了来钱的门道，要是乡亲们选我当了村主任，我就和四海建工合作，在桑园子建几个大型石料厂、砖瓦厂，组建几支施工队，用不了几年，准能让桑园子家家户户都富起来……”

何金生的打算具体、实际，有四海建工做后盾，想来是可行的。对田茂顺，侯冬梅接触过几次，了解得就多一些。与何金生相比，田茂顺更年轻，富有理想，充满活力。而且在部队就入了党，还放弃了稳定的工作，回到家乡立志创业。更可喜的是他还对桑园子的发展做了一个规划，对这次村委会选举志在必得、充满信心。特别是在他母亲云英的制衣厂开业那天，她就看出他与公长俭的交锋中有种初生牛犊不怕虎的锐气。在走访中，多数群众也对他寄予厚望，只是担心他太年轻了，有些想法很好，恐怕难以落实。对于他提出的规划，乡里还是比较重视的。作为村里最年轻的党员，乡党委其实已经将他列入重点培养对象。侯冬梅想，这次村委提前选举，如果他能顺利当选，经过锻炼，他是应该能挑起桑园子这副重担的。

文富昌、文志仁他们正在忙活戏装厂开工和庄户剧团成立的事，侯冬梅想到那里看一看。

今儿是六月六，天响晴响晴的。常三斤家的院子已经成了一个七彩的世界。常三斤、李家羊、李银行正把老戏班精心保存下来的戏箱一一打开，将里面的戏衣和鞋靴盔冠一件件小心地取出，挂在院子里的绳条上或者放在磨台上晾晒起来。这些戏衣有男蟒、女蟒、花素褶子、对帔、开氅、斗篷八卦衣、富贵衣，还有一些裙子、坎肩、云肩之类，虽然有的已经十分破旧，颜色也不再那么艳丽，但还是五颜六色，美轮美奂。

侯冬梅他们一走进院来，就被这种独特的梨园之美惊呆了。常三斤见他们进来，小声打过招呼，指着堂屋示意他们动作轻点。

堂屋里，正在举行一场庄严的仪式。屋子中央摆了一张不大的香案，上面摆了一个香炉，一个写着“戏神庄王爷之位”的牌位，还有羊头、鸡、鱼三样供品。香案一侧是一个大大的衣架，衣架上挂着一件漂亮的戏衣，衣袖和下摆自然地伸展垂挂，看上去如同一位雍容华贵的贵妇人在那里亭亭玉立。这是当年花姑留下的那件秋香色软绉蟒，周边波线式地镶着黑色的宽边，胸前刺绣着丹凤朝阳，配以日月星辰的图案。仔细看去凤头之处有一个小小的弹孔，周边洇染着早已干枯的血迹，像是一朵暗红的花朵，更让它平添了一份圣洁与凝重。

秦小凤虔诚地用手尽力地抚平戏衣的褶皱，眼里噙了泪。

文富昌和文志仁、文志义将手中的檀香举过头顶，拜了三拜，将香火插到香案上的香炉里面。袅袅青烟拂过牌位和戏衣，又在整个屋子里弥漫开来。肃立一旁的吴大用亮开嗓子喊道：“戏神庄王爷在上，先人花姑在上，今儿文家班‘换季’重组‘桑园子庄户剧团’，戏装戏具厂也正式开张，愿戏神保佑桑园子好戏连台，财运亨通！”

父子三人跪下，磕了三个响头。

待文家父子起身，侯冬梅才轻轻走进屋门。侯冬梅早就知道花姑戏衣的故事，如今近距离地端详着它，不由肃然起敬。她默默地对着那件戏衣深深地鞠了一躬，然后打量着屋子里的情况。

三间草房虽然破旧了一些，但四面墙壁经过粉刷，窗子也重换了玻璃，倒也显得明亮。这里被临时做了戏装厂的开料车间，屋子四周架起了案子，上面堆满了各色布料和绣片，秦小凤和一个年长的师傅正手把手地教给秀珍她们几个做画样。

见屋子里有些拥挤，文志仁说："侯乡长，我们到院子里坐吧。"

各色戏衣在院子里的阳光下随风飘动，像是一群着了古装的男女老少翩翩起舞。在它们间隙的空地上，随意摆了几个马扎儿，坐在那里有一种别样感觉。文富昌喜欢这样的感觉，他熟悉身边的这些戏衣，每一个角色都曾出现在不同的戏文里，不知牵动过多少人的心。尽管发生在它们身上的故事各不一样，无论生旦净末、才子佳人、官宦匪寇、英烈忠奸……此刻都撕下自己的画皮，乖乖地在这里晾晒。阳光下，它们还原了自己的本质，绫罗绸缎也罢，金丝银缕也罢，棉麻纸褙也罢，是人们按照自己的喜好强加给了它们沉重的灵魂，去重现过往的和向往的世事人生。一件戏装好缝，一出大戏好唱，唯有一个好梦难圆，所以好戏连年唱，唱不够，听不厌……

当年每次晾箱，文富昌总会沉浸在这样的感慨里，常常一坐就是半天。今年，面对侯东江的女儿侯冬梅，文富昌心里总有些别扭。柿王树一直是他的牵挂，他没有想到，侯东江侯县长在欢城广场见到柿王树的时候是那样敬重，这多少让他感到一些欣慰，可他从内心深处还是不能原谅有人将柿王树从桑园子挪走。你县长有什么了不起？退下来还不是平民百姓一个。柿王树是桑园子的，不是你县长的，你凭啥就这么霸道？迟早有一天自己要找他问个明白。

侯冬梅来的目的主要是想征求一下文家父子和戏班的人对桑园子今后工作的建议，还没等她开口，一旁的文志仁便发了话："侯乡长，这举贤不避亲，桑园子这回选举，我们都推荐田茂顺。虽说田茂顺是我们的外甥，可我们觉得他行！"

一旁的吴大用、李银行、常三斤也都纷纷表态，说是要选举他们都会投田茂顺一票。

组织委员老褚便问他们的理由，几个人便争着说出田茂顺一大堆好来，小徐在笔记本上记个不停。

文富昌静静地听着，并没有作声。侯冬梅问他说："二叔，您老有啥看法？"

文富昌却答非所问："这晾了箱，是要有戏唱的。不知茂顺和青山把台子搭好没有？"

正说着，田茂顺和文青山兴冲冲地走进院子。刚一进门，田茂顺就大声说道："姥爷，戏台都搭好了，你说啥时开戏吧？"见到乡里的领导都在，便不好意思地冲侯冬梅一笑。

侯冬梅很喜欢田茂顺这种风风火火的样子，浑身充满了一种朝气，那么阳光可爱。

"真是唱戏的不急看戏的急呀。我们的大锅全羊还没出锅呢。"钱串儿和秀花从南屋厨房里出来，笑呵呵地说。侯冬梅这才知道为啥满院里飘着一股浓浓的肉香。

"六月六，吃全羊嘛。"吴大用说，"今儿也是咱庄户剧团的好日子，侯乡长你们算是赶上了。"

文青山凑近侯冬梅说："侯乡长，刚才路过村卫生所，公老先生说乡里来过电话，让你给打回去。"

"哦？那我去回个电话。"侯冬梅说着就要往外走，钱串儿打趣地说："让咱乡长跑老远去回电话？现在都兴大哥大了，人家何金生就有一个……"

见侯冬梅出了门，常三斤接过话头说："钱哥，明儿你也去给秀花妹子买个大哥大，她要再回穆家店，你用大哥大电她一下子就回来了。"

钱串儿嬉皮笑脸地说："她这回回来，压根儿就没打算再回去。"秀花嗔怒地在他肩上打了一下，惹得大家都笑了。

田茂顺说："其实这大哥大也没啥神秘的，它就是个移动电话。以后啊，说不定大人孩子还能一人一个呢，走到哪儿都能找得着。"

"拉倒吧，听说一个就上万元呢。"吴大用说。

文富昌也憋不住说："你别说，说要普及也快着呢，还记得侯县长当年送给咱的收音机不？当时那可是稀罕物，现在家家都有了吧？再过几年，连大彩电也不算啥了。"

吴大用点头："说得也是，这社会发展得就是快，说啥也得多活几年，看看社会到底好成什么样。"

大家正在说笑，侯冬梅很快就回来了。进了门，她先招呼老褚和小徐在一旁嘀咕了一阵，然后，来到大家身边，对文富昌说："刚才乡里王书记在电话里告诉我，说我爸爸一早给乡里打电话让转告您，他已经从县长的位子上正式退下来了，他要回趟桑园子，他要给桑园子送场戏，是他自己出钱请县豫剧团来演出的。"

"侯县长送戏？"文富昌有些惊讶，"这是唱的哪一出？"

文志仁想了想说："还没听说县剧团正式公演呢。剧团重建后第一场戏来桑园子唱，那得多大面子！"

马秀花高兴地说："又能看到月环姐的戏了。"

田茂顺说："正好，咱庄户剧团不也正准备开戏嘛，咱就和县剧团一起唱，比试比试。"

文志仁瞪了他一眼："比啥比？人家那是专业的。"

侯冬梅说："乡里还有个意思，桑园子村委会的选举筹备得也差不多了，作为特殊情况，乡里同意桑园子村提前进行选举。平时要开个村民大会人也不好召集，要是借着唱戏，人就好聚拢了。二叔，您看，咱们能不能先把村民选举大会开了，接着再开戏？"

钱串儿插话说："一听说唱戏，还有县剧团要来，保准落不下人。"

文富昌说："人保准能到齐了，就怕有些乱，外村的人也都会来。"

侯冬梅说："那就要好好组织一下会场了，桑园子的选民先在戏台前边集中坐，不是选民的外村人在场子外边先等等，要是顺利，会也开不了多长时间。"

"行，听乡里安排吧。"文富昌说，"啥时开会咱就啥时开戏吧。"

"我还要回乡里做些汇报，开会也得安排周全。"侯冬梅说，"那我们先分头准备吧。"

吴大用对文志仁说："把咱的人都约起来，这回是大场面，得好好练一练了。"

"行。"文志仁答应着，对田茂顺挤挤眼睛，说，"这回可是大场面，要先看你的戏喽。"

“我？”田茂顺愣了一下。

“你可是候选人，大家还要听你的竞选演说呢。”文志仁说。

田茂顺伸出手指，充满自信地冲大家做了一个胜利的动作。

侯冬梅和大家都笑了。

36

听说侯东江要来桑园子，王月环要带县豫剧团来演出，桑园子的庄户剧团也要开锣唱戏，桑园子还要选举村主任，这一大串的喜事让于大脚突然觉得身上利落了不少，她满心欢喜，一定要去投票，去看戏。志仁和茂顺一大早就来看过她，因为忙着准备演出的事，说好让秀珍和二大娘用板车拉她去。

今儿有风，天有些阴，没有毒太阳，感觉不是很热。于大脚特意让秀珍帮她梳了头，还换了一身新衣服。她已经好些日子没有出门了，坐在板车上，和村里的人打着招呼，于大脚心里十分欢喜。拐过几条胡同，远远就看到村口小土地庙那里已经有很多人，于大脚揉揉眼睛使劲去看，总觉得少了什么。是的，村口地势高，以前在这儿就能远远地看到村口那棵柿王树了，那偌大的树冠像撑起一把巨伞，老远看去就像一朵绿色的云。

柿王树没有了，它的根基处只剩下一个大大的深坑，看到这一切，坐在板车上的于大脚禁不住一阵唏嘘。见秀珍和二大娘拉着于大脚到了会场，文青山和乡里来的几个干部核对了她们的姓名，引导她们来到戏台前面。这里已经坐满了桑园子村的人，外村来看热闹和等着看戏的人则在外围的山坡上等着。

于大脚就坐在板车上，一旁的杏妮还有村里的一些女人纷纷和她打招呼问候，然后有的纳着鞋垫，有的掐着草辫，说说笑笑的。大家都知道今天要先选举村主任，选完了再开戏，就耐着性子等。杏妮今天的话格外多，她脸上堆满笑容，问大家今年的粽子好不好吃，还说他们家金生说了，到八月十五家家再发月饼，过年的时候每家发猪后腿。大家笑嘻嘻地听着，都心知肚明，她是在给何金生拉票呢。其实虽然此时她们都不露声色，但要投谁的票，在家的时候，她们自家男人都交代好了。

于大脚又有些喘，咳嗽了一阵。她听不惯杏妮在这儿吹五拉六，就打断她说：“妮子啊，俺怕是……等不到过年……吃你家的猪腿了，俺这一票投给谁，那得看谁能给桑园子办好事儿……”

杏妮不敢和于大脚争辩，便红着脸掩了嘴。

作为原来的生产队长，文富昌忙着张罗组织老三队的社员，凡年满十八岁的，谁来了谁没来，坐到什么地方，他都得心中有数，待会儿要按人头发选票收选票；老弱病残实在来不了的，还要安排专人到家里去填票。为此，他和几个助手忙得团团转，庄户剧团的事就只能交给文志仁和吴大用他们了。

王月环和县豫剧团还没赶到桑园子，选举大会后的第一出戏恐怕还得由桑园子庄户剧团来唱。吴大用、常三斤和钱串儿他们忙活着，将戏箱道具搬运到戏台后面，文武场也在做着最后准备。不过，演员们暂时还不能化妆，因为他们都是选民，得投完票以后才能上装。

戏台上，这时候成了孩子们的乐园。毕竟桑园子多年没有唱戏，桑园子人也多年没有这样聚集在一起了，孩子们都觉得新奇，在台子上打打闹闹，比比画画，演着属于他们自己的戏，惹得台下的大人们笑个不停。

开会了。侯冬梅走上戏台，让大家静下来。她先从建立村民委员会的意义说起，又讲了这次选举的办法和要求，最后说：“桑园子选出了村民委员会，原来的大队革委会就撤销了，今后实行村民自治，村里的事情就由村民说了算。所以啊，选一个好的村委会主任是件大事，希望每位选民一定要投好自己神圣的一票。下面呢，就由两个候选人分别进行竞选演讲！”

何金生先来到台上，他今天特意穿了一件大花格衬衣，下摆扎在裤腰里，显得十分新潮。他环视了一下会场，台下是桑园子的乡亲，或坐或站，黑压压一大片；外围挤满了邻村来看热闹等着听戏的人，这阵势着实不小。他咳嗽一声，平静了一下自己，从口袋里掏出一张早已准备好的讲稿开始念了起来：“是桑园子的山水养育了我，是桑园子的乡亲看着我长大的。从一个放羊娃，到生产队的饲养员，到桑园子第一个拖拉机手，到村里第一个万元户，再到欢城著名的‘四海建工集团’的副总，我一步步成长为一个农民企业家，回报家乡是理所当然的事情……”

台下小声地议论起来，这个上门女婿一步步走到今天，也真是有能耐。

何金生继续念道：“一人富不算富，先富要带后富。要是大家选举我当村主任，我会让桑园子的百姓都富起来。在外打拼这些年，我看准了来钱的门道，知道怎样赚钱了。要是乡亲们选我当了村主任，我就和四海建工合作，在桑园子建几家大型石料厂、砖瓦厂，组建几支施工队，用不了几年，准能让桑园子家家户户都富起来……”

台下又开始议论起来。有的说，这些主意都不错，都是些来钱快的项目，有个大企业做靠山，想带动一个村还不容易？有的说，这小子鬼精，这是把桑园子当成他企业的原料库了呀。

于大脚忍住咳喘，认真地听着何金生的演讲和大家的议论，她的脸憋得有些发紫，心里也觉着堵。她深深地叹口气，自语道：“唉，多少年后，山采空了，地挖没了，桑园子还有什么呢？喝西北风啊？”

轮到田茂顺登台了，他大步来到戏台中央，身板儿挺得笔直，看上去英俊魁梧，虽然脸儿有些羞涩发红，但声音却铿锵有力：“我是田茂顺，我想竞选桑园子村主任，希望乡亲们投我一票。为什么呢？……我是打小在桑园子过穷日子长大的，和山外的村子比比，你才知道桑园子有多穷，多落后。当兵这些年，我看到了山外的世界，同样是改革开放，为什么桑园子年复一年面貌依旧呢？我就想，一代人应该有一代人的作为，桑园子应该在我们这代人身上变变样子啦！建设新农村，共同富裕奔小康，不是一句空话，得靠艰苦创业，得有一个好的领头人。我知道我年轻，但我是个党员，我有责任把自己的家乡建设好，发展好！”

台下又开始议论纷纷，期待着他能说出什么妙招。

田茂顺继续说：“咱桑园子是个小山村，东山西山都是宝，大山养活了祖祖辈辈，大山也能让桑园子富起来！绿水青山就是金山银山，看我们怎样去发展，这些日子，我搞了一个规划……”

田茂顺满怀激情地将自己和文志仁的规划设想讲给大家听，为乡亲们描绘着桑园子的发展蓝图：山上的路通了，一个个蓄水池建起来了，大片的老果园更新改造了，柿子、山楂、核桃……大量的特色林果源源不断地运下山来，专业合作社的收购服务站建起来了，果品加工厂建起来了……中药材种植基地、优质山羊繁育基地，还有山村游和农家乐都办起来了……村里还要扶持个体经济发展，什么草编啊、刺绣啊，家家都是加工厂，村里统一收购销售……

田茂顺说："当然，这些都需要钱，我是拿不出钱来，但我们可以招商引资，可以和人家联合开发，咬住发展不放松，办法总比困难多！……还有，村里今后有了钱，家家也都富了起来，咱们文化生活也得大发展。咱桑园子庄户剧团成立起来了，戏装厂也办起来了，往后啊，保准一月一出大戏，让老少爷们乐乐和和奔小康！"

田茂顺话音刚落，台下响起了一片掌声。

接下来开始投票了，戏台前边的桌子上摆放了一个大纸箱，糊了红纸，写着"票箱"两个大字，一会儿就要发选票，大家填好选票后再依次将选票投进票箱里去。各生产队长在乡里干部的配合下再一次清点人数、开始发票。

大家都在期待着投出自己的一票，现场的气氛变得庄严紧张起来。谁也没有注意到，在人群外围，侯东江和王月环已经在柿王树曾经挺立的地方伫立了许久。

侯东江是跟随剧团的车来桑园子的。一辆130加长小货车是运道具的，一辆从运输公司租用的大面包车是拉演职员的。车子开到桑园子村口，见戏台前正在开会，王月环让车子远远停下，等开完会再开过去，自己先和侯东江一起下了车。见戏台前和山坡上人山人海的，王月环便感到十分振奋。

侯东江老远就用急切的目光找寻柿王树。山坡上许多棵高大的柿子树依然葳蕤茂盛，枝头稠密地结满了果实，都已经鸡蛋大小，向阳的高枝上已经开始泛黄。然而，侯东江再也找不到他心中那棵柿王树了。

柿王树不在了，挖掘机挖出的一个深坑里，还能看到被斩断的粗根依然顽强地深扎在石缝里，断茬处那洁白的肉体渗出浓稠的汁液，那一定是它流淌百年的血脉；而被埋压在车辙脚印下面的一些残枝枯叶和许多青青的柿果，还在诉说着曾经发生在它们身上的一场惨烈的浩劫。

侯东江百感交集。三十九年前的往事一幕幕又浮现在他的眼前。土地庙前的戏台上，小战士们和桑园子的戏班同台联欢；枪声大作，他和战士们奋勇杀敌，掩护乡亲们转移；柿王树下，花姑血染戏装，他也身负重伤……侯东江不禁泪眼婆娑。

王月环已经知道了事情的原委，她安慰侯东江说："侯县长，您老不必太自责，也许他们也是好意。"

侯东江摇头长叹："罪过呀罪过！"

会场里已经发完选票，开始填票了。

突然，人群里一阵骚乱。

"娘！娘！"一个年轻的女孩哭叫着，披头散发地冲进了会场。几乎所有人的目光都集中到她的身上。侯冬梅赶紧安排人迎上去，维持会场秩序。

常杏妮最先听出了女儿的声音，她吓得不轻，赶紧站起来，大喊："大牛！娘在这儿，娘在这儿！"

大牛挤到杏妮面前，一下扑到娘的怀里，大哭起来。

于大脚也被这阵势吓到了，忙说："是牛子呀，你这是咋啦？婆家欺负你了？别哭，给你娘说。"

"到底咋啦？你说话呀！"杏妮拍打着女儿的肩膀。

大牛抬起头，哭诉道："本来今天是俺参加高考的日子，可……昨晚，夏……夏四海闯到俺房里，当着他儿的面把俺……俺没脸活了……他儿也触电自杀，送医院去了，俺趁乱跑出来……"

杏妮急了，冲着戏台大喊："何金生！何金生你过来！"

老褚他们几个人先跑了过来，拉起杏妮和大牛，劝道："有什么事你们先到会场外面去说，不能影响了选举。"

这时候，何金生也过来，拉起她们娘俩，匆匆离开会场。

周围一些人已经大体明白了发生了什么，大家开始议论纷纷。于大脚叹了口气，什么也没有说。

"大家静一静，开始填票了。不识字的可以让我们的工作人员代填，别弄错了，同意谁就在谁的名字下面打上对号，不同意谁就在谁的名字下面画个叉……”侯冬梅站在戏台上，一遍遍地交代着。

于大脚手里握着自己那张选票，对身边的老褚说：“同志啊，你帮俺填上吧。”

老褚接过她的选票，问：“您老要选谁当村主任？”

于大脚说：“你给我在田茂顺名下打上对号，在何金生名下画个叉……”

37

趁着统计选票的空儿，王月环安排演员们把演出道具搬运到戏台后面。见到侯东江和王月环，大家都十分高兴。侯冬梅脱不开身，远远地和他们点头笑笑算是打过招呼，担任监票人的公德贵和计票人的文富昌更是离不开，匆匆说过几句话就各忙各的了。

王月环急切地打听于大脚：“姑奶没来吗？”

钱串儿说：“来了，来得可早呢。我去找她来。”

不一会儿，秀珍、云英和青桃搀着于大脚过来，王月环和侯东江赶紧迎上去。

于大脚已经显得十分疲惫，见到侯东江和王月环还是开心地笑了。

吴大用说：“开完会就该开戏了。今天的戏咋个唱法，得赶紧定下来。咱两套班子，谁先上？”

文志仁、常三斤、马秀花和秦小凤几个围拢过来。

王月环问：“你们不是都准备好了吗？打算演几场？”

文志仁说：“桑园子新排了《五世请缨》《打金枝》《拷红》，还有新戏《墙头记》……另几出戏也能临时凑合。还是先依你们大团，你们牌子大……”

“瞧志仁说的”，王月环笑笑，说，“老百姓听你们的戏听惯了，接地气呀。”接着王月环将身边一个光头老演员介绍给大家：“这是我们剧团的总导演老张，说艺名你们都知道，‘小金牙’就是他。”

常三斤惊喜地说：“早就听说过您的大名，幸会，幸会。”

“小金牙”谦逊地对大家点点头，说：“咱们团也是重组不久，以前的演员失散不少，现在能拿出来公演的剧目也不是很多。老戏呢，有《杨门女将》《花木兰》《大祭桩》，新戏有《姊妹易嫁》《李双双》，还有一出叫《戏装》……你们的文青山写的本子，正排着，今天恐怕还拿不到台上……”

青桃高兴地说：“青山也能写戏了？好棒哦！”

文志仁说：“他也懂戏了？台都没登过。”

吴大用高兴地说：“咱两家联合起来，唱三天三夜也成了。这头一场唱啥呢？”

文志仁想了想，说：“姑奶快要过生日了，咱也算提前给她唱戏了。头一场就让姑奶点戏吧。”

“这么多戏，有老的，有新的，俺都想看。”于大脚又喘了几口，对文志仁说，“志仁啊，这些天，俺做梦老是梦见你奶，俺……想花姑了。记得俺在西山头一回听她唱戏，那个好听啊……那戏衣也好看着呢。那时候还没有你呢。”

“姑奶，俺知道。”文志仁对于大脚说，“俺爹经常说起，奶奶在桑园子第一次唱戏，唱的是樊梨花。今儿咱剧团排了《五世请缨》，专为你庆贺生日呢，秀花演佘太君，会特意穿上奶奶当年穿的那件戏衣。”

于大脚说：“那好，那好。就唱这一出，只是……让月环演，行不？不是秀花唱得不好，俺觉得月环……”说着，她又剧烈地咳嗽起来。

王月环看看于大脚，又看看大家，觉得有些为难。侯东江对她说：“听你们姑奶的吧。”

马秀花拉起王月环的手，说：“月环姐，你就上吧，俺正好再学一学。”

文志仁期待地看看王月环。

王月环说：“唱词倒是熟稔，只是没和你们合戏……台上有啥闪失，你们拾着点吧。行，我演！”

文志仁想了想，又说：“我把奶奶的戏衣请过来，你穿上它，咱们好好唱！”

于大脚满意地点着头。

计票完成，侯冬梅宣布继续开会。大家簇拥着于大脚在戏台下最好的位置坐下。

田茂顺高票当选桑园子村村民委员会主任的消息一宣布，全场响起了热烈的掌声。侯冬梅将他再一次请上戏台，让他发表就职讲话。

田茂顺这回竟有些害羞起来，他干脆地说："说一千道一万，不如撸起袖子加油干！乡亲们信得过我，就看我的行动吧。扎起戏台就是唱戏的，老少爷们都上台，咱一定要唱好桑园子这台大戏！"

全场一片欢呼。有人喊道："开戏！开戏！"大家便都应和起来。

田茂顺又说："还要告诉大家一个好消息，今天，侯县长带了县豫剧团来桑园子进行专场演出，咱桑园子庄户剧团也正式成立，大剧团和小剧团同台演出，可是好戏连台啊。下面请侯县长讲话！"

在大家的掌声中，侯东江走上戏台，首先恭恭敬敬地向台下深深地鞠了一躬，然后，缓缓地说道："首先说明一点，我已经不是县长了，上个月我就退下来了。我今天来，是给桑园子送戏来的，我个人出钱包场，为啥呢？因为我是来谢罪的！"

台下所有的人都纳罕地看着他。山风吹动着他的衣衫，一只空荡的袖子轻轻地摇动着。他扬起那只健全的胳膊，指着戏台的北侧，继续说道："就在戏台那边，原来有一棵柿子树，一二百年的柿子树啊，现在没有了，我知道桑园子的乡亲都在心疼，我也心疼。这棵树去了哪里呢？它被削掉了树头，移栽到了县城的欢城广场，能活不能活还不一定。为啥将它挖走呢？因为我侯东江当年在这棵树下打过仗负过伤，它是一棵英雄树，可我侯东江算不上英雄，因为我是县长，有些人就用这样的方式来讨好我，为我歌功颂德，真是羞煞老夫啊！"

台下的公德贵突然站起来大声说道："这事儿怪不得侯县长，都是俺那混账儿子和何家那小子偷着干的，俺也在这儿替公长俭给桑园子的乡亲赔礼道歉了。"

侯东江越说越激动："在县城看到那棵树的时候，我的心就猛地一震，它救过我的命啊，它也是我的恩人啊，它还是桑园子好多人的干爹啊，它怎么能随便让人挖走呢？虽然我不当县长了，但我还是要找一些人去算账的！有人劝我说不就是一棵树吗？我说，错了！它本来就是属于桑园子的，它是桑园子的一种念想，是乡愁，是乡魂！我在这儿郑重表态，我要把我所有的退休金拿出来，全部买成树苗，种满东山西山所有能种的地方！在那棵树的原址，我要栽上一棵新的柿子树，每天给它浇水除草，等我死了，就把我的骨灰做一袋肥料，全部上在这里，哪怕再等一百年，我要看着它长成更粗更壮的大树！”

台下响起了雷鸣般的掌声，经久不息。

侯东江摆手示意，继续说：“我第二个意思是来道喜的，刚刚你们选举了新的村主任，接着党支部也要改选。一句话，我支持！田茂顺曾经搞过一个桑园子的发展规划，我看过了，也转给了乡里。田茂顺呢？我告诉你，你现在有机会施展你的抱负了，你要是愿意，以后我就给你当顾问！”

台下的田茂顺急忙站起来，高声应道：“我愿意，我们都愿意！”

乡亲们也齐声高喊：“愿意！愿意！”

“好了，下面开戏吧。”侯东江说，“头一出戏，是于大姑点的《五世请缨》，杨门女将的故事。祝桑园子的老人们老当益壮，妇女能顶半边天，大家齐心协力精忠报国，让桑园子的日子越过越好！”

侯东江话音刚落，台侧梆子一响，器乐合奏开场锣鼓。今天的演出阵容十分强大，县剧团的乐队和吴大用、李家羊、李银行他们同时担任伴奏，气势恢宏，一下子就把气氛烘托起来。

许多乡亲都很熟悉杨门女将的故事，听说是王月环主演，一个个都竖起耳朵，瞪大双眼。

果然是王月环！她身穿那件秋香色软绉蟒，头戴凤冠，扮相十分俊美；佘太君这段著名的唱段，她唱起来挥洒自如，明快清新，亲切自然，别有韵味——

一家人 欢天喜地

喜地把我来请

一家人欢天喜地啊

把我来请

佘太君我穿宅越院来到了前厅

众儿孙为我把寿诞庆
一个个膝下承欢满面春风
年少人盼的是立功边境
年老人我喜的是啊一门忠贞
老身我今年活了一百单七岁
眼不花我这耳不聋
腰不酸我这腿不疼
先王爷封我是个长寿星啊
先王爷封我是个长寿星啊
红罗绸缎扎门彩
青松翠柏搭寿棚
扎呀扎门彩呀
搭呀搭寿棚呀
寿棚上高照着一对红纱灯
那呀那么大呀那呀那么红
下坠五彩穗上面系红绳
有一对大红喜蜡摆在那正当中
哟嗨 那上边还画着个老寿星
……

于大脚坐在离戏台最近的中心位置，有人让给她一个高靠背的马扎，她可以半躺着身子看戏，秀珍、云英和青桃坐在她的身边守护着她。公德贵也坐在附近，开演之前，他还过来为她把了一次脉。把完脉，他叹了口气，摇了摇头，什么也没有说。

于大脚这会儿不咳也不喘，她半眯着眼，一动也不动地盯着戏台，盯着王月环身上的戏装。许久许久，她的眼睛开始模糊起来，她看见一道彩虹横跨在整个戏台之上，彩虹门下，王月环幻化成了当年的花姑；文富国扛着他那把长长的土枪头前开路，花姑舞动水袖，翩然起舞，一群浓妆的丫鬟紧随其后，突然一声枪响，花姑和丫鬟们跃上彩虹，升到半空……枪声惊出了一大群光屁股的娃娃，前面那个竟然是秀明，他带着那群娃娃把彩虹当作了滑梯，从这一端上去，又从另一端滑下，这时彩虹突然消失了，那群娃娃再也找不到了。正在焦急间，锣鼓大作，常九德、田小柱、田大柱、小修……那些死去了的人都穿了戏装，一个个抢先上台亮相……啊，她看到自己了，她和公德贵也都穿了戏装，两个人牵着手儿正向台下鞠躬谢幕……原来每个人都有一出属于自己的戏啊，于大脚明白了，她安详地闭上了眼睛。

桑园子的大戏唱了三天三夜。大剧团小戏班，老戏新戏，喜剧悲剧，好戏连台，轮番上演。

盛夏的桑园子，东山和西山已经一片生机，它们也都在这戏文里陶醉了，拼命地生长着新一轮收获和希望……